KB041129

NIGHT WALKER : NIGHT CITY

나이트 워커 3 나이트 시티(Night City)

초판 1쇄 인쇄 / 2011년 10월 12일
초판 1쇄 발행 / 2011년 10월 21일

지은이 / 임동욱

발행인 / 오영배
편집팀장 / 신동철
책임편집 / 박민선
편집디자인 / 신경선
펴낸 곳 / (주)삼양출판사 · 드림북스

주소 / 서울특별시 강북구 송천동 322-10호
대표 전화 / 02-980-2112 팩스 / 02-983-0660
편집부 전화 / 02-980-2116 팩스 / 02-983-8201
블로그 / blog.naver.com/dreambookss

등록번호 / 제9-00046호
등록일자 / 1999년 3월 11일

© 임동욱, 2011

값 8,000원

NIGHTWALKER

임동욱 현대판타지 장편소설

FANTASY STORY & ADVENTURE

나이트 워커

3

나이트 시티(Night City)

dream
books
드림북스

Contents

Battle 01

끊어진 다리

일출고 수업 시간.

학생들은 꾸벅꾸벅 졸고 있었다. 자신이 지금 무슨 말을 듣고 있는지 모를 정도로 정신을 차리지 못했다. 교과서를 읽는 교사 역시 꾸벅꾸벅 졸며 자신이 지금 무슨 소릴 하는 건지 알지 못했다. 때마침 인간이 가장 졸립다는 오후 1시 30분.

학생이고 교사고 할 것 없이 흐물흐물 무너지는 중이다. 그 와중에 또릿또릿하게 눈을 빛내며 펜을 놀리는 이가 있었으니, 바로 송아현이었다. 아현은 열심히 손을 놀리며 열심히 뭔가를 필기했다.

'헤헤.'

한 가지 짚고 넘어가야 할 점은 교사는 현재 칠판에 뭔가를 적고 있지 않다는 것이다. 교사는 교과서를 읽고 있었지 분필을 잡고 있지 않았다. 그럼 아현은 무엇을 적고 있는 걸까?

아현의 옆자리에는 신이나가 앉아 있었다. 이나가 졸음에 해롱거리다가 문득 아현을 바라보았다.

"너 뭐 적는 거야?"

이나의 물음에 아현이 흠칫 놀라며 어깨를 떨었다.

"응? 아니. 아무것도 아니야."

아현은 정색하며 치를 떨었다. 그 반응에 이나는 더욱 호기심이 생겼다.

"뭔데 그래. 보여 줘 봐."

"안 된다니까!"

"이 계집애가 어디서 앙탈이야? 너 한번 죽어 볼래? 내놔!"

"꺄악! 이러지 마!"

아현은 육탄전으로 끌고 가는 이나에게 대항할 수 없었다. 그녀는 결국 비명을 질렀고, 두 사람은 복도로 나가 벌을 서야 했다. 두 사람은 복도에 나가서도 티격태격했다.

"너 때문이잖아, 바보야."

"이나 너 때문이야. 왜 그런 걸 보려고 그래?"

"뭐 어때? 친구끼리 숨길 필요 없잖아."

"그래도 프라이버시라는 게 있는 거야."

"조그만 게 어려운 말 쓰지 마세요."

"누가 조그매?"

"너, 그리고 네 가슴."

"이익!"

이나와 아현은 왕왕거리며 서로 공격했다. 뒤이어 복도로 나온 교사의 매질에 두 사람은 다시 침묵해야 했다.

5교시가 끝나고 쉬는 시간에도 두 사람의 견제는 계속되었다. 아현은 편지지를 가슴주머니에 넣고서 도망 다녔고 이나는 그녀의 뒤를 쫓으며 기회를 엿보았다.

"오케이! 드디어 잡았다!"

호시탐탐 기회를 노리던 이나는 기어이 아현에게서 편지지를 빼앗았다. 아현은 울 것 같은 표정을 지으며 손을 뻗었지만 두 사람의 신장 차이가 너무 났다. 이나가 한 손으로 이마를 잡고 밀어내니 아현의 손은 허공을 허우적거렸다.

"돌려줘!"

한편 그 모습을 지켜보는 이가 있었으니, 철광이었다. 철광은 자리에 앉아서 두 사람의 모습을 안절부절못하며 관찰했다. 양손을 만지작거리며 다리를 달달달 떠는 모습이 어딘지 모르게 초조해 보인다.

"어라?"

편지를 확인한 이나는 눈썹을 꿈틀거렸다. 그것은 서림에게 보내는 편지였다. 전에 사건을 일으켜 현재는 소년원에 복역 중인 한서림.

아현은 우물쭈물 거리며 얼굴을 붉혔다. 그 모습을 보며 이나가 피식 실소했다.

"뭘 그렇게 부끄러워하냐? 너 전에 남자애들 인기투표 할 때 서슴이 이름 적고 막 그랬잖아? 편지 쓴다고 새삼 창피해 할 거 있니?"

"아무튼 돌려줘. 프라이버시야."

"그래도 일단 내용은 읽어 봐야지."

"으윽!"

이나는 찬찬히 편지를 읽어 나갔다. 아현은 얼굴이 빨개져서는 꺅꺅 소리를 질렀다. 두 팔을 붕붕 휘저으며 말리려 했지만 팔은 이나가 훨씬 길었다. 아현의 짧은 팔다리로는 역부족이었다.

"으음."

그 모습을 뒤에서 지켜보던 철광이 더욱 불안해했다. 다리를 떠는 속도가 빨라졌고 손톱도 깨물었다.

"파아란 풀잎의 색깔이 더욱 진해졌어. 확실히 여름이 다가오고 있나 봐."

"그, 그만해!"

"나는 잘 지내고 있어. 요즘은 공부도 열심히 하고 있어. 에헴, 성적도 올랐다고!"

아현은 창피함에 거의 실신할 지경에 도달했다. 뒤에서 지켜보던 철광의 다리 떨기도 더욱 그 속도를 올려갔다. 양손은 책상의 양 끝을 붙잡고서 안절부절못했다.

파직!

어찌나 힘을 줬는지 철광의 손끝에서 책상이 부서졌다. 나무로 된 책상은 마치 비스킷이 부서지듯 산산조각 났다. 그 모습에 반 친구들은 모두 놀라며 철광을 주목했다. 이나와 아현마저 놀라 눈을 크게 떴다. 본의 아니게 주목을 받게 된 철광은 어색하게 웃으며 손을 흔들었다.

"하하. 아, 안녕?"

*　　　*　　　*

나이트 후드의 등장으로 크게 이익을 본 장사꾼들이 있다.

먼저 후드티의 판매량이 급증했고 그다음으론 마스크 판매가 늘었다. 어떤 인터넷 쇼핑몰에서는 아예 상·하의, 그리고 마스크까지 끼워서 '나이트 후드 세트'를 판매하기도 하였다. 동해도 그곳에서 세트 B를 구입하기도 하였다. 또 히어로 영화 DVD의 판매와 대여 횟수가 기하급수적으로 늘었다. 나이트 워커의 팬클럽 카페에도 각종 광고 도메인이 늘어 운영자들은 그들 나름대로 이익을 보았다. 마지막으로 이익을 본 사람은 나민서였다.

그녀가 운영하는 포장마차가 있는 곳이 나이트 후드가 공식적으로 모습을 보인 최초의 등장 지역으로, 나름대로 관광지가(?) 된 것이다. 덕분에 손님들이 부쩍 늘었으며 사진을 찍고 가는 사람들도 많아졌다. 지상파부터 시작해 케이블 방송사도 누가 먼저랄 것 없이 찾아와 촬영을 하고 가기도 했다. 전파를 타고 나민서의 미모가 전국적으로 방송됐고 그녀만의 팬 카페가 생겨날 정도였다.

"와, 누나 진짜 예뻐요!"

"누나, 사랑해요!"

"같이 사진 찍어요!"

어린 친구들이 찾아와 극성을 부릴 때면 민서도 기분이 좋았다. 어린 시절로 돌아간 기분이 들었다.

"후후, 천 원어치 이상 사 주면 사진 찍게 해 줄게."

민서도 여자인 이상 예쁘다는 말이 싫지 않았다. 거기다가 장사도 잘되니 이보다 더 좋을 수는 없었다. 한 가지만 빼면 말이다.

"소주 한 병만 주시죠."

회색 양복을 빼입은 멋진 신사가 들어왔다. 키도 크고 몸도 탄탄하며 목소리 역시 매력적인 저음의 소유자였다. 포장마차 옆에 세워 놓은 자동차 역시 서민으로서는 꿈도 못 꿀 만큼 비싼 외제차였다. 또한 양옆에 검은 정장을 입은 보디가드로 보이는 남자들까지 있었다. 딱 봐도 돈 많아 보이는 남자가 이런 누추한 포장마차에는 어쩐 일일까? 이유는 간단했다.

"전에 뉴스를 통해 봤습니다. 실제로 보니 더더욱 미인이시

군요. 이런 미인을 앞에 두고 술을 마실 수 있다니. 후훗. 영
광입니다."

"그러신가요? 좋게 봐 주시니 감사합니다."

민서는 때수건으로 온몸을 벅벅 긁고 싶은 심정이었다. 닭
살이 너무 돋아 그대로 닭이 되어 하늘로 날아갈 것만 같았
다. 회색 양복의 중년은 며칠 전부터 계속 포장마차를 찾는
단골이었다. 올 때마다 민서를 향해 느끼한 말을 하고 검은
선글라스 너머로 끈적한 눈길을 보내왔다.

'으으, 느끼해.'

다른 걸 다 떠나서 중년 남성에게는 치명적인 문제가 있었
다. 백두산 천지도 아닌 것이 정수리 부분에 머리카락이 휑하
니 비어 있다는 것이다. 소위 말하는 속 알머리였다. 자세히
보니 프랑스 축구 선수 지단을 닮은 것 같다.

'대체 무슨 자신감이야! 비싼 차나 양복 같은 거에 신경 쓰
지 말고 그 돈으로 차라리 가발을 사란 말이야!'

민서는 속으로 눈물을 흘렸다. 어째서 이런 남자들만 꼬이
는 걸까? 이 남자 말고도 민서에게 추파를 던지는 남자가 많
았다. 그런데 다들 하나같이 어딘가 하자가 있었다. 나이가
너무 많다거나, 살이 너무 쪘다거나, 너무 변태 같다거나, 이미
유부남이라거나 말이다. 그 와중에 공통점이 있다면 다들 돈
이 많다는 것이다.

'에휴.'

사실 삼사십 대라면 알 거 모를 거 다 아는 나이 대다. 마음에 드는 이성이 있다면 접근할 수도 있다고 그녀는 생각했다.

문제가 있다면 별로 매력적이지가 않다는 것이다. 그녀에게 접근하는 남자들은 어린 아이와 하나도 다를 바가 없었다. 내게 비싼 장난감이 있으니까 나랑 친구하자, 우리 집에 게임기가 있으니 놀러 와라 수준밖에 되지 않았다.

"이거 내가 너무 귀찮게 한 것 같군. 앞으론 귀찮게 안 하겠소. 대신 이걸 받아 주시오."

남자는 품 안에서 명함을 꺼내 민서에게 건넸다. 자신의 직장과 연락처, 이름이 적힌 심플한 명함이었다.

"급하게 돈이 필요하다거나 하면 이리로 연락 주시오. 부족하지 않게 드릴 터이니. 그럼 기다리겠소."

순간 민서의 얼굴이 확 달아올랐다. 방금 한 말은 그냥 나중에 돈을 빌려 주겠다는 게 아니었다. 좀 더 파고들어 풀이하자면 자신이 '스폰서'가 되어 주겠다는 의미였다.

스폰서.

돈을 주고 '몸'을 받는 사람을 뜻하는 말이다. 순간 민서의 가슴속에서 울컥 천불이 끓어올랐다. 이제까지 이런 경우는 없었다. 자기가 돈이 많다고 으스대는 경우는 있었지만, 이렇게 대놓고 욕망을 드러내는 일은 없었다. 민서는 참을 수 없는 치욕과 분노로 몸을 부들부들 떨었다. 그때였다.

"요, 힘세고 좋은 저녁! 방가 방가!"

민철이 들어왔다.

"왜 그래? 갑자기 왜 이렇게 심각해?"

민철은 치를 떠는 민서와 속 알머리 남성을 번갈아 가며 쳐다보았다.

"무슨 일이래? 뭐 이리 찬바람이 쌩쌩 불어?"

그는 민서가 쥐고 있던 명함을 빼앗아 확인했다.

"명함?"

전후사정을 모르는 민철이었지만 대략적으로 상황 판단이 가능했다. 단서는 전부 이곳에 모여 있었다. 비싼 자동차, 검은 정장의 보디가드, 돈 많아 보이는 중년 남자, 명함, 화가 난 민서. 조합해 보면 답은 의외로 간단했다.

"저기요, 아저씨. 좋은 말로 할 때 그냥 나가시죠?"

"댁은 누구요."

"그냥 지나가던 선비이올시다."

민철이 시비를 걸자 중년 남자의 옆에 있던 보디가드가 앞으로 나왔다. 보디가드는 선글라스를 끼고 있었다. 오밤중에 선글라스를 끼고 다니다니, 민철은 고개를 갸웃했다.

"무슨 일인지 정확히는 모르겠지만 더 이상 집적대지 말고 조용히 나가는 게 좋을 거요. 나 화나면 무섭다고요. 대머리 아저씨, 내 말 알아들어요?"

"이 새끼가."

보디가드 남자가 위협적으로 다가왔다. 그에 민철은 손에

쥐고 있던 명함을 날렸다. 핑 하는 소리와 함께 명함이 표창처럼 날았다.

"큭!"

민철이 던진 명함은 보디가드의 선글라스에 턱 하니 박혔다. 선글라스가 막아 줬기에 망정이지 아무것도 안 쓰고 있었다면 그대로 눈알 한쪽을 잃었을 것이다. 민철의 놀라운 기행에 당황한 중년 남성은 보디가드와 함께 허둥지둥 포장마차 밖으로 도망쳤다.

"민서 씨, 괜찮아?"

민서는 대답하지 않았다. 그녀의 얼굴은 터질 것처럼 달아올라 있었다. 부르르 떨더니 이내 눈물을 뚝뚝 흘렸다. 민철은 다 괜찮다며 그녀의 등을 토닥여 주었다.

"그렇게 고생한 양반이 이런 일 가지고 뭘 울고 그래. 다 큰 여자가 울면 추하다고. 뚝."

민서는 두 손으로 얼굴을 덮고서 흐느껴 울었다. 옆에서 다독이던 민철은 순간 뭘 본 건지 미간을 찌그러뜨렸다. 그녀의 손목에는 오래된 문신처럼 자잘하게 흉터가 박혀 있었다.

민철은 씁쓸한 입맛을 다시며 계속 그녀를 위로해 주었다.

같은 시각.

동해는 어김없이 나이트 후드 복장을 챙기고 밖으로 향했다. 저번 폭주족 사태 이후로 기합이 바짝 들어간 상태였다.

그나마 다행인 건 저번에 물리친 이후로 폭주족들의 활동이 거의 없어졌다는 것이다. 바이크를 탄 사람과 싸운다는 건 기를 사용하는 동해에게도 벅찬 일이었다. 일반 불량배를 상대하는 것과, 바이크에 탑승한 불량배를 상대하는 것은 하늘과 땅 차이였다.

"자, 그럼 가 볼까."

동해는 천천히 달리며 어두운 거리로 녹아들었다.

동해가 달리기를 멈춘 것은 얼마 지나지 않아서였다. 웬 바이크 한 대가 동해 옆에 있는 도로를 쌩하니 지나갔다. 속도는 미묘하게 느렸지만 자꾸만 경적을 울려 주변을 시끄럽게 했다.

"저런. 저러면 안 되는데."

라이더는 폭주족답지 않게 헬멧을 쓰고 있었다. 그렇지만 헬멧이라는 건 불의의 사고에 대비하기 위함이지 과속을 정당화하기 위해 쓰는 것이 아니다. 동해는 멀어져 가는 바이크를 보며 미간을 찌푸렸다.

"저건 또 뭐지? 설마 저번의 그 폭주족인가. 뭔가 좀 이상한데."

지나가는 라이더는 무리를 짓지 않고 홀로 다니고 있었다. 동해는 어딘가 석연찮은 기분을 느끼며 주머니 속의 마스크를 꺼냈다. 나이트 후드로 분한 동해는 높은 건물 위로 올라갔다. 바이크의 위치를 찾기 위함이다.

그렇게 급할 것은 없었다. 폭주족은 굉장히 어중간한 속도로 달리고 있었다. 저 모습은 마치 자신을 알아봐 달라고, 잡아 달라고 아우성치는 것만 같았다.

'왜 저러지?'

함정이라도 파 놓은 것일까? 잠시 고민하던 나이트 후드는 고개를 절레절레 저었다. 아무리 함정이라고 해도 먼발치에서 지켜볼 수만은 없었다. 어떤 함정이 기다리고 있을지는 몰라도, 그것을 회피한다면 나이트 후드가 아니다. 함정을 돌파하고 계략을 파괴하는 게 바로 나이트 후드였다.

"좋아. 아무튼 출동."

건물 옥상을 옮겨 다니며 상황을 파악하던 나이트 후드는 폭주족이 골목으로 진입하자 곧장 밑으로 뛰어내렸다. 바이크의 속도가 워낙 느렸기에 불시에 정면을 가로막아도 충돌한다거나 하는 문제는 없었다. 나이트 후드가 앞을 막자 라이더는 천천히 브레이크를 밟았다.

"응?"

나이트 후드의 등장에도 라이더는 전혀 긴장하거나 당황한 기색이 없었다. 오히려 당당했다. 반대로 나이트 후드가 당황했다. 라이더가 헬멧을 벗자 긴 생머리가 폭포처럼 쏟아졌다. 라이더의 정체는 여성이었고 전에도 한 번 본 적 있는 얼굴이었다.

"안녕하세요. 오랜만이죠?"

박민주였다.

"이렇게 다시 만나서 정말 반가워요. 잘 지냈어요? 보고 싶었어요."

민주는 바이크에서 내리기 무섭게 주인 만난 강아지 마냥 앞으로 나아갔다.

"또 당신이야? 이번엔 어째서⋯⋯."

"당신을 보고 싶은데 먼저 연락할 길이 없잖아요. 그래서 도로에서 소란을 좀 피웠어요. 그렇게 하면 그쪽이 저를 발견할 거라 생각했죠. 죄송해요."

"뭐라고? 날 만나기 위해서 이랬다고?"

"죄송해요. 하지만 정말 방법이 없었다고요."

그녀가 쑥스러운 듯 웃자 나이트 후드는 살짝 고개를 돌리며 헛기침을 했다. 얼굴이 가려져 있기에 망정이지 후드와 마스크를 벗겨 놓으면 뺨이 상기된 걸 볼 수 있을 것이다.

예전부터 이나의 저돌적인 대쉬를 받으며 동해는 코가 높아진 상태였다. 본인 나름대로 외모에 대한 자신감이 붙어 가는 와중에 또 이런 일이 생기다니. 동해는 자신이 그렇게 잘생겼나 생각하며 잠시 깊은 고민을 해 보았다. 물론 의미 없는 고민이었다.

"혹시 너무 부담스러우신 건가요? 제가 너무 들이대서?"

"아니. 뭐, 꼭 그런 건 아니지만."

사실 부담스러운 게 맞았다. 동해의 모습으로 만난다면야 아무래도 좋지만 나이트 후드의 모습으로는 만나기 꺼림칙했다. 속으로 뭔가 꿍꿍이를 감추고 있을 지도 모르고, 그건 차치하더라도 이런 모습으로는 누군가를 편안하게 대할 수가 없었다.

더군다나 민주 역시 이나와 크게 다르지 않았다. 그보다는 조금 유한 듯 보이지만 결론적으로는 주저 없이 다가오는 부담스러운 타입이었다. 물론 민주는 나이트 후드에 대한 경외감이 포함돼 있기는 하다만.

'이럴 때 인식 장애술이라도 걸 수 있다면 좋으련만.'

나이트 후드에게 아직 인식 장애 술법은 무리였다. 강하게 분출하고 폭발시키는 게 오히려 쉽다. 하지만 동해에겐 인식을 바꾸고 기를 감추는 등의 세밀한 활용은 아직 무리였다. 이쪽이 더 상급자 테크닉이기 때문이다.

"너무 그렇게 긴장하지 마세요. 저는 단지 대화를 나누고 싶었을 뿐이에요. 정말 그것뿐이에요. 다른 생각은 없어요."

"얘기라면 어떤?"

"글쎄요, 그냥 이것저것 전부 다요. 제 얘기도 하고 싶지만, 그보다는 당신의 이야기가 듣고 싶어요. 그냥 뭐, 아무거나 전부 다. 무슨 말이라도 상관없어요."

"그런 부탁은 조금 난해한걸? 나는 별로 할 말이 없는데."

"그냥 그런 거 있잖아요. 어쩌다가 나이트 후드라는 걸 하게 된 건지, 아이디어는 어디서 착안한 건지, 힘든 점은 뭔지, 어릴 땐 어땠는지, 평소에는 어떻게 지내는지 같은 거 말이에요."

"미안하지만 내 개인적인 이야기는 해 줄 수 없어."

"왜죠? 어째서요?"

그 물음에 나이트 후드는 자신의 후드와 마스크를 가리켰다.

"그런 이야기를 쉽게 할 거라면 처음부터 이렇게 가리고 나오지도 않았겠지. 동기라거나 시작점은 별 볼 일 없었어. 정말 별 볼 일 없는 계기였지. 네가 생각하는 것만큼 대단한 건 없어."

나이트 후드의 이야기를 들은 민주는 쿡쿡거리며 작게 웃었다. 나이트 후드가 왜 웃느냐고 물으니 민주가 웃으며 대답했다.

"지금 일부러 굵은 목소리 내시는 거죠? 그런데 말하는 중간 중간 본 목소리가 나오는 거 같아서요. 목소리가 휙휙 바뀌고 있어요."

"흠흠."

예리한 지적에 나이트 후드는 헛기침을 했다.

"저는 배트맨처럼 무슨 장비 같은 게 있는 줄 알았거든요."

"브루스 웨인처럼 자금 사정이 그렇게 넉넉한 편은 아니거든."

"하하, 그렇군요. 하긴, 나이트 후드 활동이 돈이 되는 건 아니죠."

"내 이야기라면 됐어. 그것보다는 앞으로는 이런 짓 하지 마, 위험하다고. 그거 정말 민폐야. 그럼 난 이만 들어가 볼게."

"어어어, 벌써 가시려는 거예요?"

"이렇게 한가로이 잡담을 나눌 만큼 나는 한가하지 않아. 그럼 이만."

섭섭해 하는 민주를 뒤로하고 돌아가려는데 그 순간, 나이트 후드의 주머니에서 휴대폰이 울었다.

—받지 마! 받지 마! 이씨, 성질이 뻗쳐서 그냥!

동해의 벨 소리는 두 가지였다. 하나는 일반적인 관계의 사람들 전용 벨 소리. 다른 하나는 정말 정말 받기 싫은 사람 전용 벨 소리다.

그 정말 정말 받기 싫은 사람은 바로 신이나였다. 신이나 전용의 벨 소리가 울리자 나이트 후드는 허리를 꼿꼿하게 세우며 당황했다.

민주는 그 틈을 놓치지 않았다. 나이트 후드가 감전이라도 당한 것처럼 놀라자 냉큼 그의 주머니에 손을 넣고 휴대폰을 꺼냈다.

"잠깐! 무슨 짓이야! 돌려줘!"

"여보세요?"

민주는 나이트 후드를 밀치며 휴대폰을 받았다. 동해의 목소리가 자신을 반길 거라 생각했던 이나는 뜬금없이 들려

온 여성의 목소리에 황당해 하였다.

〈너 뭐야. 여자? 너 누군데 우리 동해 휴대폰을 받아?〉

"도—옹해요?"

민주는 쿡쿡거리며 나이트 후드를 빤히 바라보았다. 이나의 목소리가 무척 컸기에 자신의 실명이 언급됐다는 건 나이트 후드도 들을 수 있었다.

'신이나, 이 멍청이가! 이름을 말해 버리면 어떻게 해!'

이나는 현재 동해의 입장도 모르고 분노를 콸콸 쏟아냈다.

〈야 이 계집애야! 네가 뭔데 동해 휴대폰을 받냐고! 너 누구야? 너 어디야?〉

"예, 여기는 말이죠. 어디냐 하면은."

참다못한 나이트 후드가 달려들었다. 그러자 민주는 누구보다 빠르게 현 위치를 말한 다음 휴대폰을 닫았다. 그리고 나이트 후드가 뺏기 전에 얼른 휴대폰을 자신의 상의 속으로 쏘옥 집어넣었다.

"윽?!"

만약 휴대폰을 빼앗으려거든 상의 안에 손을 집어넣어야 한다. 나이트 후드는 머리를 쥐어뜯으며 비명을 질렀다.

"가져가고 싶으면 여기에 손을 넣어야 해요. 할 수 있겠어요?"

민주는 그리 말하며 배시시 웃었다.

"우아악! 대체 나한테 원하는 게 뭐야? 대체 왜 이러는데?

그거 빨리 돌려줘!"

"싫어요. 돌려주면 떠날 거잖아요. 저랑 놀아요, 네?"

"이럴 시간이 없어. 이쪽으로 오고 있다고!"

"누가요? 아까 그 여성분이요? 들어 보니까 목소리 엄청 씩씩하던데, 누구예요? 혹시 여자친구?"

"아니거든? 아니거든? 여자친구는 무슨!"

당황한 동해는 목소리를 굵게 만드는 것도 잊고서 실컷 본연의 목소리를 냈다. 말투도 본인의 말투로 돌아온 지 오래였다. 그만큼 동해에게 있어 이나는 끝판 왕 같은 존재였다. 동해는 민주에게 휴대폰을 돌려 달라고 협박도 해 보고 빌어도 봤지만 소용없었다. 그렇다고 휴대폰을 두고 가 버릴 수도 없는 노릇이었다.

예전에는 휴대폰에 비밀번호 설정을 해 놨지만 모종의 사건 이후로 모두 풀어 버렸다. 이대로 가 버리면 그녀가 휴대폰을 이리저리 확인하여 자신의 신상 정보를 알아낼 것이다. 거기다가 민주가 자신에게 단순한 호감이나 동경을 품는다면 모를까, 동해는 아직 그녀를 완전히 신뢰할 수 없었다.

"알았어. 다 알았다고. 대체 나한테 원하는 게 뭔데? 말해 봐. 원하는 대로 해 줄게."

민주는 찡긋 윙크를 하며 수줍게 말했다.

"데이트."

쿠궁.

실제로는 아니었지만 나이트 후드의 뒤로 마치 천둥이 내려치는 듯했다.

"대체 무슨 소리를 하는 거야? 데이트라니, 지금 시간이 몇 시인지는 알고 하는 말이야? 너무 늦었어. 이만 집에 들어가 봐. 부모님께서 걱정하실 거야."

"엄마, 아빠는 날 걱정하지 않아요."

부모 이야기가 나오자 민주의 표정이 눈에 띄게 어두워졌다. 하지만 그것도 잠시 뿐, 민주는 억지로 입꼬리를 끌어 올리며 웃어 보였다.

"나랑 데이트 안 해 주면 당신의 정체를 까발릴 거예요. 이름이 동해라고 했죠? 특이한 이름인 거 같은데 제가 못 찾을 거 같아요? 어떻게든 찾아서 다 까발려 버릴 거예요. 이건 농담이 아니에요."

나이트 후드는 손으로 눈을 덮으며 생각했다.

'또 이 패턴이야!'

저번에 이나 때도 그러더니 이번에도 또 같은 식이다. 진저리가 난다는 듯 동해는 고개를 도리질 쳤다. 그건 그렇고, 동해가 한 가지 간과하고 있는 사실이 있었다. 민주와 이나가 통화한 뒤로 이미 시간이 많이 흘렀다는 사실 말이다. 민주의 페이스에 말려들면서 시간은 계속 흐르고 있었다.

끼이이익!

헤드라이트로 골목을 비추며 택시 한 대가 무섭게 다가왔다. 택시는 마치 영화 속 한 장면처럼 드리프트를 하며 두 사람 옆에 섰다.

"설마 이렇게 빨리?!"

택시의 등장에 동해는 깜짝 놀라 어쩔 줄 몰라 했다. 여기에 이나가 개입한다면 상황은 그야말로 혼돈의 카오스가 될 것이다. 옆에서 가만히 지켜보던 민주가 빠르게 상황 파악을 하고는 바이크 쪽으로 향했다.

"어서 타요!"

"응? 엥?"

"뭘 그렇게 바보같이 있어요? 어서요!"

다급해진 나이트 후드는 이성적인 판단을 할 수가 없었다. 자기도 모르는 사이에 민주의 뒷자리에 앉게 되었고 바이크는 쏜살같이 튀어 나갔다. 그보다 한 박자 늦게 택시에서 내린 이나는 바닥을 꽝꽝 밟으며 포효했다.

"저거 대체 뭐야! 감히 날 두고 바람을 피워? 동해, 저 자식 잡히기만 해 봐라!"

나이트 후드를 뒤에 태운 민주는 거리낌 없이 쓰로틀을 당겼다. 거침없이 질주하며 민주의 긴 머리칼이 바람에 나부꼈다. 뒤에 탄 나이트 후드는 그녀의 휘날리는 머리카락에 사정없이 얼굴을 얻어맞아야 했다. 따끔따끔 하다.

"으으으! 속도가 너무 빨라! 속도 좀 줄여!"

"걱정 마요! 전 괜찮아요!"

"아니, 내가 안 괜찮아! 으어어어!"

나이트 후드에게 이런 경험은 처음이었다. 바이크는커녕 자전거조차 제대로 타 본 적이 없는 그였다. 현재의 시속은 무려 100키로미터. 엄청난 속도에 영혼이 뒤로 날아가 버릴 것만 같았다.

"천천히 가면 그 여자가 쫓아올 거 아니에요! 빨리 가야죠!"

"으아아, 그건 그렇지만!"

나이트 후드는 혹시나 바이크에서 떨어질까 민주의 허리를 가득 감싸 안았다. 조금 창피하다는 기분이 들었지만 현재로썬 어쩔 수가 없었다. 민주는 자신의 배를 두르고 있는 나이트 후드의 손을 보며 실소했다.

"제가 되게 멋진 장소를 알고 있거든요. 꼭 가 보셔야 해요. 정말 멋있어요."

"어디가 됐든 빨리 좀 가! 나 죽는다!"

부릉!

민주는 더욱 속도를 올렸다. 민주가 향한 곳은 새로 건축 중인 다리였다. 밑으로는 검은 강물이 출렁거렸고, 멀리 강물 너머로는 도시의 네온사인이 별빛처럼 빛나고 있었다.

아직 덜 완공된지라 다리는 양쪽에서 시작해 가운데 부분이 뚝 끊겨 있었다. 일단은 다리가 이어지다 말았기 때문에 진입로에 바리케이드가 쳐져 있었지만 민주에게는 아무런 문제가 되지 않았다. 바리케이드 사이를 파고들어 다리 안으로 진입했다.

끼이익.

민주는 다리 끝에 바이크를 세우고 헬멧을 벗으며 머리를 털었다.

"후아, 도착했어요!"

나이트 후드는 바이크에서 내리기 무섭게 자리에 주저앉았다. 다리가 후들거려 도저히 서 있을 수가 없었다.

"저기 좀 봐요. 멋있지 않아요?"

민주가 가리킨 곳은 강물 너머의 네온사인이었다. 나이트 후드는 인상을 찌푸리며 민주가 가리키는 곳을 바라보았다.

"아……."

아름다운 풍경이었다. 가까이서 보면 지저분한 도시의 밤거리도 이렇게 먼발치에서 보니 제법 진풍경이었다. 노란색, 주황색, 붉은색, 하얀색의 불빛들이 서로 섞이며 조화롭게 빛을 뿜어댔다. 밑으로 흐르는 강물은 그 불빛들을 반사시켜 더욱 화려하게 치장해 주었다. 도시 위에는 둥그렇게 보름달이 가득 차 있었다. 마치 환상적인 꿈을 꾸는 기분이었다. 잠시 감상에 젖어 있던 나이트 후드는 고개를 저었다.

"잘 봤으니까 이제 그만 돌아가. 밤이 늦었어."

"조금만 더 있다가 가요, 네?"

"부모님들이 걱정하실 거야."

부모님 이야기가 나오자 이번에도 민주의 표정은 어두워졌다.

"아까 말했잖아요. 우리 엄마랑 아빠는 날 걱정하지 않는다고, 나는 혼자에요."

"혹시 가출했어?"

민주는 잠시 머뭇거리다가 고개를 끄덕였다.

"지금은 고시텔에서 지내고 있어요. 아르바이트하면서 월세 내고 있고. 그래도 문제없어요. 조금 궁핍해도 자유롭게 살고 있으니까."

민주는 그리 말하며 끊어진 다리의 끝에 가 앉았다. 상당히 위태로워 보였지만 그녀는 아무래도 좋다는 듯 바람을 만끽했다.

"집으로 돌아갈 생각은?"

나이트 후드가 물었다. 그에 민주는 삐죽 입술을 내밀었다.

"안 돌아갈 거예요. 어차피 돌아가 봤자 반겨 주지도 않을 거거든요. 돌이킬 수 없어요."

"되돌아갈 수 있어."

"없어요. 이대로 앞만 보고 달릴 수밖에 없다고요. 강물에 다이빙하는 한이 있더라도 말이에요."

단호한 민주의 태도에 나이트 후드는 뺨을 긁적였다.

"그럼 잠시 기다리면 되지 않을까?"

"예?"

"여기 다리는 아직 공사 중이니까. 조금만 기다리면 금방 완공될 거야. 그때까지 잠시만 멈춰 서서 기다리면 되겠지. 강물도 구경하고, 불빛도 바라보면서 말이야."

민주는 알 듯 모를 듯 애매한 표정으로 나이트 후드를 바라보았다. 자기가 말해 놓고도 부끄러운지 나이트 후드는 슬쩍 고개를 돌려 시선을 피했다. 민주의 눈빛은 달빛을 받아 서글픈 색을 띠고 있었다.

"나도 당신처럼 되고 싶어요. 뭐라고 해야 할까, 멋지잖아요. 자유롭고."

"직접 해 보면 그렇지만도 않아."

"나무 같아요."

"나무?"

"올곧잖아요. 바람에 흔들리지 않는 뿌리 깊은 나무."

"좀 쑥스럽네. 그 정도까지는 아닌데."

나이트 후드도 처음에는 그녀를 경계했지만 차츰 시간이 지남에 따라 스스럼없이 대화를 주고받았다. 상대에게 다른 꿍꿍이가 없다는 것을 알고 마음을 놓은 것이다.

무엇보다 그녀에게 관심이 생겼다. 어째서 집을 나와 폭주족에 가입하고 고시원에서 사는지 궁금했다. 전부터 느꼈던 거지만 단순히 때리고 제압한다고 해서 문제아가 갱생하지는 않는다. 상대의 내면으로 파고들어 본질적인 문제를 해결해야 한다. 그 필요성을 누구보다 잘 알기에 나이트 후드는 민주에게 있는 근원적 문제를 알고 싶었다.

때마침 그가 물어볼 필요도 없이 민주가 먼저 이야기를 꺼냈다. 사실 그녀는 처음부터 자신의 이야기를 하기 위해 나이트 후드와 만난 것이었다. 나이트 후드와 만나기 위해 일부러 시선을 끈 것이다.

"제 이야기 한번 들어 볼래요? 별로 특별한 이야기는 아니에요. 굉장히 평범하죠. 너무 시시해서 욕할지도 몰라요. 헤헤, 그러니까……."

민주는 길게 기른 머리칼을 손가락으로 비비 꼬며 이야기를 풀어 갔다.

*   *   *

지금은 이런 모습을 하고 있지만 저도 예전에는 꽤 모범생이었어요. 성적도 전교 1등 아니면 2등을 할 정도였죠. 그때는 바이크라든지 이런 것도 전혀 모르고 있었어요. 바이크는커녕 취미 생활 자체가 아예 없었어요. 그냥 시키면 시키는 대로, 하라면 하라는 대로, 하지 말라고 하면 안 하고.

제 초등학교, 중학교 시절은 그런 삶의 연속이었어요. 그렇다고 딱히 불만 같은 건 없었어요. 저는 그게 당연하다고 여겨 왔으니까요. 잘하면 칭찬을 해 주잖아요. 하라는 거 하면 칭찬하고, 하지 말라는 거 안 하면 칭찬하고, 성적 좋으면 칭찬하고. 그게 마냥 좋은 거라고 생각했어요. 그렇게 살면 언젠가 보답받고 뭔가 내가 바라는 그림이 그려지리라 여겼죠.

하지만 실상은 그렇지 않았어요. 세상은 무조건적으로 우리에게 바라고 원하기만 했지 그 어떤 대가를 주거나 보상도 해 주지 않았어요.

중학생 시절에 한 친구를 알게 됐어요. 이준호라는 남자애에요. 사실 우린 너무 달랐어요. 저는 모범생, 그 아이는 문제아. 접점이라고는 찾아볼 수가 없었죠. 그전부터 보기는 자주 봤어요. 매일 아침 등교하려 대문을 나서면 그 아이가 자전거를 타고 지나갔거든요. 어느 날인가 준호가 먼저 말을 걸어왔어요.

"안녕? 너 민주지? 등교할 때마다 매일 보는데 말이야. 이참에 같이 가지 않을래? 내가 자전거로 바래다줄게."

굳이 거부하지는 않았어요. 약간 민망하기는 했지만 그 아이의 호의가 고마웠거든요. 그리고 문제아라는 소문을 들었지만 제가 본 준호는 그렇게 큰 문제아가 아니었어요. 어쩌면 다른 아이들처럼 평범했죠. 단지 남들보다 통제받는 것, 규제받는 것을 싫어했을 뿐이에요.

그 일을 계기로 우리는 친한 친구가 됐어요. 준호와 저의 결정적인 차이는 준호가 저보다 관심사나 취미가 많았다는 거예요. 준호는 그중에서도 특히 노래를 좋아했어요.

실제로 노래도 굉장히 잘했죠. 저에게 가수와 노래들을 추천해 주기도 했어요. 제 생일에는 음악 CD를 선물해 주기도 했어요. 굉장히 기분이 좋았어요. 새로운 흥밋거리, 관심사가 생긴다는 건 정말 즐거운 일이었어요. 가슴 설레고 두근거리는 감정이죠. 같은 관심사를 공유하며 우리는 더욱 친해졌어요. 그때까지만 해도 아무런 문제가 없었어요. 문제는 그다음이었죠.

모의고사를 봤는데 성적이 전교 2등으로 떨어진 거예요. 곧바로 담임선생님의 호출이 있었죠.

"민주야, 너 이번에 보니 성적이 떨어졌더구나."

"그, 모의고사잖아요. 실제 시험에서는 이보다 더 잘 나올 거예요."

"그래. 자신감 있는 모습이 보기 좋구나. 하지만 말이다, 사소한 차이가 후에 결정적인 영향을 끼치게 돼 있어. 너도 알다시피 요즘엔 명문대를 나와도 취직하기 힘들 정도잖니. 지금 성적을 유지하는 것도 중요하단다. 자격증 준비는 잘 하고 있니?"

"아니요. 아직."

"오늘 당장부터라도 딸 수 있는 것들을 알아보렴."

"하지만 교과서 공부할 시간도 부족한걸요. 자격증 공부까지 하려면 시간이……."

"너에겐 오히려 지금이 기회란다. 남들보다 앞서서 미리미리 스펙을 채워 놔야 해. 어른들이 가끔 말하잖니, 할 수 있을 때

미리 해 놔야 한다고. 그래야 후일이 편해져. 선생님이 우리 민주 많이 힘든 거 왜 모르겠니. 하지만 조금만 더 힘내자. 그래야 나중에 떵떵거리면서 웃을 수가 있어. 오르는 건 힘겹지만, 뒤처지는 건 순식간이라고."

"알겠습니다, 선생님. 감사합니다."

당연한 이야기지만 어머니도 그 사실을 알게 됐어요.

"민주야, 여기 좀 앉아 봐라. 너 이번에 모의고사 성적이 떨어졌던데 이게 어떻게 된 거니? 그전까진 계속 1등을 유지했잖아. 너 요즘 준호인가 뭔가 만나더니 그렇게 된 거 아니니? 전에 보니까 걔 이름이 써진 선물이 있던데."

어머니는 모든 책임을 준호에게 돌렸어요.

"그 애 만나더니 생판 안 듣던 딴따라 노래 듣고 그랬잖아. 방에 들어가 보니까 CD도 몇 장 생겼던데. 그거 너 오기 전에 다 버렸으니까 알아 둬."

"버렸다고요? 그걸 왜 버려요. 용돈 모아서 산 것도 있고 친구가 선물한 건데 그걸 엄마가 왜 버려요?"

"얘가 갑자기 엄마한테 대드네? 그런 딴따라 노래들이 너한테 도움 되는 거 하나도 없어. 오히려 널 방해하는 거야. 그리고 그 준호인가 뭔가 하는 애, 앞으로 만나지 마라. 내가 봤을 때는 별로 좋은 친구가 아닌 것 같아, 멀리하렴."

"엄마는 준호 모르잖아요. 착한 친구라고요."

"자꾸 말대꾸하지 마. 엄마가 시키는 대로 해. 이게 다 너

잘되라고 하는 거니까."

"알았어요. 다시 전교 1등 할게요. 그러면 되는 거잖아요. 전교 1등 유지할 테니까 앞으로 제 물건 함부로 버리지 마요. 준호랑 친하게 지내는 것도 간섭하지 마세요. 엄마가 원하는 만큼 하면 되잖아요."

우리 어머니는 고등학교만 졸업하고 대학교는 들어가지 못했어요. 그 때문에 본인 스스로 열등감 같은 게 심했어요. 학업 때문에 변변한 직장을 갖지 못했고 이런저런 비정규직을 전전했죠.

그러다가 아버지를 만나서 저를 낳았어요. 아버지는 그때 당시 대기업에 종사 중이었죠. 분명 둘이 사랑해서 저를 낳았을 텐데 어머니는 아버지에게마저 열등감을 느꼈어요. 자기 혼자서는 아무것도 아니라는 콤플렉스가 심했죠. 어쩌면 저를 당신처럼 만들지 않기 위해 그랬던 걸지도 모르겠어요. 알고는 있지만 그래도 납득할 수는 없었어요.

자그마치 17년이에요. 17년 동안을 시키면 시키는 대로, 원하면 원하는 만큼 하면서 살았어요. 아무런 불만 없이 부득부득 지켜 왔죠. 완전히 어린 시절을 제외하더라도 청소년 시절 대부분을 그런 식으로 보낸 거예요. 친구라고 부를 수 있는 변변한 사람 하나 없었죠. 청소년 시기가 지난 이후라고 어머니가 절 자유롭게 해 주리란 보장은 없었어요.

그 자리에서 약속했어요. 다음에도 전교 1등을 놓치면 그

땐 군소리 안 하고 전부 어머니가 시키는 대로 하겠다고요. 저는 그 약속을 지켰어요. 그 뒤로 고등학교에 진학해서도 전교 1등을 단 한 번도 놓치지 않았어요. 약속을 지키지 않은 건 어머니였어요.

어느 날인가부터 준호가 저를 멀리하는 거예요. 가까이 다가가면 모르는 척 지나가고, 말을 걸어도 어색하게 웃으면서 자리를 피하고, 이상했어요. 걔가 그럴 리가 없는데. 그래서 집요하게 물어봤어요. 대체 왜 이러는 건지, 왜 나를 피하는 건지 물어봤어요.

"미안. 이거 말하면 안 되는 건데⋯⋯. 네 어머니가 찾아왔어."

"뭐라고? 우리 엄마가 뭐라고 그랬는데?"

"앞으로 너랑 만나지 말라고 하시더라고. 네 학업에 지장이 생기니까 대학생 되어서도 늦지 않으니 그때부터 친하게 지내라고. 말없이 멀리한 건 미안해. 근데 그렇다고 곧장 너한테 그 사실을 말해 줄 수는 없었어. 그건 일러바치는 거잖아. 이해해 줘."

준호에게 그 말을 듣고 저는 더 이상 참을 수가 없었어요. 학교가 끝나고 곧장 집으로 돌아갔죠. 그전까지 어머니에게 한 번도 화를 내거나 큰 목소리를 내 본 적이 없었어요. 하지만 그날은 단단히 벼르고 집으로 돌아갔죠. 거실에는 아무도 없었어요. 안방에서 싸우는 듯한 목소리가 들려왔죠. 어찌나 큰 소리로 싸우는지 현관문을 열고 닫는 소리도 듣지 못한 것 같았어요.

"나도 당신한테 질렸어! 도대체 그놈의 열등감은 언제까지 가지고 있을 거야! 말했잖아. 나는 그런 거 신경 안 쓴다고! 당신의 학벌이 어쩌고 그런 거 모른다고. 그런데 왜 당신은 거기서 못 헤어 나오고 이 지경인 건데! 도무지 이해할 수가 없군."

"이해 못 하는 게 아니라 이해를 안 하려는 거잖아! 나도 많이 힘들었다고. 거기서 벗어나려고 내가 얼마나 노력한지 알아요? 당신은 죽었다 깨어나도 모를 거야."

"대체 뭘 노력한다는 거야. 애초에 노력할 필요가 없는 문제라고 그렇게 말했잖아. 당신 때문에 민주는 또 얼마나 스트레스를 받는지 알아? 그깟 학력이 뭐 그렇게 대단하다고!"

"좋아요, 당신은 당신 멋대로 살아요. 나는 나대로 살 거니까. 대신 민주는 제가 기를 거예요. 당신 곁에 둘 수 없어요."

"마음대로 해. 당신은 그 아이가 어디 대기업에 취직하길 바라는 거겠지. 당신이 남들에게 자랑하고 떵떵거리면서 살기 위해 말이야. 잘 들어, 당신은 전혀 조금도 민주를 생각하고 있지 않아. 단지 자신의 욕심을 채우기 위해 한 아이를 학대하고 있는 거라고."

"뭐라고요? 당신처럼 눈곱만큼도 신경 안 쓰는 것보다는 낫겠죠. 생각해 봐요, 당신이 나나 민주에게 해 준 게 대체 뭐가 있는데요."

"허 참, 황당해서 말이 안 나오는군. 응?"

문이 살짝 열려 있었어요. 저는 그 사이로 지켜보고 있었죠. 정신없이 싸우던 두 분은 한참 뒤에야 제가 지켜보고 있다는 걸 알았어요.

그때 느꼈던 배신감과 실망감은 이루 말할 수가 없어요. 온 세상이 무너지는 기분이었죠. 어딘가 꽉 막히고, 어둠 속에 빠진 느낌이었어요. 캄캄하고 습한, 어둡고 좁은 공간에 갇혀 버린 것만 같았죠. 대답해 주세요. 아니, 대답해 보세요. 대체 뭘 어떻게 해야 하는 거죠? 우리는 무엇을 해야 하죠? 얼마만큼 해야 세상은 만족하는 거죠? 우리는 사람이잖아요. 자유로울 수 있고, 개인 의지가 있잖아요. 선택의 여지가 있는 거잖아요. 기계의 부품이나 나사, 볼트 따위가 아니잖아요.

그 뒤로 집을 나왔어요. 그리고 깨달았죠. 우리는 아무런 힘이 없다는 것을. 그냥 죽을 때까지 그들이 바라는 것을 해주다가 그냥 그렇게 죽거나, 아니면 제 어머니가 그랬던 것처럼 한평생을 후회 속에서 살겠죠. 아마 그럴 거예요. 우리는 그 누구도 원하는 것을 손에 쥘 수 없어요. 자유는 없어요.

세상은 거대한 새장과도 같아요. 그 안에 갇혀서 주는 대로 먹이를 먹으며 가끔 의미 없는 날갯짓을 하죠. 단지 그뿐이에요. 아무런 의미가 없다고요. 하늘엔 온통 억압과 규제, 통제밖에 없어요. 중력처럼 우리를 짓누른다고요. 도대체 우리는 왜 사는 거죠? 아니, 살고 있기는 한 건가요? 우리는 하루하루를 살아가는 건가요? 아니면 하루하루를 죽어 가는 건가요? 대체 우리는 왜 살아야 하는 거죠? 대체 왜 태어난 거냐구요. 무엇을 위해서?

*　　　*　　　*

읊조리듯 이야기를 늘어놓던 민주는 이내 흥분한 듯 속사포처럼 속마음을 털어놓았다. 그에 나이트 후드는 그저 까만히 있었다. 무슨 말을 해 줘야 할지 감이 서지 않았다.

대대적인 취업난이 국가를 뒤흔들고 또 그만큼 교육열이 치열해진다는 건 동해도 알고 있었다. 악순환의 연속이지만 어느 것 하나 나아지지 않고 갈수록 가열된다. 그 시스템 속에 끼인 청소년들은 빠른 시간에 소모되고 지쳐 버린다.

하지만 체감으로 느껴 본 적은 없었다. 공부와 담을 쌓은 동해에게는 그저 먼 나라의 이야기와도 같았다. 그러나 이렇게 당사자의 입을 통해 들으니 그 심각성이 절절히 느껴졌다.

"……."

나이트 후드가 딱히 해 줄 말을 찾지 못하고 우물거리자 민주는 작게 웃었다. 눈에 눈물이 살짝 고인 서글픈 웃음이었다.

"괜찮아요. 애써 위로의 말을 찾을 필요는 없어요."

"미안."

"괜찮다니까요. 그냥 제 이야기를 들어 준 것만으로도 고마워요. 답답했거든요. 가슴속에 담아 두었던 이야기를 꺼내 놓고 싶었어요. 하지만 들어 줄 사람이 없었어요."

"준호라는 친구가 있잖아."

"준호도 저와 같아요. 준호에게 이야기해 봤자 거울 보고 말하는 거와 똑같아요. 아무 의미 없죠."

나이트 후드는 뒷머리를 긁적거리며 더듬더듬 말했다.

"너무 부정적으로만 생각하는 건 좋지 않아. 물론 세상이 갑갑하게 느껴지기도 하겠지. 그렇지만 결국엔 스스로 하기 나름 아닐까? 아무것도 안 하고 투덜거리기만 하는 건 뭐라고 해야 좋을까. 비겁한 거잖아. 그렇다고 널 보고 뭐라고 하는 건 아니야. 조금은 자신을 믿었으면 좋겠어. 무력하게 있는 것보다는 그게 보기 좋을 거 같아, 하하. 뭐라 설명하기가 어렵네."

"……."

"말하자면, 그렇잖아. 절망하기엔 우리가 모르는 것도 많고, 그리고 우린 아직 젊잖아. 안 그래?"

"……."

"하, 하하! 기운 내라고. 너에게는, 그리고 우리 모두에게는 아직 가능성이 많다고. 잠재력이라고 해야 할까? 게임은 끝나 봐야 아는 거라고. 뭐, 그런 거지. 하하."

"……."

"미안. 내가 좀 말재주가 없거든. 사실 마스크랑 후드로 가려서 그렇지 아마 너랑 나랑 나이 대도 비슷할 거야. 따지고 보면 우린 크게 다를 게 없다는 거지. 기운 내."

민주는 고개를 푹 수그렸다. 나이트 후드는 자신이 동원할 수 있는 온갖 말재주를 총동원하여 민주를 다독였지만 스스로 한계를 느꼈다. 다음부터는 책이라도 좀 봐서 말주변을 길러야겠다고 생각하는 그였다.

"고마워요."

"응?"

"정말로 고마워요."

살짝 젖어 있던 민주의 눈가는 이내 눈물로 흥건하게 젖어들었다. 살짝 뚱딴지같은 감상이었지만, 나이트 후드는 달빛을 받아 반짝이는 민주의 눈동자가 참 예쁘다는 생각을 했다. 민주는 돌연 나이트 후드의 품에 와락 안겼다.

"고마워요. 으윽, 흐흑."

"우, 울지 마. 왜 울고 그래."

"흐윽."

그렇게 민주는 묵혀 놓았던 한을 풀어 놓듯 목 놓아 울었다. 그녀의 기습 육탄공격에 나이트 후드는 당황했지만 이내 그녀의 머리를 쓰다듬어 주었다.

"이젠 지쳤어요. 너무 힘들어요. 말해 줘요. 제가 뭘 어떻게 해야 하죠?"

"그게……."

나이트 후드는 한참을 고민한 끝에 답을 내렸다. 이런 말을 하는 게 상황에 맞을까 잠시 생각했지만 왠지 이 말을 해주고 싶었다.

"잠시 멈추면 돼."

"멈추라고요?"

"그래, 잠시 멈춰서 숨 좀 돌리고, 땀도 좀 닦고, 그러면 돼. 그렇게 불나방처럼 살 필요는 없잖아. 말하자면……."

그때였다. 민주와 나이트 후드의 머리 위로 차가운 물방울이 떨어졌다. 잔잔한 강물 위에도 자잘한 물방울들이 떨어져 튀었다.

"이크, 소나기다!"

하늘의 변덕이었다. 어둡게 침묵하던 하늘이 별안간 비를 떨어트렸다.

"꺅! 일단 바이크에 타세요."

"어디 가려고?"

"비 피해야죠."

"으응."

두 사람을 태운 바이크가 빗물을 휘날리며 도시 안으로 녹아들었다.

*　　*　　*

이곳은 번화가 한가운데에 있는 4층짜리 상가 건물의 옥상. 준호는 그곳에 있었다. 아래에 바이크를 세워 두고 옥상에서 담배를 태우고 있었다. 옥상이 마치 자신의 침대라도 되는 것처럼 그는 자리에 누워 있었다. 담배가 중간쯤 타들어 갔을까. 누워 있는 준호의 뺨 위로 빗방울이 떨어졌다.

"응?"

이내 얼마 안 가 쏴아아 소낙비가 뿌려졌다. 빗방울에 담배가 꺼지자 준호는 담배를 난간 밖으로 버렸다.

"칫."

거세게 비가 쏟아졌지만 준호는 개의치 않았다. 오히려 그것을 즐기는 듯했다. 잠시 그렇게 온몸으로 비를 맞으며 있는데 휴대폰이 울렸다.

"여보세요?"

〈형, 지금 어디에요?〉

"근처야."

〈뭐하는 거예요. 지금 다 모여 있다고요. 갑자기 비도 오고 이거 미치겠네. 해산해야 되는 거 아니에요? 빗길 주행은 위험하다고요.〉

"무서우면 돌아가라 그래. 나이트 라이더에 겁쟁이는 필요 없으니까. 우리가 언제 그런 거 따졌다고 지랄이야? 빗길에 미끄러지면 뭐 어때? 그냥 뒈지면 되잖아."

〈하하, 형도 참.〉

"금방 갈게. 기다려."

몸을 일으킨 준호는 크게 허리를 틀었다. 이리저리 스트레
칭을 하고는 잠시 하늘을 올려다보았다. 사실이 그랬다. 빗길
주행은 자동차도 위험한데 바이크는 오죽할까. 하지만 준호
는 신경 쓰지 않았다. 어차피 금방 그칠 소나기였다. 잠시 왔
다가 거짓말처럼 사라지는 소나기. 이것은 일종의 오프닝이며
전야제이고, 전희. 곧 있을 광란의 밤을 축하하는 그런 의
미이다.

준호는 의미심장하게 웃으며 계단을 내려왔다. 밑에 세워
놨던 바이크를 타고 약속 장소로 향했다. 그리 멀지 않은 장
소에 있는 공원이었다.

공원에는 사람이 없었다. 분명 몇 분 전까지만 해도 데이트
나 나들이를 즐기는 사람들이 있었지만 현재는 한 명도 찾아
볼 수 없었다. 소나기가 쫓아낸 건 아니었다. 그보다 먼저 바
이크 폭주족—나이트 라이더—이 몰려들면서 사람들을 쫓아
냈다.

눈짐작으로는 숫자를 세기가 힘들 만큼 많은 폭주족이 모
여 있었다. 아예 공원이 바이크와 폭주족으로 가득 차 시장
바닥을 이루고 있었다. 수십 대의 바이크가 으르렁거리는 소
리는 빗소리만큼이나 요란스러웠다. 뒤늦게 도착한 준호는

그들 앞에 자신의 바이크를 세웠다.

"여, 다들 오랜만인걸? 근데 표정들이 썩 좋지 않잖아, 왜들 그래? 까짓 거 비 좀 맞을 수도 있고 그런 거지. 그래 봤자 소나기라고. 금방 멈출 거야."

그리고 그 순간, 절묘하게 비가 멈췄다. 준호조차 놀라서 어깨를 으쓱했다.

"봐봐. 정말이지?"

마법 같은 타이밍에 라이더들은 피식대며 웃었다.

"우리가 이곳에 모인 이유는 단 하나야. 나이트 후드. 다들 알고 있을 거야. 이 새끼는 자기가 영웅이라고 자기 기준에 안 맞는 놈이 있으면 두들겨 패는 놈이거든. 아주 개새끼지. 처음엔 좀 우습게 봤는데 이 자식이 생각보다 수완이 좋더라고. 이대로 내버려 뒀다가는 우리 같은 사람들은 앞으로 바이크를 타고 다니지 못할 거야. 경찰들이랑은 비교가 안 된다고. 전에 설명했듯이 이건 전쟁이야. 엿 같은 새끼, 자기가 뭔데 우리가 바이크 타고 다니는 거 가지고 하라 마라야? 젠장, 우리는 나이트 라이더라고!"

준호의 외침에 라이더들의 환호가 잇따랐다.

"그래!"

"우리는 최고라고!"

마음에 드는 듯 준호는 고개를 끄덕이며 말을 이었다.

"그 새끼가 영웅이면, 그놈 입장에서 우리는 악당이 되겠

네? 그럼 한 번 보여 주자고. 악당이 이기는지 영웅이 이기는
지 말이야. 우리는 싸울 거야. 싸워서 자유를 쟁취할 거야. 누
구도 우리를 건드리지 못해. 우리는 나이트 라이더니까. 우리
는 최고니까!"

"와아아!"

"계획? 그딴 거 없어. 그냥 이대로 나가서 거리를 한번 헤
집어 주면 돼. 그럼 놈이 알아서 나타날 거야. 그때 놈을 밟아
주는 거야. 간단하지? 그럼 이제 놈의 등짝을 걷어차러 가자.
본때를 보여 주자고."

부릉 부르릉!

공원을 가득 채웠던 바이크들이 하나둘 빠져나가기 시작
했다. 모두 각자의 길로 빠지는 동안에도 준호는 움직이지
않았다. 다 빠져나가고 텅 빈 공원에 홀로 남은 준호는 주머
니를 뒤적거렸다. 그 안에서 꺼낸 것은 손수건이었다. 붉은색
손수건. 준호는 그것을 마스크처럼 얼굴에 둘러 입을 가렸다.

"가자."

바이크의 측면에는 흰색으로 'Drake Dog'이라는 글자가
쓰여 있었다. 준호의 애마 드레이크 독은 그렇게 한 박자 늦
게 공원을 빠져나왔다.

Battle 02

폭주의 밤

　현재 시각은 새벽 2시.

　조금 전까지 소낙비가 내린지라 바닥에는 빗물이 흥건했
다. 바닥에 고인 빗물은 달빛을 받아 반짝거렸다. 소나기에
잠시 주춤했던 사람들이 다시 거리로 나오고 번화가는 활기
를 되찾았다. 하지만 그것도 잠시, 어디선가 나타난 바이크
몇 대가 바닥에 고인 물을 튀기며 거리를 질주했다.

　부르릉!

　"으악!"

　촤악.

　물벼락을 받은 사람들은 화를 내며 황당해했다. 누구는

앞바퀴를 들고 인도로 진입해 사람들을 위협했다. 누구는 한 손으로 몽둥이를 들고서 갓길에 세워진 자동차의 사이드미러를 부쉈다. 방망이에 귀를 잃은 자동차들은 소란스럽게 경보음을 울려댔다. 여러 대의 차량이 서로 경보음을 퍼트리니 그 소리가 한여름의 매미 떼 같았다.

"저 미친 새끼들 뭐야!"

사람들은 당황하여 어찌할 바를 몰라 했다. 기존의 폭주족들과 달리 그 숫자가 너무 많았다. 어디로 눈을 돌리든 그곳에는 바이크가 있었고 성난 소처럼 질주했다. 그들은 길거리의 자동차며 물건이며 할 것 없이 모조리 부수며 사람들을 위협했다.

몇 명은 무리를 지어 지하 주차장으로 향했다. 그들은 얼굴에 붉은 칠을 하고 있었다. 자신들의 외모를 가리기 위함이다.

그들은 넓은 지하 주차장의 중앙에서 바이크를 멈췄다. 그리고 바이크 안에 감춰 났던 생수통을 꺼냈다. 그들은 생수통 안의 물을 주차된 차에 뿌리기 시작했다. 아니, 그것은 물이 아니었다. 진한 냄새를 풍기는 기름이었다. 주차된 차에 기름을 뿌린 그들은 라이터를 이용해 불을 지폈다.

화르륵!

기름에 불이 붙자 붉은 불꽃이 타올랐다. 불꽃은 마치 살아 있는 생물체처럼 자동차를 집어삼켰다.

"킬킬킬."

그들은 재미있다는 듯 서로 손뼉을 치며 환호했다.

*   *   *

민주와 나이트 후드는 비를 피하기 위해 건물의 처마 밑으로 피신했다. 사람들의 시선을 의식한 탓인지 그녀는 일부러 인적이 드문 곳으로 왔다. 비는 얼마 안 가 그쳤고 그들은 처마 밖으로 나올 수 있었다.

"비가 그쳤어요. 이제 나와도 돼요."

나이트 후드는 손바닥을 앞으로 내밀어 보았다. 손바닥 위로 빗방울이 떨어지지 않았다. 완전히 그친 모양이다. 기분 좋게 웃으며 민주가 말했다.

"오늘 고마웠어요. 덕분에 조금 후련해진 거 같아요."

"내가 뭘 한 게 있다고."

"상대에게 뭔가를 털어놓을 때는 꼭 해답을 원해서 그러는 것만은 아니에요. 그냥 곁에 있어 주고 이야기를 들어 주는 것만으로도 얼마나 힘이 되는데요. 너무 많이 시간을 뺏은 거 같아요. 다음에는 이런 식으로 귀찮게 안 할게요, 헤헤. 나이트 후드는 바쁘잖아요."

"아니야, 정말로 괜찮은걸."

민주와 나이트 후드는 서로를 바라보며 작게 웃었다. 빗소리도 사그라지고 잠잠해지니 어색한 침묵이 흐르는 가운데, 어디선가 바이크의 으르렁거리는 소리가 들려왔다. 소리는 사방에서 들려왔다. 그 외에 욕설과 비명소리도 들려왔다. 수상함을 느낀 나이트 후드는 곧장 상가 건물 안으로 들어갔다. 계단을 밟고 올라가 옥상의 문을 열었다. 민주도 그를 따라 올라갔고 두 사람은 4층 건물의 옥상 위에서 사태를 확인할 수 있었다.

폭주족이었다. 눈을 돌리는 족족 그곳에서는 폭주족들이 문제를 일으키고 있었다. 혈관 속을 흐르는 피처럼 그들은 모든 도로와 거리를 질주했다. 나이트 후드를 당황하게 한 건 숫자였다. 놈들의 숫자가 너무 많았다.

"이게 대체……"

"나이트 라이더예요."

"뭐라고?"

"저번에 당신이 상대했던 그 폭주족이요. 제가 속해 있는."

나이트 후드는 쯧, 혀를 찼다. 나이트 라이더가 폭주족 중에서 가장 두각을 나타낸다는 건 익히 들어서 알고 있었다. 허나 이 정도로 규모가 크고 막 나가는 녀석들일 거라고는 생각지 못했다.

저기 멀리에서는 까만 연기와 함께 불길이 치솟기도 했다. 그야말로 혼돈의 도가니였다. 누군가가 실수로 지옥의 문을 열어 놓은 모습이다. 문을 열고 나온 악마들은 미친 듯이 거리를 헤집으며 말썽을 부렸다.

"막아야 해."

"잠깐만요."

민주는 뭔가 할 말이 생긴 듯 입술을 우물쭈물했다. 잠시 우물거리더니 이내 나이트 후드의 귓가에 입을 가까이 가져갔다. 속삭이듯이 뭐라고 작게 중얼거렸다. 말을 건네는 민주의 눈가에는 슬며시 눈물이 고여 있었다.

"알았어. 걱정하지 마. 그럼 나중에 보자."

나이트 후드는 그리 말하며 난간 위로 올랐다. 잠시 눈을 감고 심호흡을 했다. 이내 번쩍 눈을 뜨며 나이트 후드는 난간 아래로 훌쩍 몸을 내던졌다. 그 광경에 민주는 놀란 토끼 눈이 되어 난간 쪽으로 달려갔다. 이곳은 4층이었다.

난간 밑으로 떨어졌던 나이트 후드는 놀라운 도약력으로 건물의 옥상 사이를 넘나들며 멀어지고 있었다. 민주는 이마의 식은땀을 닦으며 안도의 한숨을 내쉬었다. 그러다가 몇 초 뒤에 사람이 어떻게 건물 사이를 날아다닐 수 있는 건지를 생각하며 다시금 놀라워했다.

*　　　*　　　*

나이트 후드는 건물 옥상을 넘나들며 위에서 아래로 습격했다. 폭주족들은 단지 바이크를 타고 있을 뿐 그 외에는 평

범한 사람과 다를 바가 없었기에 격하게 몸싸움이 벌어질 일
도 없었다. 어떻게든 바이크만 부수면 땡이었다. 건물 위에서
아래로 하강하며 습격한 다음, 바이크의 바퀴를 부숴서 더 이
상 난동을 피우지 못하도록 했다.

"개자식아! 차라리 싸우자! 나랑 싸우자고! 왜 죄 없는 바
이크를 부수고 지랄이야! 아아, 내 바이크."

바이크를 잃은 놈들은 마치 가족을 잃은 사람처럼 분노하
고 오열했다. 진심으로 화를 내고 분노하는 모습에 나이트
후드도 마음이 편치 않았지만 어쩔 수가 없었다. 그들을 한
명 한 명 일일이 상대해 가며 시간을 낭비할 수는 없었다.

최대한 시간을 아껴야 했다. 그렇지만 차마 씁쓸한 기분은
어찌할 수가 없었다. 밤은 먹먹하니 깊었고 도시는 드넓었다.
그런데 놈들의 숫자는 어림잡을 수 없을 만큼 많았다. 이런
상황에서 일일이 한 명씩 제압한다고 해서 상황을 종결지을
수 있을까?

나이트 후드는 막막한 기분에 미간을 찌푸렸다. 그래도 포
기할 수는 없었다. 불가능해 보인다고 하지 않는 건 나이트
후드의 신념에 어긋나는 일이었다. 될지 안 될지는 누구도 모
른다. 안 되면 다시 하면 된다. 그래도 안 되면 될 때까지 하
면 된다. 그것이 나이트 후드의, 동해의 신념이었다.

"와악!"

그때였다. 나이트 후드의 앞을 스치고 지나는 폭주족이 중

심을 잃고 비틀거렸다.

"위험해!"

속도를 주체하지 못하고 갓길에 세워져 있는 자동차를 들이받았다.

콰직!

바이크가 허공을 돌아 바닥에 내팽개쳐지는 동안 라이더는 허공을 부웅 날았다. 나이트 후드는 지면을 박차고 그쪽으로 몸을 날렸다.

"흐앗!"

허공에서 라이더를 받아낸 나이트 후드는 그와 함께 바닥에 쓰러졌다. 다행히 나이트 후드가 에어백 역할을 한지라 라이더는 부상 없이 자리에서 일어날 수 있었다.

"괜찮아요?"

'괜찮다'라는 대답 대신 라이더가 건네준 것은 주먹이었다.

퍽.

그는 나이트 후드의 얼굴에 주먹을 날리며 성을 냈다.

"너 뭐야?"

너무도 뜬금없는 공격이었기에 미처 방어를 하지 못했다. 나이트 후드는 시큰한 코를 어루만지며 어이없어했다.

"이봐요. 지금 내가."

"뭐. 누가 도와 달래? 참견하지 말라고."

너무 기가 막혀서 말문이 막혔다. 물에 빠진 사람 구해 놨더니 도리어 화를 내는 격이라니. 처음 안았을 때는 정신이 없어서 몰랐는데 이제 보니 얼큰하게 술에 취해 있었다. 살짝 붙어 있었다고 진한 술 냄새가 확 하고 느껴졌다. 주먹이 가득 쥐어질 만큼 화가 났지만 참았다. 그보다는 먼저 해야 할 일이 있었다. 나이트 후드는 인상을 찌푸리며 등을 돌렸다.

"야, 네가 그렇게 잘났냐? 꼴에 지가 무슨 영웅이라고 지랄이야. 꼴값 떨지 말라고. 네가 그런다고 누가 알아줄 거 같아? 너도 어쩔 수 없을 걸? 이 병신 같은 루저 새끼야."

"해 보기 전에는 모르는 거지."

"해 보기 전까진 모른다고? 맙소사, 계란을 백번 던져 봐라! 바위를 깰 수 있나. 졸라 멍청하기는!"

멈추지 않는 야유에 나이트 후드는 빠른 속도로 그의 앞으로 다가갔다. 나이트 후드가 귀신처럼 코앞까지 다가오자 열심히 떠들던 폭주족은 딸꾹거리며 입을 다물었다. 놈의 멱살을 휘어잡으며 나이트 후드가 말했다.

"그 입 다물어. 적어도 너희보다는 나으니까. 너흰 아무것도 안 하잖아. 너흰 뭔가를 해 보려고 하지도 않잖아. 무언가에 불만을 가지려거든 최소한 부딪쳐 보고 실패해 본 다음에 불평불만 하라고."

"으으."

"한 번만 더 깝죽거리면서 비웃어 봐. 입을 찢어서 평생 웃고 다니게 만들어 줄 테니까."

나이트 후드의 협박에 폭주족은 아무 말도 못 하고 움찔 움찔했다. 나이트 후드는 숨을 고르며 천천히 멱살을 놓았다. 아무리 화가 났다지만 과한 감이 있었다. 나이트 후드는 민철이 말해 준 흑의 기와 백의 기를 떠올리며 나쁜 감정들을 털어냈다. 호흡을 고르며 마음을 추스렸다.

*　　　*　　　*

일출고에서 그리 멀지 않은 독서실.

아현은 그곳에서 책을 펴고 공부 중이었다. 귀에는 이어폰을 꽂고서 노래를 듣고 있었다. 이곳에서 공부한지도 보름째였다. 아는 사람도 없는 곳에서 홀로 공부하려니 외로운 마음도 들었지만 그래도 아현은 꾹 참았다. 샤프를 만지작거리며 노트를 바라보던 아현이 잠시 고개를 들었다. 허리와 어깨가 결리는지 의자에 앉은 채로 끙끙거리며 스트레칭을 했다.

"응?"

종이 넘기는 소리, 펜이 노트 위를 스치는 소리, 헛기침하는 소리가 고작인 독서실이다. 그런데 고개를 들어 보니 몇몇 사람들이 자리에서 일어나며 소란스러워졌다.

아현은 무슨 일인가 싶어 이어폰을 빼 보았다. 이어폰을 빼기 무섭게 건물 벽 너머로 부르릉거리는 소리가 들려왔다. 바이크야 속도가 빠르니 한 번 지나가면 끝이지만, 한 번에서 끝나지 않는다는 게 문제였다. 좌에서 우로, 우에서 좌로 부아앙 하며 연신 지나갔다. 지나갔다 싶으면 또 지나가고, 다끝났다 싶으면 또 시작되며 독서실을 시끄럽게 했다.

"뭐야, 시끄럽게."

"저렇게 달리다가 확 자빠져 버려라. 개놈 자식들!"

"아우, 짜증나."

학생들은 집중이 깨졌는지 짐을 챙기며 저마다 불만을 토로했다. 갑작스러운 소란에 아현은 당황스러운지 주변을 살피며 몸을 웅크렸다. 다들 자리에서 일어나며 짐을 챙기는데 홀로 앉아서 공부하려니 절로 고개가 저어졌다. 군중심리에 휩쓸리듯 아현은 주섬주섬 가방을 챙겼다. 아현이 쫄래쫄래 독서실 밖으로 나오는 순간, 거대한 누군가의 가슴에 머리를 박았다.

"윽."

마치 전신주를 들이받은 듯 이마가 얼얼했다. 아현은 얼굴이 빨개져 사과했다.

"죄송합니다."

"아현아?"

부딪친 사람은 철광이었다. 철광은 예의 큼지막한 크로스백을 어깨에 메고 있었다. 자신을 통째로 드리우는 그림자에 아현은 놀랐지만 이내 철광이라는 걸 알고는 환하게 웃었다.

"철광아."

철광은 힐끗, 그녀가 나온 독서실 간판을 보고는 말했다.

"공부하다 나오는 거야?"

"응. 왠지 집에서는 공부가 안되더라고. 너무 편한 것 같기도 하고 또 컴퓨터도 있으니까. 웹서핑하다 보면 시간이 금방 가 버리거든. 그래서 요즘엔 독서실 다녀. 너는 어디 가는 길이야?"

"응? 나? 그, 어."

철광은 눈에 띄게 허둥대며 사사삭 뒤통수를 긁어댔다.

"헬스장 다녀오는 길이야. 나 저쪽에 헬스장 다니거든. 요, 요즘 몸이 좀 안 좋아진 거 같아서 말이야."

"네가 몸이 안 좋다니, 농담은."

아현은 노크하듯 철광의 가슴을 손등으로 톡톡 건드렸다. 그에 철광은 얼굴이 붉어져서는 머쓱해했다. 헬스를 하고 왔다는 철광의 머리에는 힘이 바짝 들어가 있었다. 보통 헬스를 하고 나면 땀범벅이 되기 때문에 끝나고 샤워를 한다. 샤워를 하고 나서 다시 머리에 뭔가 바르는 일은 거의 없다.

"같이 가자. 바래다줄게. 여자애가 밤늦게 돌아다니는 거 아니야."

"그래? 고마워. 이러니까 꼭 옛날 생각난다."

"그러게. 그나저나 왜 이렇게 오토바이 타고 다니는 애들이 많지? 오늘이 뭔 날인가?"

"그것 때문에 공부 더 하려고 했는데 그냥 나왔어."

"왠지 좀 심한 거 같은데."

철광은 자연스럽게 자신이 도로 쪽으로 섰다. 그녀의 작은 어깨를 팔로 두르며 아현을 보호했다.

"횡단보도 건너야 하는데."

두 사람은 신호등 옆에 서서 녹색 불을 기다렸다. 신호를 기다리는 동안에도 그들 앞으로 바이크가 몇 대나 쌩쌩 거리며 지나갔다.

잠시 기다리자 초록불이 들어왔고 철광과 아현은 조심스레 횡단보도를 건넜다. 후다닥 건너가려는데 그 순간, 바이크가 측면으로 빠르게 다가왔다. 안 그래도 사방이 시끄러운데 접근 중인 바이크는 헤드라이트도 켜지 않은 상황이었다. 미처 피하기 어려울 만큼 가까워져서야 바이크가 다가오고 있다는 사실을 알 수 있었다.

"이런!"

철광은 아현을 껴안고서 허둥지둥 횡단보도를 건넜다. 간발의 차로 바이크 몇 대가 그들의 뒤를 훑고 지나갔다. 조금만 늦었어도 충돌했을지 모른다. 철광은 침을 꿀떡 삼키며 안도의 한숨을 쉬었다.

"아현아, 괜찮아?"

"응, 괜찮아."

철광은 그리 물으며 자신의 손이 그녀의 어깨를 두르고 있다는 사실을 깨달았다. 철광은 그녀의 작은 어깨에 대고 있던 손을 살짝 뗐다. 아현의 어깨에 댔던 손을 쥐락펴락하며 철광은 어색해했다.

*   *   *

새벽 2시 30분.

나이트 후드는 땀을 뻘뻘 흘리며 여전히 폭주족들 잡느라 동분서주 하고 있었다.

'헉헉, 숫자가 너무 많잖아!'

의욕을 부렸던 것과 달리 놈들의 숫자는 당최 줄어들 생각을 하지 않았다. 조금 전에 폭주족이 했던 말처럼, 어쩌면 불가능한 일일지도 모르겠다. 티끌 모아 태산이라는 말이 있지만 이래서 언제 태산이 완성될지 알 수가 없다.

"젠장."

발바닥에 땀나도록 뛰어다니다 보니 어느새 모아 둔 기도 몽땅 소진된 상태였다.

고작 30분 움직였다. 30분. 그리 긴 시간도 아니건만 더 이상 기를 끌어모을 수가 없었다. 나이트 후드는 숨을 몰아쉬며 잠시 마스크를 턱 밑으로 내렸다. 얼굴의 식은땀을 닦으며 후드도 벗었다. 상징이고 나발이고 후드와 마스크 때문에 후덥지근해서 죽을 맛이었다. 그렇게 잠시 동해는 열을 식혔다.

"어라?"

거리 한가운데 한 남자가 서 있었다. 목에 목도리를 두르고 있었으며 한쪽을 길게 늘어트려 엉덩이까지 내려오고 있었다. 목도리를 두른 남자는 후드와 마스크를 벗은 동해를 멀찌감치서 바라보고 있었다.

"큭."

동해는 헐레벌떡 다시 마스크와 후드로 얼굴을 가렸다.

"또 보네, 나이트 후드."

"뭐라고?"

상대가 아는 체를 해오자 나이트 후드는 고개를 갸웃했다. 그의 얼굴을 보며 곰곰이 기억을 더듬어 보았지만 딱히 기억이 나지 않았다. 같은 학교에 다니는 신성주였다. 그렇지만 나이트 후드의 눈에는 처음 보는 사람처럼 전혀 다른 얼굴로 인식되었다.

"날 알아? 넌 누구지?"

"저번에 봤었잖아. 공사 중인 건물 안에서."

"그게 너라고?"

나이트 후드는 작게 고개를 저었다. 그때는 분명 다른 얼굴이다. 현재는 목도리로 입을 가리고 있었지만 그 외에 눈이나 코, 그리고 머리 모양도 미묘하게 달랐다. 그사이에 성형수술을 한 것도 아닐 터인데 어떻게 저리 달라질 수 있는 걸까. 가만 생각하던 나이트 후드는 무릎을 탁 쳤다.

"설마 너도 기 수련자인가?"

"맞아. 못 알아보게끔 손을 써 놨지."

민철에게 들은 적이 있는 기술이었다. 인식 장애술. 아직 나이트 후드는 할 줄 모르는 기술이었다. 그렇다는 건, 저자가 자신보다 더 뛰어난 기 수련자라는 이야기일까? 나이트 후드는 긴장하며 경계를 늦추지 않았다.

"그런데 왜 또 나타난 거지? 나한테 무슨 볼일 있어?"

"볼일? 있지."

"그게 뭔데."

"뭐냐 하면 말이야."

성주는 얼굴의 반을 가리고 있는 목도리를 만지작거리며 뜸을 들였다. 그러다가 갑작스레 매서운 눈으로 나이트 후드를 노려보았다. 단순히 쳐다보는 것뿐인데 나이트 후드는 날카로운 창에 심장을 찔리는 것 같은 기분을 느껴야 했다.

"무, 무슨."

신기루처럼 성주의 모습이 사라졌다. 그가 사라지고 나서야 나이트 후드는 눈치챌 수 있었다. 자신의 뒤로 바이크가 빠르게 다가오고 있다는 사실을 말이다. 지쳐 버린 탓인지 감각이 전 같지 않았다. 나이트 후드는 뒤를 돌아보았고, 성주는 눈 깜짝할 사이에 나이트 후드의 뒤로 이동했다.

"하앗!"

성주는 성난 황소처럼 다가오는 바이크를 향해 다리를 채찍처럼 휘둘렀다.

콰직!

성주의 다리와 충돌한 바이크는 유리가 부서지듯 조각조각 수십 개의 파편으로 나뉘었다. 동해는 파편에 휩쓸리지 않기 위해 바닥에 엎드리며 두 팔로 얼굴을 가려야 했다.

"크허억!"

바이크에 타고 있던 라이더는 허공을 빙그르르 돌아 아스팔트를 데굴데굴 굴렀다. 철푸덕 하는 소리에 나이트 후드는 가슴이 철렁 내려앉는 기분을 느꼈다. 잠깐 사이에 폭주족 하나를 끝장낸 성주가 환히 웃으며 말했다.

"나도 너처럼 나이트 워커야. 오늘부터 활동하기로 정했어. 아직 이름은 정하지 않았어. 뭐로 하는 게 좋을까? 나이트 후드처럼 괜찮은 이름으로 하나 지었으면 하는데."

"그게 무슨."

"네가 대신 지어 줄래? 나이트 후드는 직접 지은 거니? 그럼 내 이름도 하나 정해 주라. 응? 우리는 좋은 팀이 될 거야. 멋진 커플이 될 거라고."

"젠장, 이게 뭐하는 짓이야!"

나이트 후드는 성주의 멱살을 쥐어짰다.

"이게 뭐하는 짓이냐고!"

"왜 이래?"

"우리 같은 기 수련자도 아니고 일반인이라고! 방금 못 봤어? 허공을 몇 바퀴를 돌아서 아스팔트에 떨어졌단 말이야!"

"응, 내가 그렇게 만들었지. 근데 뭐 문제 있어?"

"심하게 다치면 어떻게 하려고!"

"뭘 어떻게 해. 다치면 다치는 거고 죽으면 죽는 거지. 어차피 나쁜 놈들이잖아?"

"말 함부로 하지 마. 너 같은 방식 나는 인정 못 해. 계속 그딴 식으로 해 봐. 폭주족은 둘째치고 너부터 박살을 내 줄 테니까!"

나이트 후드는 도로에 엎어진 폭주족에게 다가갔다. 그의 상태를 살피며 급히 119에 연락을 넣었다. 성주는 쭈뼛거리며 가까이 다가왔다.

"이해할 수가 없어. 왜 그렇게 물러 터진 거야? 너처럼 이도 저도 아닌 방식으로 어떻게 정의를 세우겠다는 거야. 생각은 있는 거야?"

"닥쳐. 네가 지금 하는 건 깡패랑 다름없어. 내 방식과는 달라."

"아니. 이건 방식의 문제가 아니야, 효율의 문제지. 너는 그냥 꿈만 꾸고 있는 거야. 이런 식으로는 백만 년이 걸려도 네가 원하는 걸……."

참다못한 나이트 후드의 주먹이 성주의 뺨을 때렸다. 퍽! 하는 소리와 함께 나이트 후드는 오른 주먹에서 느껴지는 묵직한 감각에 당황했다. 그 감각은 마치 사람의 얼굴을 친 게 아니라 벽을 때린 것만 같았다.

"이게 지금 뭐하는 짓이지?"

더구나 성주는 전혀 타격을 받지도 않은 듯 고개를 꺾지도 않았다. 성주가 한껏 날카로워진 눈으로 나이트 후드를 내려 다보았다. 나이트 후드는 놀라워했지만 겉으로 내색하진 않 았다.

"이거 지금 싸우자는 의미로 받아들여도 되는 거지?"

"네가 계속 이런 식으로 나올 거라면 싸울 거야. 싸워서라 도 널 막을 거야."

"재밌겠네. 그럼 어디 한번 해 봐."

성주의 손바닥이 나이트 후드의 가슴에 직격했다.

퍼억!

"끄윽!"

포탄에 얻어맞은 듯한 충격이었다. 빠르게 날아가기 직전, 나이트 후드는 길게 늘어져 있는 성주의 목도리를 붙잡았다. 뒤로 날아가는 나이트 후드가 목도리를 잡아당기자 성주도 어쩔 수 없이 끌려가야 했다.

"이거나 먹어!"

목도리에 끌려 들어온 성주의 안면에 다시 주먹을 먹였다. 이번에는 좀 더 제대로 들어갔다. 주먹에 얻어맞은 성주가 멀 리 날아가 벽에 처박혔다. 바닥에 쓰러진 나이트 후드와 성주 는 동시에 자리에서 일어났다. 성주가 말했다.

"재밌네. 폭주족 나부랭이들이랑 싸우는 것보단 너와 싸우는 게 더 재밌을 거 같아. 와 봐, 덤벼 보라고."

　서로 한 방씩 주고받았지만 데미지는 나이트 후드 쪽이 더욱 컸다. 가슴이 찢어질 듯 아팠고 목이 막힌 듯 메케한 기분이 들었다. 마스크를 내리고 바닥에 침을 뱉어 보니 피가 섞여 나왔다.

　나이트 후드는 당황하며 얼른 손등으로 입술을 훔쳤다. 나이트 라이더를 상대하는 것만 해도 벅찬데 또 다른 녀석이 난입해 오다니. 거기다가 끼어든 녀석은 보통 놈이 아니라 자기보다 더욱 뛰어난 기 수련자다.

　'일이 왜 이렇게 꼬여 가는 거지? 미치겠네.'

　나이트 후드는 성주를 노려보며 다시 마스크를 썼다.

Battle 03

검은 꼬리

성주의 주먹이 나이트 후드의 복부에 직격했다.

"쿨럭!"

위액이 역류하는 감각과 함께 나이트 후드의 몸이 장난감처럼 멀리 날아갔다. 나이트 후드의 꺾인 몸이 갓길에 세워진 자동차에 부딪쳤다. 자동차는 심하게 우그러지며 그 자리에서 뒤집어졌고 나이트 후드는 부딪친 충격에 다른 각도로 튕겨져 나갔다.

"크흑!"

나이트 후드는 비틀거리며 자리에서 일어났다. 벌써 10분째다. 10분 동안 주먹 한 번 제대로 못 뻗어 보고 흠씬 두들겨 맞는 중이었다. 실력 차이가 너무나도 명확했다.

이기는 건 둘째치고 아예 싸움 자체가 성립이 되지 않았다. 서로 치고받고 해야 싸움이 되는 거지 이것은 일방적인 폭력이었다. 그나마 성주가 중간 중간 봐준 덕에 버티고 있는 거지 폭풍처럼 몰아쳤다면 이 이상 버티지 못했을 것이다. 물론 봐줬다 하더라도 나이트 후드에게 성주는 높다란 태산처럼 느껴졌다.

기를 깨우친 뒤, 동해는 언제나 일방적인 싸움을 해 왔다. 상대가 누가 되었든 간에 동해에게는 상대가 되지 않았다. 그것은 당연했다. 어디까지나 일반인과 기 수련자의 대결이었기 때문이다. 민철은 제외한다면 기 수련자를 상대하는 건 이번이 처음이었다.

"이게 뭐야. 좀 더 분발해 봐. 고작 이 정도 실력으로 지금까지 영웅 행세를 해온 거야? 그러면 안 돼. 이 정도로는 안된다고."

"내 일에 참견하지 마. 쿨럭, 나는 적어도 너처럼 힘을 남용하지는 않으니까."

"남용? 어처구니가 없군. 이건 교육이야. 너의 약해 빠진 정신머리를 뜯어고치기 위한 교육."

"웃기지 마. 이건 강요야. 나에게는 나만의 방식이 있어."

"그럼 네 방식을 내게 이해시켜 봐. 납득시켜 보라고. 날 이기지도 못하면서 입만 나불나불, 말은 참 많기도 하지."

"이잇!"

나이트 후드는 힘을 끌어 올려 성주에게 달려들었다. 성주는 가볍게 공격을 피한 다음 나이트 후드의 뒷덜미를 낚아챘다. 그 상태로 번쩍 들어 올린 다음 힘차게 바닥에 집어던졌다. 힘이 어찌나 센지 아스팔트에 쩌저적 금이 갈 정도였다. 나이트 후드는 부르르 떨더니 이내 죽은 사람처럼 몸을 축 늘어트렸다.

"잘 들어. 사람은 저마다 방식이 있는 거야. 네가 내 방식을 따르지 않겠다면 조금 아쉽긴 하지만 어쩔 수 없잖아? 너와 난 다르니까. 너 역시 그렇게 느끼겠지? 하지만 날 막으려면 최소한 나보다 강해야 하지 않을까? 아니면 모르는 척 신경 끄는 게 좋을 거야. 힘도 없으면서 말만 많은 것처럼 꼴불견인 것도 없으니까. 내 방식이 마음에 안 들면 나를 막아. 나보다 네가 더 옳다는 것을 증명하는 길은 그것뿐이야. 아, 이미 기절했나?"

발로 툭툭 건드려 보지만 나이트 후드는 반응이 없었다. 성주는 피식, 웃으며 빙글 등을 돌렸다.

"응?"

나이트 후드는 아직 정신을 잃지 않았다. 자리를 이동하려는 성주의 발목을 잡고 버티고 있었다.

"막고 있다."

"뭐라고?"

"크윽, 네 말대로 막고 있다고. 아직 안 끝났어."

"하하."

성주는 눈이 작아지도록 눈웃음을 지었다. 그리고 반대 발을 치켜들었다. 그대로 나이트 후드의 머리를 짓밟았다.

콰직!

*　　　*　　　*

새벽 3시.

밤이 제법 깊었지만 민철은 잠을 자지 않았다. 일부러 안 잔 것은 아니었다. 한 시간 전부터 폭주족들이 야단법석을 떠는 통에 도저히 잠들 수가 없었다. 그래서 도장의 불을 켜 놓고 창가에 걸터앉아 담배를 뻑뻑 태우는 중이다.

당장 밖으로 나가 죄다 붙잡아 패 버릴까 고민하고 있었다. 눈이 벌개져서는 뜬 눈으로 밤을 지세는 중, 의외의 손님이 도장에 찾아왔다. 도장 앞에서 포장마차를 운영하는 민서였다. 그녀는 발목까지 오는 월남치마에 외투를 걸친 차림으로 도장 안으로 들어왔다. 민철은 당황하여 피우던 담배를 창밖으로 집어 던졌다.

"민서 씨? 아니, 여긴 어쩐 일로?"

그녀는 왠지 모르게 수줍어하며 어깨를 움찔거렸다. 민철은 괜히 두근거리는 가슴에 손을 얹으며 머릿속으로 온갖 망상을 했다. 복장을 보아하니 급하게 나온 것 같다. 이 시간에 급하게 밖으로 나올 일이 뭐가 있을까? 민철은 도리질을 치며 망상을 치웠지만 망상은 무럭무럭 자라나 그를 괴롭혔다.

"무슨 일로 왔어?"

"다른 게 아니라. 우리 성주가 지금까지 집에 안 들어와서요. 밖으로 나가 찾아보려고 하는데 마침 도장에 불이 들어와 있더라고요. 혼자보다는 둘이 나가서 찾는 게 더 빠를 것 같아서요."

"음."

민철은 잠시나마 망상했던 자신을 책망하며 이마를 긁적였다.

"전화는 안 받아?"

"네, 휴대폰을 꺼 놨더라고요. 애가 이럴 애가 아닌데 혹시 무슨 사고라도 당했을까요?"

"그런 속단은 하지 말고 일단은 같이 나가서 찾아보자고."

"고마워요."

안심이 된다는 듯 민서는 가슴을 쓸어내리며 작게 웃었다. 눈을 감으며 희미하게 웃는 그 얼굴에 민철은 당혹스럽다는 표정을 지었다.

'이 아줌마가 무슨 소녀 같은 미소를!'

민철은 허둥대며 민서와 함께 밖으로 나갔다. 그녀와 함께 밤거리를 길으며 민철은 생각했다.

대체 내가 왜 이 과부에게 가슴 설레는 걸까 하고 말이다. 이건 옳지 못하다. 이건 그릇됐다. 아니다. 따지고 보면 유부녀는 아니니 법적으로나 도덕적으로 문제가 될 것은 없다.

'아니, 아니지. 이건 법적 도덕적 문제가 아니잖아? 오, 맙소사. 내가 지금 무슨 생각을 하는 거람!'

잘 걷던 민철이 갑자기 머리를 쥐어뜯자 민서는 머리 위로 물음표를 띄웠다.

"아무것도 아니니 신경 쓰지 마쇼. 마사지 같은 거니까."

"그런가요."

퉁명스러운 민철의 말투에 민서가 게슴츠레한 눈을 하고 바라봤다.

"왜요, 젊은 여자가 고등학생 아들이 있다니까 이상해 봬요?"

"누가 꼭 그렇다고 했나. 그냥 어색해서 그렇지."

"어색할 게 뭐 있대요. 사람이 살다 보면 일찍 결혼할 수도 있고, 일찍 이혼할 수도 있는 거지."

"그래도 너무 빠른데, 속도위반이라도 하셨수?"

민철의 말에 민서는 두 손을 휘저으며 정색했다.

"소, 속도위반이라뇨! 무슨 말을! 내가 그런 여자로 보여요?!"

민철은 대답 대신 의심스러운 눈초리를 날렸다. 민서는 식은땀을 뻘뻘 흘리며 도리질 쳤다. 알 거 모를 거 다 알 만한 사람이 부끄러워하니 민철은 묘한 기분이 들었다. 민서가 말했다.

"그런 게 아니에요. 서로 사랑했으니까 일찍 결혼한 거죠. 그랬어요."

"서로 사랑했다면서 이혼은 왜 하셨대."

민철의 말에 민서의 얼굴이 급격하게 어두워졌다.

"그렇다고 저 혼자 착각한 거였으니까요."

민서의 어두워진 얼굴에 실언을 했다는 걸 깨달은 민철가 흠흠, 헛기침했다. 그리고 그녀의 등을 토닥이며 위로의 말을 건넸다.

"으음, 거 액땜했다고 생각합시다. 좋은 일이 있으면 나쁜 일도 있듯이 나쁜 일이 생겼으면 그다음엔 좋은 일이 생기겠지."

"하하, 고마워요."

이런저런 대화를 하며 걷던 중, 민서는 문득 주변이 너무 소란스럽다는 것을 깨달았다. 거리에는 사람이 드물었고 도로 쪽에서 경찰차들이 몇 번이나 바쁘게 지나갔다.

"새벽인데도 어째 요란하네요."

"그러게. 폭주족들이 난리를 심하게 피우나."

"성주가 폭주족들에게 휘말리면 안 될 텐데."

민서는 그리 중얼거리며 주변을 두리번거렸다.

　　　　*　　　*　　　*

　나이트 후드는 피투성이가 돼 있었다. 마스크마저도 피에 절어 붉게 물들어 있었다. 후드는 뒤로 넘어가 얼굴이 드러나 있었지만 미처 신경 쓸 여력이 없을 정도였다. 성주는 오른 주먹에 묻은 피를 털어내며 교활하게 웃었다.

　"너도 참 고집 있구나. 이 정도 했으면 됐어. 이만 포기하라고. 이렇게까지 억지 부릴 일이 아니잖아."

　나이트 후드는 후들거리는 다리로 간신히 몸을 일으켜 세웠다. 허나 힘이 떨어지는지 도로 무너져 그 자리에 무릎을 꿇었다.

　"억지가 아니야."

　"억지가 아니라면 뭐라는 거지? 너는 힘을 낭비하고 있어. 내가 보여 줄게! 솔직히 말하면 나는 네 행동에 많은 감명을 받았어. 만약 네가 없었다면 나도 목도리를 두르고 밤에 나오지 않았을 거야. 다 네 덕이야. 너와 싸우고 싶지 않다고. 오히려 너와 함께하고 싶어. 말했잖아, 우리는 멋진 팀이 될 수 있을 거라고!"

　"쿨럭. 내가 힘을 낭비하고 있다면 너는 남용하고 있어. 남들보다 강한 힘을 남용하는 건 모자람만 못 해."

　"됐어. 대화는 그만하지. 더 이상은 정말 못 들어 주겠군. 여기서 이만 쓰러지라고."

"가려거든 날 쓰러트리고 가."

말은 그렇게 했지만 나이트 후드는 현재 서 있기도 힘든 상태였다. 일반인과 싸워도 승리를 장담할 수 없을 만큼 최악이다. 하물며 능숙한 기 수련자를 상대로는 오죽할까. 성주는 오른손을 앞으로 뻗었다. 손바닥을 펴자 그 안으로 하얀 빛이 모였다. 그리고 그 빛은 드릴처럼 나선형으로 성주의 오른팔을 감쌌다.

"어때, 신기하지?"

"……"

"더 신기한 걸 보여 줄게."

순간 성주의 모습이 사라지는가 싶더니 어느새 나이트 후드의 코앞까지 당도했다. 성주의 오른손이 나이트 후드의 가슴에 닿았고, 그 순간 빛이 폭발하며 한 듯 나이트 후드의 몸이 뒤로 날아갔다.

퍼엉!

"크억!"

급속도로 날아간 나이트 후드는 벽에 꽂혔고 그대로 벽을 부수었다. 쿠르릉! 소리와 함께 벽이 무너졌다.

나이트 후드를 날려 버린 성주는 잠시 목을 더듬었다. 목도리가 없다. 이게 어디로 갔나 하고 보니 무너진 벽의 파편 틈에 깔려 있는 나이트 후드의 손에 잡혀 있었다. 날아가기 직전에 무의식적으로 손을 뻗어 붙잡은 모양이다. 성주는 피식 웃으며 그쪽으로 다가갔다.

"손버릇이 안 좋네."

나이트 후드는 정신을 잃었지만 손에는 여전히 힘을 주고 있었다. 그 손을 몇 번 흔들고 나서야 목도리를 돌려받을 수 있었다. 목에 목도리를 두르며 성주는 혼잣말을 하듯 나이트 후드에게 말했다.

"과격하게 대한 건 미안해. 하지만 너도 이 기회에 확실하게 알아야 할 거야. 너의 한계를, 생각을 바꿔야 한다는 걸 말이야. 그나저나 이 목도리 은근히 거슬리는 걸. 꼬리가 길면 밟힌다더니 자주 붙잡히네."

주절주절대다가 갑자기 눈을 크게 뜨더니.

"꼬리? 검은색 목도리니까, 검은 꼬리. 바로 그거야! 이제부터 내 이름은 검은 꼬리야. 검은 꼬리 남자라고 할 수도 있겠지만 그건 좀 유치한 거 같으니 그냥 검은 꼬리로 하자. 하하, 괜찮은 거 같아."

혼자서 떠벌떠벌 떠들며 성주는 재밌다는 듯이 허리를 꺾으며 웃었다. 그러다가 갑자기 정색을 하며 작게 밀했다.

"마냥 깨끗한 방법으로는 세상을 바꿀 수 없어. 조금은 더러워질 필요가 있는……."

열심히 떠들던 성주가 입을 다물었다. 계속 여유 넘치던 얼굴에서도 당혹스러움이 크게 묻어나왔다. 무너진 벽 너머로 두 사람이 서 있었다. 남자 쪽은 처음 보는 얼굴이었는데, 여

자 쪽은 무척 낯이 익었다. 성주는 인식 장애술을 걸고 있음
에도 무의식적으로 목도리를 코까지 올려 썼다.

'엄마?'

성주의 어머니인 민서였다. 민서는 무너진 벽을 보며 놀라
고 있었다. 민철은 무너진 벽의 파편 쪽으로 다가가 살피었
다.

"동…… 아니, 나이트 후드?"

민철의 놀란 표정은 곧 싸늘하게 변했다. 파편 더미를 치워
보니 그 안에는 나이트 후드가 파묻혀 있었다. 뺨을 톡톡 건
드려 보지만 반응이 없는 것이 기절한 것 같다. 딱딱하게 굳
은 얼굴이 되어선 성주를 노려보았다.

"네가 한 거냐?"

민철의 물음에도 성주는 미처 대답하지 못했다. 아니, 아예
듣지 못했다. 그의 정신은 온통 민서에게 쏠려 있었다. 어머
니가 왜 이 자리에 있는 건지, 왜 외간 남자와 함께 있는 건지
하는 생각뿐이었다.

"다시 한 번 묻는다. 네가 한 거냐."

"칫."

두 번이나 물었지만 역시나 돌아오는 대답은 없었다. 하지
만 민철이 물은 것은 어디까지나 예의상이었지 몰라서 물은
것이 아니었다. 민철 역시 기 수련자. 나이트 후드의 몸에 남
아 있는 기의 흔적, 그리고 성주가 내뿜고 있는 기의 아우라

를 통해 그가 나이트 후드를 이렇게 만들었다는 걸 알고 있었다.

"민철 씨, 조심하세요. 저 남자 왠지 수상해요."

민서는 자신의 아들을 알아보지 못했다. 목도리로 얼굴을 가린 것은 변장이라고 부를 수도 없었지만 인식 장애술에 의해 다른 사람처럼 보였기 때문이다.

성주가 머뭇거리는 사이, 민철이 그를 향해 총알처럼 튀어 나갔다. 주먹이 휘둘러졌고 성주는 어찌해 보지도 못 하고 얼굴을 얻어맞아야 했다. 그 파괴력은 어마어마했다. 성주의 몸이 멀찌감치 날아가 가로수에 부딪쳤다.

콰드드득!

가로수의 허리가 부러져 옆으로 쓰러졌다. 각도가 조금만 엇나갔어도 쓰러진 성주를 그대로 덮쳤을 것이다.

"크윽."

장장 몇 미터가 날아갔음에도 성주가 고개를 들었을 때 민철이 바로 앞에 당도해 있었다. 민철은 멱살을 잡아 쓰러져 있는 성주를 일으켰다. 키가 거의 엇비슷한 두 사람이었다. 그런 사람을 한 손으로 번쩍 들어 올리는 모습에 민서는 손으로 입을 가렸다.

"왜 그랬냐."

"크윽, 뭐가."

"저 친구를 왜 저렇게 만들었냐고. 저 녀석이 뭔가 잘못이라도 한 거냐? 그럴 리가 없는데, 저 녀석은 올곧은 놈이다. 다른 사람한테 기절할 때까지 얻어맞을 짓은 하지 않았을 거야. 내 손에 맞아 죽기 싫다면 정당한 사유를 대야 할 거다."

"이거 놔."

"대답해."

"이거 놓으라고!"

민철은 손을 놓음과 동시에 성주의 복부를 발로 걷어찼다.

"큭!"

이번에는 아까처럼 나동그라지지 않았다. 허공에서 허리를 틀어 날렵하게 바닥에 착지했다. 자세를 고쳐 잡은 성주가 곁눈질로 민서와 민철을 번갈아 가며 쳐다보았다. 아까는 몰랐는데 지금 보니 이쪽도 어째 낯이 익다. 어디서 봤나 했더니 민서의 포장마차에 봤던 얼굴이었다.

'도장을 하고 있다는 그 사범인가? 그냥 보통 사범이 아니잖아? 이거 난처하게 됐군.'

성주는 기회를 봐서 도망치려 했다. 설사 자신을 알아보지 못하더라도 어머니가 보는 앞에서는 싸우고 싶지 않았다. 자리를 피하려 했지만 그럴 틈이 나지 않았다.

'젠장, 이 인간은 대체 뭐지? 기도 느껴지지 않는데.'

어이없게도 민철에게서는 기운이 전혀 느껴지지 않았다. 그렇다는 것은 둘 중 하나였다. 성주조차 감지하지 못할 만큼 대단한 기 수련자이거나, 혹은 애초부터 기가 없는 평범한 사람이거나.

하지만 성주는 그가 기 수련자가 아니라고 여기지 않았다. 조금 전에 보여 준 펀치력과 몸놀림은 절대 일반인의 것이 아니었다. 기를 수련하지 않은 인간은 절대로 저렇게 움직일 수가 없다.

"난 당신이랑 싸우고 싶지 않아. 저리 비켜."

"무슨 소리를. 너는 빌어먹을 내 제자 새끼를 저 모양 저 꼴로 만들어 놨어. 난 분명 너에게 그럴 만한 합당한 이유를 대라고 했다. 대답 못 하는 걸 보니 당연히 이유가 없는 거겠지? 나도 애들 싸움에 끼고 싶지는 않지만 너는 정도를 넘었어. 그에 대한 책임은 지셔야지, 이 어이없는 자식아."

성주는 슬금 목도리를 내려 코를 만지작거렸다. 코피가 주르륵 흐르고 있었다.

'미치겠군! 얼른 끝내 버리고 돌아가야겠어.'

성주는 나이트 후드에게 최후의 일격을 날렸을 때처럼 오른손에 기를 응집시켰다. 그의 오른손에서 빛이 번쩍이자 멀리서 지켜보던 민서가 뒤로 주춤거렸다. 그녀는 꿈이라도 꾸는 기분이었다. 영화 속에서나 보던 초인들의 대결이 지금 눈앞에서 펼쳐지고 있는 것이다.

성주는 나이트 후드에게 사용했을 때보다 더욱 많은 양의 기를 오른손에 담았다. 그 힘이 얼마나 큰지 잠잠하던 허공에 날카로운 바람이 불어 닥칠 정도였다. 성주는 계속 힘을 끌어

모으며 말했다.

"그냥 비키는 게 좋을 거야. 당신을 다치게 하고 싶지 않아."

"얼씨구? 애송아, 누가 누굴 다치게 한다는 거야."

뚜둑 뚜둑, 오른팔을 풀며 민철이 말했다.

"고작 기 좀 다룰 줄 안다고 세상 무서운 줄 모르는구나."

"난 진심이야. 당신 그러다가 큰일 난다고."

"주둥아리 그만 씨부렁거리고 덤비기나 해라."

기를 충분히 모은 성주가 지면을 박차고 민철에게 달려들었다. 민철도 성주 쪽으로 달려들었다. 먼발치에서 지켜보던 민서는 두 손으로 얼굴을 가리고서 눈을 질끈 감았다. 거대한 두 힘이 충돌하려는 찰나, 둘 사이에 누군가가 끼어들었다.

"멈춰!"

나이트 후드였다. 분명 파편 속에 반쯤 파묻혀 있었는데 눈 깜짝할 사이에 헤집고 나와서 둘 사이를 가로막았다. 성주는 물론이고 민철마저 놀라 급하게 주먹을 거두었다.

나이트 후드는 붉게 충혈 된 눈으로 성주를 노려보았다. 성주는 뒤로 물러나며 그 눈을 빤히 쳐다보았다. 곁눈질로 민서와 나이트 후드를 번갈아 쳐다보던 성주는 이 기회를 틈타 현장에서 도망쳤다.

민철은 그런 성주를 뒤쫓을 생각을 하지 못했다. 뭔가를 한 것은 아니었지만 나이트 후드가 방금 보여 준 폭발력은 그마저도 놀랄 정도였다. 더군다나 기절했던 녀석이 분노한 짐승처럼 달려드는 모습이라니.

"너 괜찮냐?"

민철의 물음에 나이트 후드는 비몽사몽 한 눈빛으로 고개를 끄덕였다.

"야 이놈아, 이게 대체 무슨 꼴이야. 내가 너한테 얻어맞고 다니라고 기를 가르쳐 준 줄 아냐? 저 자식은 대체 누구야? 왜 얻어맞은 거야?"

"그건 나중에 말씀드릴게요. 지금은 해야 할 일이 있어요."

"해야 할 일? 아직도 끝난 게 아니야? 뭘 더 얼마나 해야 만족할 건데, 너 지금 꼴이 말이 아니라고."

민철은 인상을 찌푸리며 나이트 후드의 모습을 살폈다. 그는 후회했다. 설마, 설마 했지만 이렇게 떡이 되도록 쳐맞고 있을 줄은 몰랐다. 기를 가르쳐 줄 때부터 고민에 고민을 거듭했지만 이런 모습을 보고 있자니 역시나 후회된다. 민철은 생각했다.

'역시 내가 잘못 선택한 걸까?'

"동해야, 너 이런 식으로 할 거면 그만둬라."

"예?"

"어린놈의 새끼가 이렇게 얻어맞고 깨지고 하는 거 보니까 도저히 안 되겠다. 너 나이트 후드고 지랄이고 그냥 다 때려

쳐라. 이게 대체 뭐냐? 거울 좀 보라고, 네가 무슨 꼴을 하고 있는지를 봐!"

"헤헤, 죄송해요. 제가 아직 미숙해서."

"이게 미숙하고 자시고의 문제냐! 너는 지금 선을 넘은 거야, 이 멍청아. 이렇게까지 할 필요는 없는 거라고."

"아니에요. 할 수 있어요. 오늘 일은 이제 거의 다 끝났다고요. 쿨럭 쿨럭!"

나이트 후드는 반쯤 풀린 눈으로 민철의 어깨너머를 바라보았다. 그 뒤에는 오들오들 떨고 있는 민서가 서 있었다.

"민서 누나는 왜 여기에 있는 거죠?"

"어? 응?"

민서 이야기가 나오자 민철이 눈에 띄게 허둥댔다.

"그게, 아들내미가 이 시간이 되도록 집에 안 들어왔다고 해서 말이다, 같이 좀 찾아보자고 하더라고. 지금 그게 중요한 게 아니잖냐."

민철이 어색하게 웃는 순간이었다. 그 순간 찢어질 듯한 소음과 함께 바람이 불더니 나이트 후드의 모습이 사라졌다. 바이크였다. 폭주족이 동해를 붙잡고 빠른 속도로 바이크를 몰고 갔다.

부아앙!

"젠장! 저거 뭐야?!"

민철은 뒤로 벌러덩 넘어가 바닥에 엉덩방아를 찧었다. 바이크는 어떻게 손을 쓸 수가 없을 만큼 빠른 속도로 현장에서 멀어졌다.

그리고 그때, 민서의 외투 주머니 속에 있던 휴대폰에 메시지가 도착했다. 성주에게서 온 문자였다.

[엄마 지금 어디에요? 왜 집에 안 들어와요?]

Battle 04

소나기

　정신을 차릴 틈도 없이 붙잡힌 나이트 후드는 두 발을 땅에 질질 끌어야 했다. 신발이 아스팔트를 스치자 고무가 녹을 정도였다.

　"크읏!"

　나이트 후드가 고개를 돌려 본다. 바이크를 몰고 있는 건 준호였다. 나이트 라이더의 리더, 이준호. 그는 바이크를 최고 속력으로 몰다가 급히 방향을 꺾으며 브레이크를 잡았다.

　끼이이익!

　바이크는 지면에 타이어 자국을 새기며 몇 미터를 미끄러졌다. 동시에 준호는 잡고 있던 나이트 후드를 힘껏 집어던졌다. 원심력에 의해 강하게 날아간 나이트 후드는 아스팔트에 고인 빗물을 튀기며 그 위를 미끄러졌다.

나이트 후드는 촤르륵 미끄러지다가 손바닥으로 바닥을 찍으며 간신히 몸을 멈추었다. 아스팔트 깊숙이 파고 들어간 손을 빼며 허리를 일으켜 세웠다.

50미터 정도를 사이에 두고 두 사람은 눈빛을 주고받았다. 그 상태로 몇 초가 지났을까. 갑자기 하늘이 우르릉거리더니 비가 쏟아졌다. 내렸다가 그쳤다가 하는 것이 변덕이 심한 소나기였다. 폭포처럼 비가 쏟아짐에도 두 사람은 미동조차 하지 않았다. 먼저 입을 연 건 준호였다. 준호는 붉은 손수건을 내리며 말했다.

"내 이름은 준호야, 이준호. 나이트 라이더의 리더지. 하나만 묻자. 너는 왜 그렇게 사서 고생하는 거냐? 힘들잖아, 괴롭잖아, 그리고 아무 의미도 없는데 대체 왜 그러는 거야."

"아니, 그건 내가 묻고 싶은 말이야. 너희는 대체 왜 이러는 건데? 나에게는 힘이 있어. 그 힘을 옳은 방향에 쓴다고 믿고 있어. 하지만 너희는 아니잖아. 너희는 그저 남들에게 민폐를 끼치고 자신을 스스로 갉아먹는 것뿐이잖아. 자기 자신을 낭비하는 것뿐이잖아."

"할 수 있는 게 이것뿐이야. 너에게 힘이 있다고 그랬지? 가만 보면 넌 그냥 보통 사람이 아닌 것 같아. 뭔가 우리가 알지 못하는 그런 힘을 가진 것 같단 말이지. 하지만 우리는 아니야. 우리를 좀 보라고. 우리는 그저 평범하고 무능력해. 초라하고 보잘 것 없다고. 그런 우리가 대체 뭘 할 수 있을까."

나이트 후드가 무어라 대답하려는 순간 준호가 먼저 말했다.

"없어. 할 수 있는 건 아무것도 없다고. 바꿔 말하자면 우리는 그냥 잉여인 거야. 아무짝에도 쓸모가 없는 꿰다 놓은 보릿자루 같은 거지. 근데 곰곰이 생각해 보니까 그 뭐랄까, 허무하더라고. 태어난 이유도, 살아야 하는 목적도 없이 하루하루 지내는 게 말이야. 그래서 뭐라도 해야겠다고 마음먹었지. 그게 바로 이거야."

준호는 자신의 애마를 툭툭 때렸다.

"뭔가 억울하잖아. 그래서 그냥 이대로 죽을 수는 없고 할 수 있는 한 깽판을 칠거야. 할 수 있는 한 모든 것을 뒤엎어버릴 거라고. 적어도 분풀이는 해야 할 거 아니야, 안 그래? 그러니까 방해하지 말라고. 너도 다치고 싶지 않으면 말이야."

"아니, 다쳐도 널 막을 거야. 너희를 막아내겠어."

"정말 고집불통이군."

"민주."

"뭐가 어째?"

"박민주. 그 아이가 나한테 말했어. 여기서 널 멈춰 달라고."

민주의 이야기가 나오자 준호의 표정이 눈에 띄게 험악해졌다.

"웃기지 마. 걔가 그런 말을 할 리가 없어."

"아니야. 정확히 그리 말했어. 너를 멈춰 달래."

"네가 민주를 어떻게 알아. 네가 어떻게……."

"조금 전에 만났으니까. 그 아이는 굉장히 힘들어했어. 이런 생활에 지쳐 있었다고. 집을 그리워했어. 그럼에도 네 곁을 떠나지 않고 남아 있었던 건 오로지 너 때문이었어. 자기마저 사라지면 넌 혼자가 될 테니까."

"닥쳐."

"사실이야."

"닥치라고."

"네가 민주를 친구라고 생각한다면 그 아이의 마음을 이해해야 해. 너에게도 일정 이상 책임이 있으니까."

"닥쳐 새끼야!"

바이크에서 내린 준호는 성큼성큼 나이트 후드에게 다가갔다. 그리고 비틀거리는 나이트 후드의 정강이를 냅다 걷어찼다. 나이트 후드는 고통에 신음조차 내지 못하고 자리에 고꾸라졌다. 빗물에 고개를 처박았지만 그 눈은 똑똑히 준호를 노려보고 있었다.

"그래, 방황하려거든 실컷 방황해! 하지만 친구까지 끌어들이지는 마. 왜, 혼자서는 두려워? 무섭냐고. 그렇게 곁에 잔뜩 끼고 있어야 안심이 되느냔 말이다!"

"개자식이."

준호는 분노에 차 나이트 후드를 짓밟았다. 준호가 그리 힘이 세다거나 싸움을 잘하는 건 아니었다. 바이크 테크닉을 제외한다면 오히려 보통 사람만 못했다. 평소 운동도 안 하던 사람이 바이크를 탔다고 해서 갑자기 강해질 리는 없었다.

그러나 나이트 후드의 상태가 너무 좋지 않았다. 평소라면 한주먹 거리도 되지 않았겠지만 현재 그는 최악의 몸 상태. 준호조차 나이트 후드를 맨몸으로 이길 수 있는 상황이었다. 나이트 후드를 흠씬 두들겨 패던 준호는 그의 멱살을 잡고 바락바락 외쳤다.

"그럴 리가 없어. 민주와 나는 결심했다고. 다시는 갇혀 살지 않겠다고! 우리는 우리 식대로 살 거야. 누구도 우리를 가로막지 못해! 우린 우리 멋대로 살 거야. 누구의 말도 듣지 않을 거라고!"

나이트 후드의 멱살을 붙잡고 흔들던 준호는 마지막 한 방으로 박치기를 선사했다.

빠악!

두 사람의 머리가 부딪치자 빗물이 거칠게 사방으로 튀었다. 부러질 듯 나이트 후드의 목이 뒤로 꺾인다. 최후의 일격을 받은 나이트 후드는 실 풀린 인형처럼 뒤로 넘어갔다. 끝났다 싶은 준호는 바이크로 돌아갔다. 바이크에 엉덩이를 걸치며 비에 젖은 머리칼을 쓸어 넘겼다. 잠시 오다 말 소나기치고는 빗줄기가 상당히 기셌다. 제대로 눈을 뜨기 어려울 정도였다.

준호는 품 안에서 휴대폰을 꺼냈다. 나이트 후드를 쓰러트렸으니 이제 더 이상 볼일은 없다. 철수 명령을 내리려 휴대폰을 열고 번호를 눌렀다. 전화를 걸고 휴대폰을 귀에 붙이는 순간, 준호의 몸이 경직됐다. 그리 멀지 않은 곳에 민주가 있었다. 그녀는 준호와 마찬가지로 바이크에 앉아 있었다. 그녀는 비에 물들어 우수에 젖은 눈동자로 준호를 응시했다.

"민주야?"

*   *   *

민철과 민서는 서로 무슨 말을 해야 할지 몰라 머쓱해하고 있었다. 짧은 시간에 너무 많은 일이 있었다. 민철은 머리를 벅벅 긁으며 번뇌에 빠졌다. 눈앞에서 제자가 납치당했다. 부리나케 쫓아가도 모자랄 판이었지만 지금 당장 쫓아가기에는 타이밍이 애매했다. 일단은 뒤에 민서가 멀뚱멀뚱 서 있었다. 그녀를 내버려 두고 달려갈 수도 없는 노릇이었다. 이러지도 저러지도 못하고서 끙끙 앓고 있을 때 민서가 다가와 말했다.

"성주에게 문자가 왔어요. 얘가 집에 왔나 봐요."

정신이 없기는 민서 역시 마찬가지였다. 갑자기 벽이 무너지고 나이트 후드가 쓰러지고, 민철과 목도리를 두른 남자가 기이한 힘을 다루며 싸우지를 않나, 갑자기 깨어난 나이트 후드가 두 사람을 말리더니, 또 갑작스레 나타난 바이크 폭주족이 나이트 후드를 붙잡아 납치해 버렸다. 그 와중에 성주에게 문자가 오고…….

폭풍처럼 많은 일들이 지나갔다. 방금 있었던 일에 대해 민철과 대화를 나누자니 그것은 좀 걸렸다. 조금 전에 민철이 보여 준 과격한 모습과 살기는 그녀도 절실히 느끼던 참이었다. 아주 잠깐 사이에 자신이 알던 민철이 전혀 다른 사람으로 바뀐 듯했다.

"으음."

민서의 눈치를 살피며 민철이 말했다.

"하하, 놀랐지?"

"아, 그, 조금."

"나중에 다 설명해 줄 테니까 일단 집으로 돌아가. 아들내미한테 문자 왔다며. 그럼 더 이상 이렇게 밖을 돌아다닐 필요는 없겠지. 나는 잠시 할 일이 있어서 바래다줄 수는 없을 것 같아. 위험하니까 다른 데로 빠지지 말고 얼른 들어가."

"민철 씨는 안 들어가고 뭐하려고요."

"나는 잠깐 할 일이 있어. 별일 아니니까 걱정하지 마."

"알았어요. 무슨 일인지는 몰라도 금방 끝내고 집으로 돌아가요."

민서는 종종 걸음으로 발길을 돌렸다. 거리에 홀로 남게 된 민철은 찬찬히 주변을 둘러보았다. 어디선가 훌쩍 바람이 불더니 뭔가가 그를 향해 날아왔다. 검은 봉투였다. 봉투를 낚아챈 민철은 피식, 헛웃음을 지었다.

"타이밍 한번 죽이는구만."

민철은 봉투의 눈과 입 부분을 찢었다. 그리고 당차게 그 것을 머리에 썼다.

"좋아, 검은 봉투 남자의 재등장이시다!"

쏴아아아.

민철이 호기롭게 말하는 순간 하늘에서 억수처럼 비가 쏟아졌다.

"이런."

민주의 갑작스러운 등장에 준호는 크게 당황했다. 새벽이라고 밖으로 못 나올 것은 없었지만 이렇게 떡하니 마주칠 줄은 몰랐다. 더구나 그녀의 모습은 작정을 하고 찾아온 듯했다.

"민주야. 네가 여기 왜 있는 거야. 비 오잖아. 어서 들어가."

"같이 들어가자."

"뭐라고?"

"그만하고 우리 같이 돌아가자고."

민주의 눈빛은 슬픈 듯 또렷했다. 돌아가자는 말이 무슨 의미인지 알아챈 준호가 허탈하게 웃었다.

"민주야, 그게 무슨 말이야. 돌아가자니, 그럴 수 없다는 건 네가 더 잘 알잖아. 이제 와서 우리가 돌아갈 곳이 어디 있어?"

"아니야. 우리 이제 그만하자. 나도 지쳤어. 이젠 돌아갈래. 우리가 잘못 생각한 거야."

"뭘 잘못 생각해!"

준호의 외침과 동시에 하늘에서 번개가 내리쳤다.

"그렇게 당해 놓고도 모르겠어?! 젠장! 젠장! 젠장! 갑자기 너까지 왜 이래? 빌어먹을, 이게 다 저 자식 때문이야. 나이트 후드 때문이라고!"

준호는 바이크에서 내려 나이트 후드에게 다가갔다. 바닥에 무릎을 꿇고서 비틀거리는 그에게 다가가 멱살을 붙잡았다.

"난 비바람이야, 폭풍우라고! 누구도 날 붙잡지 못해. 그 누구도 나에게 뭐라고 할 수 없다고! 그건 너라고 해도 예외는 아니야, 나이트 후드! 어른이고 선생이고 누구도 예외는 없어!"

"……하자."

"뭐라고?"

나이트 후드는 준호에게 멱살이 잡힌 채 한마디 했다.

"적당히 하자고."

"뭐?"

"정말 유치하다. 애도 아니고 무슨 불만이 그렇게 많아. 징 징거리는 소리 듣기 싫어 죽겠네."

"이 새끼가."

"넌 너무 말이 많아."

나이트 후드의 돌변한 모습에 준호는 잠깐 당황했다. 그렇게 흠씬 두들겨 맞았지만 나이트 후드의 눈빛은 오히려 전보다 더욱 또렷해져 있었다.

계속해서 맞다 보니 오히려 머리가 명쾌해지는 기분이 들었다. 비슷한 또래지만 왠지 어린애를 대하는 어른의 기분을 어느 정도나마 알 수 있을 것 같았다.

말이 너무 많다. 빗소리보다 더 귀가 따가울 정도였다. 누구나 불만은 있다. 세상에 불만이 없는 사람은 없다. 다만 그것을 얼마만큼 인내하고 참아내느냐가 바로 어른과 아이를 나누는 경계다. 물론 마냥 참기만 해서도 안 되겠지만, 그 역시 불만을 말로 토로하기보다는 직접 움직여 바꾸려 노력해야 한다. 움직이지 않는 의지, 행동하지 않는 불만은 아무짝에도 쓸모가 없으니까.

"개자식."

준호가 주먹을 날리려는 그때였다. 시끄러운 빗소리 너머로 듣기 싫은 어떤 소리가 울려왔다. 경찰차의 경보음이었다. 제법 늦은 출동이었지만 그래도 예상하고 있었다. 이 난리를 피웠는데 안 나타나면 섭섭하다. 준호가 야비하게 웃으며 나이트 후드를 놓아 주었다.

"새끼들, 빠져 가지고 늦기는."

준호는 바이크에 탑승했다. 쓰로틀을 만지작거리며 민주에게 말했다.

"그래. 너까지 날 버린다 이거지. 다 필요 없어. 너도 필요 없다고. 가, 꺼져 버려. 가서 너 하고 싶은 대로 해 봐. 할 수 있다면 말이야."

"멈춰."

나이트 후드였다. 준호는 질린다는 듯 혀를 찼다.

"야, 너는 어떻게 된 게 당최 쓰러지질 않냐. 진짜 질리는구만. 그만하고 자빠져 자라고. 네가 무슨 짓을 하든지 난 절대로 못 멈춰. 이젠 멈추고 싶어도 멈출 수가 없다고. 그렇게 날 말리고 싶으면 와서 막아 봐. 네가 옳다는 걸 증명해 보라고."

말을 마친 준호는 바이크를 한 바퀴 돌려 자리를 떴다. 경찰차들이 접근했지만 S자로 곡예 운전을 하여 그들의 포위망을 금방 벗어날 수 있었다. 경찰차 몇 대가 U턴해 그 뒤를 쫓았지만 역부족이다.

나이트 후드는 허망한 표정으로 준호가 떠난 길을 바라보았다. 쫓아가긴 쫓아가야겠는데 방법이 없었다. 몸 상태가 괜찮다면 어떻게든 쫓아가겠지만 지금은 기는커녕 몸부터가 만신창이었다. 바이크가 아니라 상대가 그냥 달려도 쫓기 버거울 판이었다. 나이트 후드는 고민했다.

'그냥 여기서 돌아갈까?'

세상에는 변하지 않는 것도 있다. 그중 특히 사람이 그렇다. 어리든 젊든, 나이가 들었든 간에 변하지 않는 사람은 절대로 변하지 않는다. 벽을 두고 대화를 나눠도 이보다 답답하지는 않을 것이다. 어차피 그대로일 텐데 굳이 이렇게까지 할 필요가 있나 싶었다.

어차피 안 될 텐데.

'아니야.'

약한 마음이 들었지만 나이트 후드는 고개를 저었다. 고개를 저어 빗물을 털어내며 나약한 마음도 털어냈다. 포기라는 건 할 수 있는 만큼 전부 다 쏟아낸 다음에 하는 것이다. 제대로 해 보지도 않고 포기하는 건 옳지 않다.

나이트 후드는 부들부들 떨리는 무릎에 힘을 주고 자리에서 일어났다. 나이트 후드의 주변으로 몇 대의 경찰차들이 멈춰 섰다. 폭주족인 준호도 문제였지만 경찰관들 입장에서는 나이트 후드 역시 문제였다. 그가 수배자인 건 아직 변함이 없었다. 경찰차의 헤드라이트에 눈이 부신 나이트 후드는 인상을 찌푸렸다.

'어떻게 하지.'

나이트 후드는 정처 없이 시선을 훑다가 어느 한곳에 눈을 고정했다. 민주와 그녀가 타고 있는 바이크였다. 민주는 나이트 후드의 눈을 바라보더니 고개를 끄덕였다. 대화를 나누진 않았지만 서로 의미가 통한 것이다. 민주가 바이크를 몰고 그에게 다가왔다.

"어서 타요!"

나이트 후드는 그녀의 손을 잡고 바이크의 뒷자리에 탔다. 경찰관들이 붙잡기 전에 민주는 얼른 바이크를 출발시켰다. 바이크 바퀴가 튀기는 물에 얻어맞은 경찰관들은 허우적거리며 뒷걸음질 쳤다.

민주는 계속해서 속도를 올리며 길을 달렸다. 비는 그칠 생각을 하지 않고 계속해서 쏟아졌다. 빗길에 과속하는 건 위험했지만 지금은 달려야만 했다. 어서 빨리 달려가 준호를 붙잡고 싶었다. 얼마나 달렸을까. 도로의 끝에서 희미하게 준호의 뒷모습을 볼 수 있었다. 경찰차를 따돌리고 안심했는지 속도가 느렸다.

"준호야!"

그녀의 부름에 준호는 힐끔 뒤를 돌아보았다. 뒤를 쫓아온 그녀를 보고 많이 놀란 눈치였다.

"아하하! 쫓아오는 거야? 어디 한번 잡아 보라고!"

준호는 그때서야 속력을 높이기 시작했다. 민주도 그에 맞춰 속도를 높였다. 하지만 두 사람의 바이크 테크닉에는 꽤나 큰 차이가 있었다. 또한 바이크 스펙부터가 산처럼 차이 났다. 민주에게 남은 건 준호를 말리고자 하는 의지뿐이었다.

현재 시각은 새벽 4시. 이젠 거리에 사람도 없고 도로에 차도 거의 없었다. 하지만 하늘은 어둡고 비는 어마어마하게 쏟아지는지라 둘만으로도 도로가 가득 차는 느낌이었다.

직진으로 도로를 달리던 준호는 방향을 꺾어 다른 길로 향했다. 두 바이크의 속도는 무척이나 빨랐기에 급격히 방향을 트는 건 위험한 일이었다. 특히나 뒤에 사람은 태우고서 쫓아가는 입장인 민주에게는 더 위험했다.

"크읏!"

자연스럽게 방향을 꺾는 준호와 달리 민주는 거의 빗물에 미끄러지듯이 따라가야 했다. 발뒤꿈치로 바닥을 찍으며 균형을 유지했다. 민주는 최대한 속력을 내 보았지만 둘 사이의 간격은 서서히 벌어지고 있었다. 사실 전속력으로 달리는 바이크를 멈추는 방법은 존재하지 않는다. 만약 존재한다면 그대로 앞을 막는다거나 '날려 버리는' 것뿐인데, 그랬다가는 준호의 안전을 보장할 수 없다. 그렇다면 대체 어떻게 해야 하는 건지, 민주는 입술을 물어뜯었다.

"어라?"

열심히 뒤쫓던 중 민주는 고개를 설레설레 저었다. 현재 그들이 가고 있는 방향이 무척 낯이 익었다.

"준호야, 안 돼!"

이쪽은 미완공된 다리로 향하는 길이었다. 준호는 아무럼 어떠냐고 큰 목소리로 대꾸했다. 아마도 이 뒤에 무엇이 나올지 모르는 모양이다. 민주는 쓰로틀을 쥐어짜며 고래고래 소리 질렀지만 대답은 들려오지 않았다.

"준호야! 위험하다구! 그쪽으로 가면 안 돼!"

민주의 뒤에 타고 있는 나이트 후드도 이곳으로 가면 무엇이 나오는지 알고 있었다. 나이트 후드가 많이 수척해진 얼굴로 앞서 가는 준호를 바라보았다.

'젠장! 젠장! 젠장!'

준호는 완전히 이성을 잃은 상황이었다. 말로는 민주 보고 꺼지라 했지만 속마음은 그렇지 않았다. 그도 사실은 마음이 많이 약해진 상황이었다. 인정하지 않았지만 이미 속은 까맣게 타들어 간 뒤였다.

아무런 보장도 기약도 없는 하루살이 같은 삶이었다. 모든 걸 포기한 듯이 지내왔지만 가슴속 깊은 곳에는 미약하게나마 빛이 남아 있었다. 미련이라는 이름의 빛이었다. 어차피 인생 다 포기했다고 생각했지만 왠지 모를 아쉬움이 있었다. 과연 이대로 전부 불태우고 나면 무엇이 남는 건지 의구심이 들었다.

'그럼 뭐 어쩌라고! 내가 뭘 어떻게 해야 하는데!'

너무나 답답했다. 그것은 타는 듯한 갈증과도 같았다. 영원히 채울 수 없는 갈증.

"뭐야?"

계속해서 속도를 높이던 준호는 크게 당황했다. 도로가 진행되다가 중간에 뚝 끊겨 있던 것이다.

'공사 중인 다리였나? 어쩐지 바리케이드가 있다 했지!'

이제 와서 멈추기에는 바이크의 속도가 너무 빨랐다. 도저히 멈출 수가 없었다. 그것은 마치 자신의 속사정과 닮아 있었다. 마음껏 분노하고 질주했지만 이제는 멈출 수 없는 상황까지 온 것이다. 준호는 온몸의 털이 쭈뼛 서는 감각을 느끼면서도 묘한 쾌감을 느꼈다.

'그래. 어디 한번 해 보자. 저 끊긴 다리가 날 고꾸라트리는지 아니면 내가 다리를 뛰어넘는지 말이야!'

준호는 더욱 쓰로틀을 강하게 당겼다.

"준호야!"

낭떠러지를 향해 질주하며 준호는 속으로 숫자를 셌다. 하나, 둘, 셋. 그리고 힘껏 바이크를 들어 올려 절벽 끝에서 뛰어올랐다. 낭떠러지 끝에서 도움닫기를 한 바이크는 하늘을 날아오를 듯 점프했다.

"아하하!"

준호는 미친 사람처럼 웃었다.

비가 내리는 깊은 새벽. 보름달이 탐스럽게 떠 있었다. 손을 뻗으면 잡을 수 있을 것만 같았다. 준호는 달을 향해 손을 뻗어 보았다. 그리고 눈을 감았다.

*　　　*　　　*

준호는 바람이 되고 싶었다.

바람처럼 살고 싶었다. 이왕 태어난 거 자유롭게 지내고 싶었다. 하지만 하나 둘 세상에 대해 알아 가면서 그것이 쉽지 않음을 아니, 불가능하다는 것을 깨달았다.

세상은 거대하고 정교한 기계 장치와도 같았다. 태어난다는 건 부품이 완성되는 것과 같고 부품은 자유의지가 없다. 만들어지는 즉시 기계 장치 속에 삽입된다. 그리고 굴려진다. 녹이 슬고 완전히 마모되어 쓸모가 없어질 때까지.

어른들은 말했다. 대학생이 된다거나, 혹은 좀 더 나이를 먹으면 지금보다는 훨씬 자유로워질 수 있다고. 하지만 그것은 전부 거짓말이었다. 준호는 생각했다. 사람은 태어나서 죽을 때까지 자유를 얻을 수 없을 것이라고.

그렇다면 과연 무엇을 어떻게 하며 살아야 하는 걸까. 거기에 대해서 뚜렷한 해답을 내릴 수가 없었다. 왜냐하면 방법이 없었기 때문이다. 초등학교, 중학교, 고등학교, 대학교 역시 마찬가지며 남자는 군대에 간다. 군대를 다녀와도 취직을 위해 발에 땀 나도록 뛰어야 하며 취직을 하고 나서는 버티기에 들어간다. 동시에 남들에게 뒤지지 않도록 좋은 차와 멋진 집, 누구에게 보여도 부끄럽지 않을 애인, 결혼, 결혼 후에는 아이까지, 그리고 노후 대비도 남아 있다. 끝없는 미션의 연속인 것이다.

결국 사람의 인생에 있어 자유로운 선택이란 애초부터 있을 수가 없는 셈이다. 부정적인 생각은 날이 갈수록 늘어만 갔고 결국 방황에 빠졌다. 허무주의에 빠져 버린 것이다.

그나마 위안이 되었던 건 민주였다. 준호는 그녀에게 호감을 가지고 있었다. 그것이 이성적인 감정인지 아니면 우정인지는 알지 못했다. 그러나 그녀가 감정적으로 도움이 된 것만은 사실이었다.

　준호가 결정적으로 방황에 불을 지피게 된 계기는 민주의 어머니 때문이었다. 어느 날인가 그녀가 직접 차를 몰고 준호를 찾아왔다. 인근의 카페에 같이 들어간 준호는 민주의 어머니에게 생각지도 못한 말을 들어야 했다.
　"갑자기 이런 곳에 데리고 와서 놀랐겠구나."
　"아니에요. 그런데 무슨 말씀을 하시려고요?"
　"다름이 아니라 너 민주 알지?"
　"예, 친구 사이인 걸요."
　"단도직입적으로 말할게. 너 우리 민주 그만 만나렴."
　준호는 그게 무슨 말인지 몰라 눈을 끔뻑거렸다.
　"아주머니, 저랑 민주 안 사귀는데요. 그, 사귈 생각도 없어요. 그게 물론 민주가 안 예쁘다는 이야기는 아니지만, 이성적인 감정은 없어요."
　"이성적인 감정이 있든 어쨌든 간에 가까이하지 말라는 말이야. 못 알아듣겠니? 우리 민주는 말이다. 지금 전교 1, 2등을 다투는 애야. 좋은 대학교에 진학해야 하고 좋은 직장에 취직해야 해. 너 같은 애랑 어울 릴 시간이 없다고. 실제로 너와 만나면서 민주 성적이 떨어졌어. 이건 어떻게 설명할 거니? 네가 민주의 미래 를 책임질 거야? 아니잖아."

준호는 억울한 마음이 들었지만 차마 뭐라고 말해 야 할지 몰랐다. 잠자코 그녀가 하는 말을 들어야 했 다.

"내가 하는 말 잘 알아들었다면 앞으로 민주 만나 지 마. 너야 아무 감정 없다고 하지만 사람 일이라는 게 어떻게 장담할 수 있니. 이건 민주를 위한 일이야. 네가 민주를 진정 위한다면 앞으로 민주와 친하게 지 내지 마."

"자, 잠깐만요."

"나는 더 이상 할 말 없다. 그리고 이거 차비나 하 렴."

그녀는 하얀 봉투를 건네고는 가방을 챙겨 일어났 다. 가짜 명품 백이었다. 준호는 뭔가 더 말을 하고 싶었지만 무슨 말을 해야 할지 떠오르지 않았다. 그저 멍하니 엉거주춤한 자세로 그녀의 뒷모습을 바라봐야 했다.

"젠장!"

준호는 분노에 테이블을 세게 내리쳤다. 그래 봐야

손만 아플 뿐이었다. 분노는 좀처럼 사그라지지 않았다. 무슨 저딴 인간이 다 있단 말인가. 저런 사람이 민주의 부모라는 게 믿기지 않았다. 부모와 자식 간에 전혀 접점이 없어 보였다.

"아아악!"

넘치는 분을 주체하지 못하고 준호는 냅다 소리부터 질렀다. 카페에는 아직 사람이 많았고 덕분에 찌릿찌릿한 시선을 한 몸에 받아야 했다. 난동을 피우려는 걸로 알고 직원들 몇 명이 다가왔다. 손을 대려 하자 준호는 빽 소리를 질렀다.

"제기랄, 손대지 마쇼! 나 지금 터지기 일보 직전이니까!"

준호는 다가오는 직원들을 위협하며 카페를 나갔다. 직원들은 그가 소리 지른 것 외에는 별다른 민폐를 끼치지 않았음에 가슴을 쓸어내렸다. 가뜩이나 손님도 많은데 난리를 피웠다면 수습하기 곤란했을 것이다. 그런데 방금 나갔던 준호가 다시 돌아왔다. 그에 직원들은 차렷 자세로 바짝 긴장하였다. 준호는 직원들을 노려보며 테이블 위의 돈 봉투를 냉큼 집었다.

"……"

"뭘 봐? 이건 내 거야."

준호는 돈 봉투를 주머니에 넣으며 카페를 나왔다. 씩씩 콧김을 불면서 뚜벅뚜벅 길을 걸었다. 봉투를 꺼내 안을 살펴보았다. 어째 봉투가 얇다 싶었는데 놀랍게도 십만 원짜리 수표가 몇 십 장이나 들어 있었다. 아직 학생인 준호에게는 굉장히 큰돈이었다. 그렇다고 해도 자신이 우스워지는 건 별수 없었다. 보통 이런 상황은 드라마 속에서나 일어나는 일이 아니던가. 더군다나 성별도 바뀌었다. 준호는 그렇게 가난하지도 않았고 여자도 아니었다.

"하하."

준호는 돈이 들어 있는 봉투를 번쩍 들어 올렸다.

"이이익."

그대로 버리려는데 차마 손에서 떨어지지 않았다. 막상 버리자니 아까운 것이다. 준호는 하늘 높이 들었던 돈 봉투를 슬며시 주머니 속에 넣었다.

가슴속에서 자괴감이 치밀어 올랐다. 돈에 얽매일 수밖에 없는, 자신도 어쩔 수 없는 존재라는 사실에 부아가 치밀어 올랐다. 어째 됐든 지금 당장은 할 수 있는 것이 없었다. 당장 민주를 찾아가 하소연할 수도 없었고, 마땅히 털어놓을 만한 사람도 없었다.

준호는 세워두었던 자전거를 타고 집으로 향했다. 천천히 속도를 유지하며 페달을 밟는데 그때였다. 우렁찬 소리를 내며 바이크 몇 대가 도로를 지나쳤다. 예전만 해도 바이크를 봐도 별다른 생각이 들지 않았다. 하지만 지금은 달랐다. 그 빠른 속도하며 으르렁거리는 소리에 묘하게 가슴이 뛰었다.

멋지다는 생각이 들었다. 그에 비하면 자신이 타고 있는 자전거는 초라하고 부끄럽기까지 했다. 그날 준호는 마음을 고쳐먹었다. 바로 저거라고. 저 바이크라면 자신의 갈증을 채워 줄지도 모른다고 여겼다. 준호는 진심으로 민주의 어머님께 감사드렸다. 자신에게 새로운 세계를 알게 해 줘서 고맙다고 말이다.

얼마 안 가 준호는 바이크를 손에 넣었고 밤마다 거리를 질주했다. 그를 막을 수 있는 것은 아무것도 없었다. 학교 선생들도, 경찰도, 그리고 그의 부모님도 막을 수 없었다.

어두운 밤거리를 질주하는 준호의 소문은 급속도로 퍼졌고 그 소문은 폭주 연합, 나이트 라이더의 귀까지 들어갔다. 폭주족에게는 저마다 구역이 존재했는데 그 구역을 준호가 침범한 것이다.

그들에게도 규칙은 있었다. 타 조직의 구역을 침범해서는 안 된다. 만약 구역을 넘나들 경우 조직에 대한 시비로 간주, 반드시 배틀을 붙어야 한다. 배틀이라고 해서 서로 치고받고 싸우는 것이 아니다. 경주를 통해 승패를 겨루는 것이다. 이 경주에서 준호는 놀랍게도 모두를 제치고 1등을 했다. 거기다가 뒤따라 붙은 경찰차까지 모두 따돌려서 강렬한 인상을 심어 주었다.

자유분방하지만 바이크 테크닉을 최우선으로 치는 나이트 라이더였다. 결국 준호는 바이크 실력 하나만으로 순식간에 나이트 라이더의 리더가 된다. 그때는 정말이지 승승장구하며 눈에 뵈는 것이 없던 시절이었다. 준호는 자기가 최고라 생각했고 그 어떤 것도 거칠 것이 없다고 여겼다. 세상 모든 것을 손에 넣은 기분이었다. 그야말로 두려울 것이 없던 시절, 준호에게 한 가지 근심거리가 생겼다. 민주와 다시 만나게 된 것이다.

"네가 여기에 왜 있는 거야?"

"헤헤. 준호야, 나 집 나왔어."

집을 나오고 오갈 곳이 없어진 그녀가 준호를 찾아왔다. 준호는 반가운 마음도 들었지만 속으로는 많이 혼란스러웠다. 혹시나 그녀가 방황하게 된 데에 자신이 영향을 끼친 건 아닐까 하는 생각이 들었다.

그녀는 준호를 향해 활짝 웃어 보였고 준호는 씁쓸한 웃음으로 화답해야 했다. 이건 예상치 못한 일이였다. 자신은 한 줌의 재도 남기지 않고 모조리 불

*태워 버릴 심산이었다. 하지만 거기에 민주가 끼게 된
다면……. 그녀의 어머니가 예상했던 대로 시나리오가
흘러가는 것이 된다. 바로 자신이 민주의 방황에 결정
적인 영향을 끼치는 셈이 되는 것이다.*

　준호는 감았던 눈을 떴다. 달을 향해 쥐었던 주먹을 펼쳐
보았다. 당연하게도 그 손 안에는 아무것도 잡혀 있지 않았
다. 달은 여전히 하늘에 걸려 있었고 그저 빈주먹이었다.
　"이런."
　계속해서 날아오를 것만 같았던 바이크가 중력에 의해 밑
으로 추락했다. 당연한 결과였다.
　"제엔장!"
　바이크가 너무 무거운 탓이었다. 준호는 바이크를 박차고
건너편 다리를 향해 몸을 던졌다. 바이크는 미처 다리를 넘지
못하고 벼랑 끝에 부딪쳤다. 벼랑 끝에 부딪친 바이크는 굉음
을 내며 강으로 추락했다.
　"크읏!"
　비록 바이크를 잃었지만 준호는 아슬아슬하게 다리를 건
널 수 있었다. 빗물이 고인 도로 위를 데굴데굴 굴러서 간신히
목숨을 부지할 수 있었다. 준호가 겨우 다리를 건너고 나서야
바이크는 강물 속으로 다이빙했다. 높게 수면이 튀어 오른다.
　"아하핫! 넘었어! 뛰어넘었다고! 봤냐? 이게 바로……."

자신이 넘어온 반대편 다리를 보며 준호는 기분 좋게 외쳤다. 허나 그것은 오래가지 않았다. 다리를 건넜다는 희열 때문에 잠시 잊고 있었다. 민주가 뒤를 따라오고 있었다는 사실을 말이다. 준호의 얼굴이 급격하게 파리해졌다.

"오, 제발. 민주야! 안 돼!"

뒤따르던 민주는 급격하게 바이크를 틀며 브레이크를 잡았다. 하지만 도로는 비 때문에 미끄러웠고 지금도 비가 쏟아지는 중이었다. 타이어 자국조차 새겨지지 않을 만큼 마찰은 약했고 바이크는 쉽사리 멈추지 않았다.

"으읏, 까앗!"

바이크를 통제할 수 없다는 생각에 민주는 아예 바이크 채로 드러누웠다. 옆으로 쓰러져서 멈추려는 것이다. 민주는 바이크를 걷어차듯이 밀어내며 도로를 뒹굴었다. 그 뒤에 타고 있던 나이트 후드 역시 맨몸으로 빗길을 미끄러져야 했다. 무게가 많이 나가는 바이크는 굉음과 함께 바닥을 긁으며 과격하게 밀려 나갔다. 먼저 떨어져 나간 건 바이크였다. 바이크는 팽이처럼 구르며 벼랑 끝으로 튕겨져 나갔다.

그다음은 민주였다. 도로에는 마땅히 붙잡을 것이 없었으며 그녀는 빗물에 사정없이 미끄러졌다. 기를 사용할 수 있는 나이트 후드는 간신히 도로에 손도장을 찍어 멈출 수 있었다.

"으으."

미끄러지는 걸 겨우 멈춘 나이트 후드가 고개를 들었다.

"꺄아악!"

나이트 후드는 다리가 후들거리는 와중에도 미끄러지는 민주를 향해 달려갔다. 하지만 아무리 나이트 후드라고 해도 눈 깜짝할 사이에 번개처럼 이동할 수는 없었다. 몸도 성치 않았고, 지금은 기도 완전히 바닥난 상황이었다. 따지고 보면 민주보다 더욱 상황이 안 좋았다. 허나 포기하지 않았다. 지금 당장 그녀를 구할 수 있는 건 자신밖에 없었다. 불가능하다고 시도하지 않는 건 나이트 후드의 신념과 반대되는 일이었으니까.

"도와줘!"

계속해서 미끄러지던 민주는 기어이 벼랑 끝으로 몰렸다. 완전히 미끄러지려는 찰나 두 팔로 벼랑 끝을 붙잡고 버텼다. 하지만 오래 버틸 수는 없었다. 민주의 근력이 그리 강한 편이 아니었고 붙잡을 만한 것이 없었기 때문이다. 두 팔을 허우적거리던 민주는 결국 강물이 흐르는 수십 미터 아래로 떨어졌다.

"꺄아악!"

그 모습을 보며 준호 역시 비명을 질렀다. 자기 때문이라고, 자기가 그녀를 이렇게 만든 거라고 자책하며 머리를 쥐어뜯었다. 그녀를 구하기 위해 직접 몸을 던져 볼까? 그건 바보 같은 짓이다. 그것은 누가 봐도 동반 자살에 가까운 행위였다. 아주 희박한 확률조차 없다. 100퍼센트 죽는다! 그런 상황에서 몸을 던지는 바보가 대체 어디에 있단 말인가.

"흐아압!"

그 바보가 바로 나이트 후드였다. 나이트 후드는 벼랑 끝을 걷어차며 아래로 빠르게 하강했다. 민주는 강풍에 두 팔과 머리카락을 펄럭거리며 추락 중이었다. 눈조차 제대로 뜨지 못했고 애처로운 몸짓만 반복했다. 나이트 후드는 그녀를 붙잡았다. 누군가가 자신의 몸에 손을 대자 놀란 그녀는 눈을 떴다.

"나, 나이트 후드? 어떻게?"

"꽉 잡아!"

비록 그녀는 붙잡았지만 이 이상 어찌할 수가 없었다. 나이트 후드에겐 날개가 없었다. 준호가, 민주가 세상에 절망했던 것처럼 인간은 하늘을 날지 못했다. 그저 몸부림치고 추락할 수밖에 없는 운명. 중력에 평생 얽매여 살아야 한다.

하지만 나이트 후드는 얽매임을 거부했다.

차디찬 강물 위로 떨어지기 직전, 나이트 후드는 발길질을 했다. 그 발이 수면을 박차자 안에서 폭탄이라도 터진 듯 사방으로 물보라가 튀었다.

콰아앙!

나이트 후드는 그 반동으로 다시 떠올랐다. 날개가 아니라

로켓을 장착한 것처럼 빠른 속도로 수직상승했다. 빠르게 상승한 나이트 후드는 기어이 준호가 있는 다리까지 올라왔다. 안전하게 착지한 그는 민주를 바닥에 내려놓았다. 민주는 다리가 풀렸는지 휘청거리다가 준호의 부축을 받았다.

"말도 안 돼."

준호는 힘들어하는 민주를 지탱하며 멍하니 나이트 후드를 바라보았다. 직접 눈으로 보고도 믿을 수가 없었다. 이건 정녕 사람이 아닌 것만 같았다. 그냥 수면을 밟고 점프한 것도 놀라운데, 거기서 몇십 미터를 도약하다니. 인간이 아무런 장치도 없이 하늘을 난 것이다. 나이트 후드는 준호를 향해 힘없이 웃어 보였다.

"이 미친 새끼."

"비는, 언젠가 그치게 돼 있어……."

폼 잡으며 말한 것치고 나이트 후드는 숨조차 쉬기 버거워 보였다. 숨을 깔딱거리더니 이내 자리에 엎어졌다.

"어이."

준호는 시체라도 대하는 듯이 발로 툭툭 그를 건드려 보았다. 나이트 후드는 기절했는지 미동조차 하지 않았다.

"무슨 헛소리를 하는 거야."

비는 언젠가 그칠 거라니. 뜬금없는 소리에 준호는 그 말을 정신을 잃기 직전의 헛소리쯤으로 치부했다. 그런데 놀랍게도 그 예언이 적중했다. 그 순간 소나기가 그친 것이다. 억수처럼 퍼붓던 비가 거짓말처럼 뚝 그쳤다. 준호는 하늘을 쳐다보며 입을 쩌억 벌렸다. 사실 그리 놀랄 일은 아니었다. 나이트 후드가 비가 그칠 것이라 말한 것이 우연하게 맞아떨어졌을 뿐, 처음부터 이 비는 소나기였다. 잠시 왔다가 금방 그칠 소나기.

"젠장."

준호는 품 안에서 휴대폰을 꺼냈다. 누군가에게 연락을 넣어 한마디 했다.

"이만 철수하자."

⟨형! 지금 난리 났어요!⟩

난데없는 큰 목소리에 준호는 귀를 쫑긋 세웠다.

"그게 갑자기 무슨 소리야. 뭐가 난리나?"

⟨이상한 변태 같은 자식이 지금 우리 애들 두드려 패고 지금 완전 막장이라니까요! 형이 와서 도와줘야겠어요! 으, 으아악!⟩

"이 새끼 지금 뭔 소리 하는 거야?"

술이라도 한잔했겠거니 생각한 준호는 그냥 휴대폰을 닫았다. 이미 식을 대로 식어 버렸다. 그래도 이대로 돌아가기엔 조금 아쉬운 기분이 들었다. 준호는 나이트 후드에게 다가갔다. 쓰러져 있는 그의 얼굴에 손을 가까이 가져갔다. 얼굴이 궁금했다. 수면을 박차고 하늘을 나는 인간의 얼굴이 보고 싶었다. 마스크에 손을 대려는 찰나, 번개처럼 하늘에서 누군가가 내려왔다.

"헤이, 소년. 거기서 스톱."

조금 전에 통화를 통해 들었던 얼굴에 검은 봉투를 쓴 남자였다.

"뭐, 뭐야!"

그 기괴한 몰골에 준호는 뒤로 엉덩방아를 찧었다.

"검은 봉투 남자의 등장이다. 미안하지만 이만하고 돌아가 주셔야겠어. 너희 너무 까불었다고."

준호도 민주도 검은 봉투 남자의 존재를 알고 있었다. 그가 과거 나이트 후드를 구하고 육교를 단박에 날아오르는 모습을 본 적이 있었다. 그랬던 그가 또 나타난 것이다. 어찌할 수가 없었다. 평소 같았으면 민주는 이번에도 사인 요청을 했겠지만 지금은 그럴 분위기가 아니었다. 일단은 군말 없이 돌아가야 했다. 준호와 민주가 털레털레 돌아가는 사이, 민철은 나이트 후드를 어깨에 걸쳤다.

"야이 애물단지 제자 놈아. 너 때문에 진짜 내가 뭔 고생이냐 이게, 에휴."

민철은 어깨에 나이트 후드를 걸치고서 새벽의 어둠 속으로 사라졌다.

Battle 05

비가 그친 후

사건이 지나고 다음 날, 민서의 포장마차.

민서는 쉴 틈 없이 몰려드는 손님들을 맞아 열심히 음식들을 준비했다. 그 와중에도 시간을 확인하고는 채널을 돌렸다.

"안녕하십니까. 가장 빠른 뉴스, 가장 정확한 뉴스, 생방송 9시 투나잇의 김대기입니다. 어제저녁, 폭주족들에 의해 굉장히 큰 소동이 있었다고 하는데요. 현장에 나가 있는 박대기 기자를 불러 보겠습니다. 박대기 기자?"

화면이 바뀌며 사건 현장에 나가 있는 기자가 등장했다. 그는 경직된 표정으로 마이크를 쥐고 있었다.

"예, 박대기 기자입니다. 이곳은 어제 폭주족들이 소란을 피웠던 서울 시내 한복판입니다."

카메라가 현장의 이곳저곳을 비췄다. 아스팔트와 인도에는 문신처럼 타이어 자국이 새겨져 있었다. 또한 그들의 습격으로 엉망이 된 가게들도 보였다. 갓길에 세워진 자동차들 역시 성치 못했다. 앞 유리가 깨지거나 사이드미러가 박살 난 경우가 허다했다. 박대기 기자는 손수 현장을 가리키며 보여 주었다.

"보다시피 폭주족들은 이것저것 가릴 것 없이 마구 부수며 소란을 피웠습니다. 매우 처참한 광경이 아니지 않을 수 없습니다. 폭주족들의 소란은 세 시간가량 이어졌으며 두 남자에 의해 소강되었습니다."

기자의 말에 앵커가 끼어들었다.

"두 남자라고요?"
"예, 일명 나이트 워커라고 불리는 나이트 후드와 검은 봉투 남자에 의해 이들은 대부분 바이크를 잃고 도망쳤습니다.

특히 일반인이 촬영한 검은 봉투 남자의 활약은 인터넷 퍼져
서 큰 반향을 일으키고 있다고 합니다. 그 영상을 한번 보시
죠."

다시 화면이 바뀌었다.

도로는 그야말로 전쟁터를 방불케 했다. 사람들은 대피하
거나 건물 안으로 들어가기 바빴다. 이 와중에 한 남자가 나
타났으니 바로 검은 봉투 남자였다.

검은 봉투 남자는 과거 단 한 번의 등장으로 화제를 일으
켰다. 그 괴상한 패션 센스와 영화 같은 몸놀림에 마니아층이
생겨난 것이다. 특히 중국 무협영화에서나 보여 줄 법한 움직
임을 직접 선보이며 영상을 본 사람들을 충격과 공포로 몰아
넣었다.

이번 영상 역시 저번 것 못지않게 놀라운 것뿐이었다. 건물
위를 단숨에 올라갔다 내려오며 바이크를 발로 차 부수고,
달리는 바이크를 두 손으로 붙잡아 멈추는 등 각종 기예를
선보였다.

검은 봉투 남자는 보이는 족족 폭주족들을 붙잡았고 그
들의 바이크를 부쉈다. 그리고 붙잡은 폭주족들은 전부 밧
줄로 가로수나 가로등, 전신주에 묶어 버렸다. 이쯤 되면 영
화가 아니라 거의 만화에 가까운 수준이었다.

일반 시민이 담은 영상이 꺼지고 다시 박대기 기자가 화면

에 모습을 드러냈다.

"보다시피 검은 봉투 남자의 활약으로 소란은 일단락되었습니다. 저번의 첫 등장 이후 두 번째 등장인데요. 이번에도 그는 인간을 뛰어넘는 몸놀림을 보여 줘 시민들은 놀라움을 금치 못하고 있습니다. 과연 그의 정체는 무엇일까요? 참으로 의문이 아니지 않을 수가 없습니다."

"그렇군요. 저도 그게 참 궁금합니다. 경찰들도 폭주족들을 막는 데 큰 활약을 했겠죠?"

"그렇지 않습니다. 경찰들은 신고가 된지 30분 뒤에 출동했으며 대부분의 폭주족은 나이트 후드와 검은 봉투 남자가 처리하고 경찰관들이 뒷수습하는 형식으로 진행됐습니다. 이러한 경찰들의 늑장 대응에 시민들은……."

"예, 알겠습니다."

급격하게 화면이 전환되며 앵커가 수습했다.

"이날 오십 명에 가까운 폭주족들이 경찰관들에 의해 체포되었다고 합니다. 대부분이 미성년자라서 처벌에 대한 논의가 끊이지 않는다고 합니다. 시민들의 치안을 위해 애쓴 경찰분들의 노고에 성원을 보내는 바입니다. 다음 뉴스입니다."

민서는 곁눈질로 뉴스를 보며 한숨을 쉬었다. 어젯밤에 있었던 일을 떠올려 보았다.

성주가 밤늦도록 안 돌아왔는데 나중에 얘기를 들어 보니 학교 과제 때문에 친구 집에 있었다고 했다. 그때 휴대폰 배터리가 다했는데 미처 신경을 쓰지 못했다고 하였다. 어딘가 꺼림칙했지만 민서에게 있어 성주는 거짓말을 못 하는 아이였으므로 큰 의심 없이 그냥 넘어갔다. 할 일이 있다며 자신을 돌려보낸 민철 역시 다음 날 아침, 그러니까 오늘 아침에 멀쩡한 모습으로 어묵을 사 먹었다. 결과적으로만 보자면 아무 탈 없는 셈이다.

다만 왠지 모를 찝찝함이 남아 있었다. 민철과 목도리를 두른 남자와의 싸움이 아직 뇌리에 남아 있었다. 검은 목도리 남자가 선보였던 손에서 빛을 뿜는 이상한 기술이라거나, 그럼에도 전혀 밀리지 않았던 민철의 힘이라거나……. 나이트 후드가 당하는데 어째서 자기가 나서서 그렇게 싸웠던 걸까? 또 둘이 싸우며 무언가 속닥거렸는데 목소리가 작은 것치고는 꽤 화가 나 보였다. 자기가 모르는 어떤 속사정이 있을 거라 생각하니 계속해서 의문과 의구심이 피어올랐다.

"오늘은 또 무슨 생각을 그리하실까?"

익숙한 목소리에 고개를 들어 보니 맞은편에 민철이 와 있었다. 민철은 여느 때처럼 능글맞은 미소를 지으며 허락도 없이 어묵을 집어 먹고 있었다. 그의 왼손에는 만화책이 담긴 검은 봉투가 들려 있었다.

시간이 지나고 포장마차에 손님들이 우르르 빠져나갔다. 단둘이 남게 된 민서와 민철은 침묵으로 시간을 보냈다. 먼저 입을 뗀 건 민철이었다.

"어제 많이 놀랐지?"

우물쭈물하던 민서가 10초 정도 침묵하다 작은 목소리로 답했다.

"아니에요."

"아니긴 뭐가 아니야. 주먹으로 사람을 몇 미터나 날려 버리고 날아간 놈은 가로수에 부딪히고, 그 가로수가 두 쪽이 났는데 아니긴 뭐가 아니라는 거야."

"그."

민서는 무언가 말을 하려다가 다시 입술을 앙 다물었다. 솔직히 당황스럽긴 했다. 인간이 그런 말도 안 되는 힘을 낼 수 있다는 것이 믿어지지가 않았고 아직도 현실감이 없었다. 차라리 UFO를 봤다면 헛것을 봤다고 치부할 수도 있겠지만, 어제 봤던 것은 잘못 봤다고 할 수도 없는 것이었다. 또한 부러진 가로수의 흔적은 아직도 그 자리에 고스란히 남아 있었다. 그것은 빼도 박도 못 한 사실이었다.

"너무 두려워할 필요 없어. 난 그냥 평범한 사람이니까."

민철의 표정은 평소와 달리 차분했다. 장난기를 쏙 뺀, 진지하다 못해 심각한 얼굴이었다.

"그냥 남들보다 약간 더 힘이 셀뿐이야. 딱 그뿐이라고. 어디 특수 부대의 일원이라거나 킬러였다거나, 혹은 초능력자라거나 하는 그런 과거 같은 건 없으니까 안심해. 힘이 세다는거 말고는 다른 사람들과 다를 것도 없어. 오히려 남들보다못났다고 할 수도 있지."

"민철 씨."

"그러니까 날 피하거나 무섭게 생각할 필요는 없어. 우린아주 약간 다를 뿐이니까."

"괜찮아요. 신경 쓰지 않아요. 민철 씨는 그냥 우리 가게단골일 뿐이에요. 태권도장의 사범일 뿐이고, 넉살 좋고 말재주 좋은 약간 독특한 남자일 뿐이에요. 내 눈에는 단지 그렇게 보여요. 그러니까 너무 신경 쓰지 마요. 나도 크게 알고 싶어라 한다거나 그 부분에 대해서는 파고들고 싶지는 않아요."

민철은 가벼운 미소를 지으며 어묵을 집어먹었다.

"그런데 그거 지금 몇 개째 먹고 있는 거예요?"

"열 갠데."

"……."

민서는 도마를 슬금 집어 들었다. 묵묵히 어묵을 씹던 민철의 눈이 동그래진다.

"아, 그러셔요? 저도 숨겨 왔던 사실을 하나 고백하죠. 저도 남들보다 힘이 더 세거든요. 까딱 힘 조절 못 하면 사람하나는 그냥 죽일 정도예요. 그러니까, 돈을 내고 먹으란 말이야!"

"히익!"

민서의 손을 떠난 도마가 부웅 허공을 날았다. 그리고 딱!
소리와 함께 민철의 이마 한가운데에 명중했다. 민철은 코피
를 흘리면서도 적당히 수습한 것 같아 미소 지었다.

*   *   *

폭주족 사건 때 너무 몸을 굴린 동해는 며칠 동안이나 몸
을 사려야 했다. 학교에 가면 곧장 책상 위에 누워 끙끙 앓으
며 신음했다. 드러나진 않았지만 교복 안에는 파스가 몇 장
이나 붙어 있었고 시큰한 파스 냄새가 코를 자극했다. 몸 고
생이 너무 심했던 탓에 동해는 당분간은 나이트 후드 활동을
쉴 것을 결심했다.

그나마 다행인 것은 그날부로 폭주족들이 눈에 띄게 줄어
들었다는 것이다. 시끄럽게 경적을 울린다거나 과속을 하는
이들이 있긴 있었지만 개별적인 움직임이었고 폭주족 단위의
움직임은 없었다.

"뭐하냐!"

등 뒤로 다가온 이나가 동해의 등에 손도장을 찍었다.

짜악!

하필 그곳이 근육이 뭉쳐 있던 자리인지라 동해는 눈물을

찔끔 흘리며 비명을 질러야 했다. 이나는 미안했는지 뒤에 의자를 두고 앉았다. 동해의 어깨와 등을 안마해 주었다.

"으윽. 고마워."

"그러게 적당히 좀 하라니까. 네 마음 모르는 건 아닌데 네 몸이 성해야 다음에도 활약하고 그럴 거 아니야. 너에게 가장 중요한 건 네 몸이라고."

"으응."

평소에 동해가 그렇게 이나를 싫다고 하지만 그래도 그를 걱정해 주는 건 그녀뿐이었다. 이렇게 직접 와서 안마도 해 주고 얼마나 고마운 일인가.

"고마워. 그나저나 주먹이 꽤 야무진걸? 아, 좋다."

"그치? 왕년에 내가 한주먹 했었거든."

단지 안마를 해 주는 게 손이 아니라 '발'이라는 게 문제였을 뿐. 엉덩이를 의자 앞으로.쭉 빼고서 두 발로 동해의 등을 두들기는 중이었다.

"그런데 동해야, 궁금한 게 있는데 말이야."

"응? 뭔데?"

천진한 목소리로 묻던 이나, 돌연 음산하게 톤이 돌변했다.

"전에 나랑 통화했던 그 여자 누구야~?"

가만히 이나의 안마를 받던 동해는 등 뒤로 식은땀이 흐르는 것을 느꼈다. 잠시 잊고 있었다. 그날 민주와 통화를 나눈 이나가 불같이 화를 냈다는 사실을 말이다.

"아, 그게, 그러니까……."

"누구냐고."

"으음, 별로 대단한 사이는 아닌데."

"그래? 그렇게 대단한 사이가 아닌데 어째서 본 모습이 아니라 나이트 후드의 모습으로 만났을까? 나는 그게 훨씬 더 수상하게 보이는데."

궁지에 몰린 동해는 강수를 두었다.

"네, 네가 뭔데 상관이야? 내가 누구를 만나든 그건 너랑은 상관없는 문제잖아!"

하지만 그건 무리수였다.

"뭐라고! 이게 보자, 보자 하니까 아주 기어오르려고 하네! 네가 감히 날 놔두고 바람을 피워? 죽을래!"

화가 난 이나는 그대로 발뒤꿈치로 동해의 등을 찍었다.

"꺽!"

＊　　　＊　　　＊

슬슬 여름이 다가오고 있었다.

장마에 대한 징조일까. 자주 소나기가 내렸다. 사람들은 게릴라처럼 왔다가 사라지는 소낙비에 대비해 항시 우산을 챙겨야 했다. 이곳은 민주가 살고 있는 고시텔. 민주는 고시텔 주인에게 열쇠를 반납했다. 뽀글머리의 아주머니는 걱정스런 얼굴로 그녀에게 넌지시 말을 건넸다.

"이그, 잘 생각했어. 이제 그만 방황하고 부모님께 가서 잘 못했다고 싹싹 빌어."

"알았어요. 지금까지 폐 끼쳐서 죄송합니다."

"죄송할 게 뭐 있어. 오히려 내가 미안하지. 좀 더 빨리 보냈 어야 하는디."

"아니에요. 아주머니도 틈날 때마다 저 설득하고 좋은 말 많이 해 주셨잖아요. 그것만으로도 충분히 감사해요. 그럼 안녕히 계세요."

"그려, 조심해서 잘 들어가. 그냥 가서 싹싹 빌어. 무조건 잘못했다고 하믄 되는 기야."

열쇠를 반납하고 밖으로 나오자 준호가 그녀를 반기었다.

"준비 다 끝났어?"

"응."

저번 사건으로 인해 바이크를 잃은지라 준호는 대신 자전 거를 끌고 왔다. 어차피 짐이랄 것도 없었으니 사람만 태우면 됐다. 준호가 자전거에 올라타고 민주가 그 뒷자리에 탔다. 민주가 준호의 허리에 팔을 두르는 순간 또 비가 내렸다.

"이크. 우산 안 가지고 왔는데."

준호가 당혹스러워하자 민주가 웃으며 말했다.

"자전거 타는데 무슨 우산이야."

"그래도 뒤에서 네가 우산 씌워 주면 되잖아."

"괜찮아. 오늘은 왠지 비 맞으면서 가고 싶어. 그리고 어차피 곧 그칠 비잖아. 문제없어."

"그래."

준호는 비에 젖은 얼굴로 웃으며 페달을 밟았다.

"그럼 간다."

두 사람은 비가 내리는 건물들 틈 사이로 들어갔다. 민주가 말했다.

"준호야, 너는 어쩔 거야? 아직 결정 안 했어?"

민주의 물음에 준호는 잠시 침묵했다.

"잘 모르겠어. 어떻게 해야 할지 모르겠어. 아직은 더 시간이 필요해. 좀 혼란스럽네."

"기다릴게. 아니, 옆에 있어 줄게. 힘들면 나한테라도 털어놓고 기대. 알았지?"

"그래……."

두 사람의 모습이 지평선 너머로 사라지자 거짓말처럼 비가 그쳤다. 민주의 말대로 소나기는 소나기였다.

준비가 안 된 상황에서 소나기를 맞이하더라도 당황할 건 없다. 어차피 잠시 머물다 사라지는 바람과도 같은 거니까.

사람에게 일어나는 시련, 방황도 이와 같다. 그대로 폭풍이 되어 자신을 집어삼킬 것만 같지만 언젠가는 지나가게 돼 있다. 우산이 없다고 해도 나쁠 것은 없다. 가끔은 비를 맞으며 눈을 감는 것도 나쁘지 않을 것이다. 감았던 눈을 뜨면 비는

그쳐 있을 것이고 무지개가 뜰 테니까. 그럼 기지개를 피면서
작게 웃어 주면 그만이다.

실제로 민주와 준호를 적시던 소나기는 금방 멈추었고 하
늘에는 빙그레 무지개가 떠 있었다.

Battle 06

못다 핀 꽃 한 송이

성주는 나이트 라이더 사건 이후로 적극적으로 활동했다. 나이트 후드가 활동에 조금 기복이 있다면 검은 꼬리는 매일같이 쉴 없이 활동했다. 동해보다 기 사용이 훨씬 능숙한 성주에게 나이트 워커 일은 식은 죽 먹기였다.

그날도 성주는 어두운 도시를 걷고 있었다. 옆에 매고 있는 크로스백에는 언제든지 검은 꼬리로 변신할 수 있게끔 목도리를 담아 두고 있었다.

끼이익!

성주가 걷고 있는 도로의 옆으로 자동차가 한 대 멈춰 섰다. 어차피 갓길에 서는 것이었지만 운전이 꽤나 과격하여 성주는 무의식적으로 뒷걸음질을 쳤다. 차에서 내린 이는 훤칠한 몸매에 화장을 진하게 한 여성이었다. 짧은 스커트에 가슴이 크게 파인 셔츠를 입고 있었다. 특히 눈가에 진하게 칠한 스모키 화장이 특징이었다. 기를 사용하지 않아도 대략 눈치로 알 수 있을 정도였다. 나이에 맞지 않는 화장이었다.

"빨리 끝내고 돌아와라."

"알았어요."

운전자와 짧게 대화를 끝마친 여성은 또각또각 걸음을 옮겼다. 여성이 자리를 벗어날 동안 운전자는 차를 갓길에 두고서 기다렸다.

"흐음."

흥미가 생긴 성주는 여성의 뒤를 밟았다. 아니나 다를까, 여성이 향한 곳은 간판이 꽤나 화려한 모텔이었다.

아방궁.

'아방궁? 이름 한번 거창하네.'

성주는 혀를 차며 여인을 따라 모텔 안으로 들어갔다. 여인은 카운터의 주인과 몇 마디 대화를 나누고 안으로 들어갔다. 성주가 들어서자 모텔의 직원은 나이를 물어보았다.

"민증 좀 확인할 수 있을까요?"

"누구를 좀 찾으러 왔습니다. 금방 돌아갈 거예요."

"죄송하지만 신분증을 제시하지 않으면 못 들어가요."

성주는 머리를 긁적이며 무덤덤한 표정의 직원을 바라보았다. 그 눈을 뚫어져라 바라보자 순간 직원의 동공이 크게 파문이 일었다.

"드, 들어가시죠."

직원은 뭔가에 홀린 사람처럼 도로 자리에 앉았다. 성주는 기운을 쫓아 여성이 들어간 방문 앞에 섰다. 귀를 기울여 보니 안에서 시끄러운 소리가 들려왔다. 방금 들어간 여인이 큰소리로 화를 내는 모양이다. 성주는 목도리를 두르고서 곧장 문고리를 잡아 돌렸다. 문은 잠겨 있었지만 힘을 주자 으드득 하는 소리와 함께 문이 열렸다.

"이 새끼들아, 이거 안 놔!"

특이한 광경이었다.

여인의 옷은 반쯤 벗겨져 있었으며 그 외에 세 명의 남자들이 있었다. 남자들 중 한 명은 손에 카메라를 들고 있었다. 성주는 그 모습을 보며 고개를 갸웃했다. 잠시 생각하더니 답을 알았다는 듯 짝, 손뼉을 마주쳤다.

'몸 팔러 왔는데 그 모습을 비디오로 담으려고 했나?'

제삼자의 등장에 남자들은 당황하여 외쳤다.

"너, 넌 뭐야?"

대답 따위 필요치 않았다. 성주는 곧장 남자들을 공격했다. 무릎을 걷어차 부수고 급소를 걷어차고, 턱을 주먹으로 깨트렸다. 마지막으로 바닥에 떨어진 카메라를 짓밟아 조각냈다.

"너 뭐야. 아저씨들이 보냈어?"

성주는 '아저씨들'이 무엇을 뜻하는지 알지 못했다. 그래서 대답 대신 그냥 바닥에 떨어진 옷을 주워 줬다.

"처음 보는 얼굴인데? 언제부터 일한 거야?"

여성은 옷을 갈아입으며 성주에게 이것저것을 물어보았다. 물론 성주는 아무 대답도 하지 않았다.

"왜 말이 없어? 너 벙어리야? 아니면 너도 내가 우스워 보여?"

"그만두는 게 좋을 거야."

"그만두라니, 뭘."

성주는 창문을 열고 바깥을 살폈다.

"지금 하고 있는 이거. 좋은 말로 할 때 이 짓 그만둬. 널 위해서 하는 소리야."

신성주, 검은 꼬리는 그 말을 남기고는 창밖으로 훌쩍 뛰어내렸다.

"자, 잠깐만!"

이곳은 지상에서 5층 높이였다. 깜짝 놀란 여성이 급히 창가 쪽으로 다가갔다.

그녀를 모텔까지 태우고 온 남성은 잠시 차 밖으로 나와 담배를 태우고 있었다. 그녀가 '일'을 마치고 돌아오면 다시 태우고 돌아가기 위해 기다리는 것이다.

콰드득!

순간 검은 꼬리가 남자의 자동차 위로 착지했다. 그 충격에 자동차의 유리가 전부 깨져 나가며 천정이 움푹 찌그러졌다. 길을 걷던 사람들은 깜짝 놀라 허둥댔다. 특히 차 주인은 너무 놀라 입에 물고 있던 담배를 뿜었다.

"맙소사."

위에서 내려다보던 여성은 차가 부서지는 모습에 혀를 찼다. 검은 꼬리는 차 주인을 향해 손을 흔들어 인사하고는 차에서 내려왔다. 그리고 서둘러 골목으로 자취를 감추었다.

*   *   *

다음 날 일출고, 성주의 교실.

"성주야, 나 숙제 좀 빌려 주라. 어제 게임 하다가 반도 못했어. 나중에 내가 음료수 쏠게."

"여기."

숙제를 빌려 달라는 반 친구의 부탁에 성주는 웃으며 공책을 빌려 주었다.

"성주야, 이 문제 어떻게 푸는 거야? 도저히 모르겠어. 좀만 알려 주라."

"이건 말이야. 이 공식을 이렇게 해서 이렇게."

어려운 수학 문제를 가지고 오는 여학생들에게도 성주는 친절하게 답을 알려 주었다.

"성주야, 내 거 손목시계가 맛이 간 거 같아. 이거 왜 이러지? 고장 난 건가?"

"이거는 말이야."

친구의 손목시계가 고장 난 것도 척척 고쳐 주었다. 성주는 보다시피 반 친구들의 희망이자 온갖 일의 해결사였다. 모르는 것, 못 하는 것, 알고 싶은 것이 있으면 누구나 성주를 찾았으며 모든 것을 해결해 주었다. 기를 깨우친 성주에게 있어 그런 잡다한 부탁들은 별로 어려운 일이 아니었다. 가끔은 귀찮게도 느껴졌지만 성주는 어떤 일도 마다하지 않았다.

어떤 식으로 대해야 사람들이 자신을 미워하지 않고 좋아하는지를 알고 있었기 때문이다. 도와 달라는 일, 함께하자고 하는 부탁은 거절하지 않고 말 수는 최대한 줄인다. 잘못된 점이 눈에 보여도 절대 지적하지 않는다. 늘 눈과 입가에 웃음을 머금으며 모두에게 친절하고 상냥하다. 사회생활에 필요한 가면은 이미 완성된 후였다. 허나 그만큼 감정적으로는 어딘가 텅 비어 버린 성주였다. 사람과 사람 사이의 관계에 점점 수학 문제를 풀듯이 무감정해지는 것이다.

'저 애는?'

한 친구의 부탁으로 다른 반에 갔을 때였다. 성주는 창가 자리에 앉아 있는 한 소녀를 보았다. 구불구불하게 웨이브진 긴 머리에 눈가의 스모키 화장이 눈에 띄는 소녀였다. 또래답지 않게 큰 키와 풍만한 몸매 또한 꽤 특징적이었다.

'어제 봤던 그 애잖아.'

틀림없었다. 현재는 사복 대신 교복을 입고 있으며 화장도 하지 않았지만 확실하게 알아볼 수 있다. 사람은 저마다 고유의 기를 가지고 있기 때문에 그걸 못 알아볼 성주가 아니었다.

성주는 망치로 머리를 얻어맞은 심정이었다. 그녀가 미성년자였다는 사실은 알고 있었다. 애초에 그걸 알고 뒤를 밟은 것이었으니까. 그러나 같은 학교에 다니는 학생이었다는 건 전혀 알지 못했다. 성주는 그녀의 명찰을 살폈다.

한송이.

"……?"

이름을 확인하자마자 그녀와 눈이 마주쳤다. 성주는 특유의 사람 좋은 미소를 지어 보냈다.

"흥."

성주의 미소에 그녀, 한송이는 기분 나쁜 표정을 지으며 고개를 돌렸다. 성주에게는 처음 있는 일이었다. 그가 웃으면 언제나 좋은 표정으로 화답이 돌아 왔었다. 성주와 아는 사이든 모르는 사이든 말이다. 이번 경우처럼 대놓고 무시하는 일은 처음이었다.

"……"

학교가 끝나고 한송이는 교실을 나왔다. 곧장 집으로 가서 옷을 갈아입고 다시 밖으로 나왔다. 직장에 '출근'하려는 것이다. 그녀는 자연스럽게 골목의 한 허름한 가게 안으로 들어갔고, 얼마 안 가 한 남자와 함께 다시 밖으로 나왔다. 한송이는 남자의 손에 거의 쫓겨나듯 밖으로 밀렸다.

"잠깐만요! 왜 이러는 거예요!"

"몰라서 물어? 네년 때문에 우리 쪽 차가 박살이 났다고! 이게 다 너 때문이야."

"그게 왜 나 때문이에요? 난 잘못 없다고요!"

"아무튼 나이트 워커가 나타났으니까 더 이상 널 고용할 수 없어. 이거 긴급회의라도 벌여야겠군."

한송이는 답답함에 한숨을 쉬며 긴 머리를 쓸어 넘겼다.

"나이트 워커가 무서우면 미성년자를 고용하지 않는 게 문제가 아니라, 애초에 이 일에서 손 떼야 하는 거 아니에요? 내 참 어이가 없네."

한송이는 그리 말하며 담배를 꺼내 물었다. 눈을 감고서 불을 붙였다. 그리고 다시 눈을 떴을 때, 정면에 서 있던 남자가 바닥에 쓰러져 있었다.

"어?"

"또 보네."

나이트 워커, 검은 꼬리의 등장이었다. 한송이는 불붙은 담배를 피우지도 못하고 그대로 굳어 버렸다. 검은 꼬리는 매서운 눈으로 그녀를 노려보고는 건물 안으로 들어갔다.

"잠깐만! 거기는!"

건물 안에서는 뭔가가 부서지고 깨지는 듯한 소리, 누군가의 비명, 싸우는 듯한 소리가 울렸다. 잠시 후 검은 꼬리가 손을 털며 다시 밖으로 나왔다.

"내가 분명 경고했을 텐데? 이딴 짓 그만두라고."

"네가 뭔데."

검은 꼬리의 박력에 그녀는 겁을 먹은 듯했지만 또박또박 말대꾸했다.

"네가 뭔데 나한테 이래라 저래라 그러는데. 네가 하지 말라면 하지 말아야 해? 네가 돈이라도 줄 거야 뭐야."

"돈을 벌고 싶으면 아르바이트를 해. 이런 식으로 돈을 벌어 봤자 너만 손해야. 너만 망가질 뿐이라고."

"개소리 마. 그게 너랑 무슨 상관인데? 너랑 난 아무 상관이 없어. 내 일에 참견하지 말라고. 네가 날 얼마나 잘 안다고 참견질이야? 웃겨 정말."

한송이는 얼마 태우지도 않은 담배를 버리고는 훌쩍 다른 곳으로 가 버렸다. 그녀는 분노에 이를 갈며 가득 쥔 주먹을 부들부들 떨었다. 검은 꼬리에 의해 직장을 잃었으니 이젠 별수 없이 혼자서 일을 뛰어야 했다. 혼자서 일을 하면 모든 수익을 혼자서 가지니 나쁘지 않았지만, 또 그만큼 '건수'를 따내기가 쉽지 않았다. 각각 장단점이 있었지만 일단 홀로 뛰는 쪽이 번거롭고 발이 바쁘다는 게 문제였다.

'지가 뭔데 지랄이야.'

한송이는 속으로 검은 꼬리에 대한 욕을 늘어놓으며 일단 집으로 향했다.

그녀의 집은 소위 말하는 달동네 한편에 있었다. 구불구불하고 울퉁불퉁한, 좁디좁은 골목과 계단을 올라가 낡은 빨간 대문을 열고 들어갔다. 그녀의 집은 무척이나 작고 허름했다. 방의 문이 열리며 초췌한 인상의 중년 여성이 머리를 내밀었다.

"송이 왔니? 밥 먹어야지."

"내가 알아서 해 먹을 게."

한송이는 그리 말하며 곧장 부엌으로 향했다. 그녀는 무표정한 얼굴로 라면을 끓였다.

"엄마가 해 줄게. 먼저 좀 씻어."

"괜찮다니까!"

그녀의 큰소리에 어머니는 섭섭한 표정으로 머리를 집어넣었다. 부엌이 집 안에 있는 게 아니라 바깥으로 나와 있는 식이었다. 때문에 부엌에서 대문을 볼 수 있고, 반대로 대문 쪽에서 부엌을 볼 수 있는 구조였다.

짤랑.

뭔가가 떨어지는 소리에 한송이는 고개를 돌려 보았다. 대문 쪽이었다. 대문은 그대로였고 그 밑에 유리 조각이 떨어져 있었다. 그 유리 조각은 대문과 연결된 담벼락 위에 뿌려진

도둑 방지용 유리 파편이었다. 그중 하나가 떨어진 것이다.

"뭐지? 고양인가?"

한송이는 금방 신경을 끄고 라면 끓이기에 열중했다. 라면을 다 끓이고는 방으로 들어갔다.

"어머나, 왜 이렇게 많이 끓였어. 엄마 배 안 고픈데."

"이미 다 끓여놨는데 어쩌라고. 그냥 먹어."

"우리 송이는 참 마음씨가 예뻐요."

"시끄러워, 내가 다 먹어 버린다."

"그래. 우리 송이 많이 먹고 살도 좀 쪄야지. 요즘 너무 말랐더라."

"누가 살쪘다는 거야!?"

한송이의 집 담벼락 건너편에는 성주가 앉아 있었다. 조금 전에 담 위에 올라 살핀 것은 고양이가 아니라 바로 그였다. 성주는 뺨을 긁적이며 잠시 생각에 잠겼다.

'보아하니 어머니 건강이 별로 안 좋은 것 같은데. 집도 꽤 어려운 거 같고.'

성주는 지금까지 착각을 하고 있었다.

그는 그녀가 자신의 사심을 채우기 위해 몸을 판다고 생각했다. 멋진 옷과 비싼 가방, 구두 같은 것들을 위해서 말이다. 하지만 사실은 그렇지 않았다. 어머니는 다리가 불편한지 방문을 열 때 하체를 바닥에 끌고 있었다. 집은 다 무너져 가기 직전이었다.

성주는 신경질적으로 머리를 긁었다.

다음 날부터 성주는 은근슬쩍 한송이의 교실을 자주 찾았다. 딱히 볼일이 없음에도 억지로 일을 만들어 그녀를 관찰했다. 학교에서 그녀의 모습은 보는 이가 다 지루할 정도였다. 엎어져서 자거나 멍하니 창밖을 바라보거나, 아니면 MP3로 음악을 들었다. 그 MP3도 자기 것이 아니라 반 친구 것을 빌린 것이었다. 아니, 말이 빌린 거지 반 협박으로 뜯어낸 것이었다. 아니 아니, 어쩌면 협박한 게 아닐지도 모른다. 한송이는 원래부터 말투가 툭툭 쏘는 편이었고 날카로운 눈매는 패시브 스킬이었으니까.

"나, 그거."

"응? 송이야 뭐라고?"

"줘, 그거."

그것은 '나 음악 좀 듣게 MP3 좀 빌려 주겠니?'라고 묻는 것이었다. 그럴 때면 부탁을 받은 친구는 식은땀을 삐질삐질 흘리며 '드, 드리겠습니다!'를 복창했다. 그만큼 한송이는 특유의 어둡고 무서운 분위기가 있었다.

겉으로만 보자면 신이나와 닮은 점이 많았다. 키 크고 예쁘고, 나이답지 않게 성숙한 매력이 있었다. 차이점이라면 신이나는 장난꾸러기 같았고 한송이는 퇴폐적이었다는 것이다. 성주는 틈날 때마다 그녀를 살폈다. 학교가 끝나고 나서도 그녀를 미행했다.

'곤란한데.'

악질적인 나쁜 놈이라면 쥐어박으면 그만이다. 남의 돈을 훔친 놈은 손모가지를 부러뜨리면 그만이고, 사기 친 놈은 주둥이 함부로 못 놀리게 이빨을 부수면 된다. 행동한 대로 돌려주면 되는 것이다. 하지만 이런 경우엔 대체 어떻게 해야 하는 걸까. 말로 해서 들을 것도 아니다. 한두 마디 한다고 변할 거면 애초에 그녀는 이 길로 들어서지 않았을 것이다.

우뚝.

한송이의 뒤를 쫓던 성주가 제자리에 멈춰 섰다. 그녀는 골목에서 한 남자와 대화를 나누고 있었다. 둘이서 몇 마디 대화와 사인을 주고받고는 함께 다른 쪽으로 향했다. 모텔이 있는 방향이었다.

"……."

성주는 미간을 콱 구겼다. 하지만 모텔로 향하는 그녀를 붙잡지는 않았다. 문득 귀찮고 다 짜증이 난다는 생각이 들었다. 자기 인생 자기가 알아서 말아 먹겠다는데 알게 뭔가. 몇 번이나 충고를 했음에도 들어 먹지를 않는다. 그것은 명백히 그녀의 잘못이었다.

성주는 더 이상 한송이를 설득하지 않기로 생각했다. 어차피 남의 인생, 아는 사람도 아니고 깊게 관여할 필요가 없다고 느꼈다.

'알아서 망가지라지. 나중에 울고불고 후회해 봐야 정신을 차리지. 정신 나간 년.'

성주는 그녀를 등지고는 집으로 돌아갔다. 신경 끄기로 정했는데 왜 이리 화가 나는 건지 모르겠다.

그 후로 두 달이 지났다.

성주는 평소와 다를 것이 없는 나날을 보냈다. 아침에는 성격 좋은 모범생이자 인기인으로, 밤에는 악의 무리를 처단하는 나이트 워커로 정신없이 보냈다. 그러는 사이 성주의 머릿속에서 한송이는 까맣게 잊혀졌다.

그러던 어느 날이었다. 우연히 그녀의 반에 들릴 일이 있었는데 한송이가 보이지 않았다. 가방이라도 있어야 할 텐데 자리에는 아무것도 없었다. 혹시나 하는 마음에 아무나 붙잡고 그녀가 어디 갔는지 물어보았다.

"한송이? 걔, 보름 전부터인가 안 나오더라고. 근데 그렇게 놀랄 일은 아니야. 걔 예전부터 사고 많이 치고 걸핏하면 학교 안 나오고 그랬거든. 근데 네가 한송이 일은 왜 물어보는 거야? 둘이 알고 지냈어?"

성주는 어색하게 웃으며 고개를 저었다.

비록 아무것도 아닌 것처럼 행동했지만 내심 신경이 쓰이는 건 사실이었다. 가슴에 돌이 얹힌 것처럼 불편했다. 성주는 고민을 계속하다가 결국 해가 떨어지고 나서야 그녀의 집을 찾아가 보기로 했다. 아닌 가슴에 변덕이 불었다.

'내 참.'

한송이의 집 옆에는 자동차 한 대가 세워져 있었다. 성주는 잠시 주변을 둘러보고는 그 위로 올라섰다. 그곳에서 집 안을 살폈다.

"뭐야, 왜 이렇게 어두워."

이미 해가 떨어져 어두웠지만 집 안은 불빛 하나 새어 나오지 않았다. 인기척도 느껴지지 않았다. 그녀가 밖으로 나갔다면 그녀의 기운이 꼬리처럼 대문 쪽으로 이어져 있을 것이다. 기라는 건 사람에게서 풍기는, 눈으로 보이는 향기와 같은 거니까. 하지만 그런 흔적은 전혀 발견되지 않았다. 답은 간단했다.

그녀가 며칠 간 집에 들어가지 않았거나, 혹은 집 밖으로 나가지 않았다는 것.

'그래도 이상한데. 어머니가 계실 텐데 왜 불을 꺼 놓고 있지? 일찍 주무시나?'

성주는 그렇게 남의 자동차 위에서 한참을 머뭇거렸다. 자신도 그 모습이 참 우습다는 생각이 들었다. 그냥 돌아갈까 생각하던 중, 집 안에서 누군가의 신음이 들려왔다. 그 소리는 매우 작았지만 오감이 발달한 성주는 들을 수 있었다.

"뭐지?"

성주는 담을 훌쩍 뛰어넘어 방문을 열었다.

"으음."

사람 두 명이 살기에도 좁아 보이는 단칸방 안에 그녀가 쓰러져 있었다. 바닥은 온통 피투성이였으며 한송이의 몸에는 유리조각으로 그은 듯 수십 개의 찰과상이 있었다. 목, 손목, 손등, 허벅지, 정강이, 발목 등 가릴 것 없이 여기저기 붉은 상처가 가득했다. 동맥을 자르는 건 생각보다 쉽지 않다. 아무리 자해를 해 봐도 생각만큼 되지 않자 마구잡이로 몸을 긋고 찌른 것이다.

"이런!"

중요한 건 바닥에 고인 피 대부분이 딱딱하게 굳어 있었다는 사실이다. 그만큼 시간이 흘렀다는 의미일 터. 성주는 즉시 그녀를 품에 안았다. 119에 신고하지는 않았다. 구급차를 기다리는 것보다 자기가 병원에 달려가는 게 훨씬 빠를 테니까. 성주는 그녀를 안고서 날아가듯이 병원까지 달렸다.

다행히 목숨에는 아무 지장이 없었다. 홧김에 자해하는 사람들이 보통 그렇듯 상처들은 그리 치명적이지 않았다. 성주는 침대에 누운 그녀의 옆에 의자를 두고 앉아 있었다. 그냥 가 버릴까 했지만 일단은 그녀가 깰 때까지 기다리기로 했다. 아무도 없는 곳에서 혼자 깨어나면 당황할 테니까.

그녀가 죽었건 살았건 아무래도 좋은 일이었지만 왠지 모르게 가슴에서 화가 끓어올랐다. 다른 건 몰라도 '자해'를 했다는 사실을 용납할 수가 없었다. 한 시간쯤 지났을까. 평온한 표정으로 잠을 자던 한송이가 눈 떴다. 전과 달리 눈에 힘이 없었고 보라색이 된 입술을 파르르 떨었다.

"여기는?"

"병원."

성주가 목소리를 내자 그녀는 깜짝 놀라 침대에서 몸을 일으켜 세웠다. 거친 움직임에 상처들이 벌어지며 따끔거린다. 한송이는 몸을 비틀며 신음했다.

"넌 누구야?"

"신성주. 너랑 같은 학교 다니고 있어. 내가 널 발견해서 병원으로 데리고 왔어."

송이는 성주를 스윽 훑어보고는 고개를 돌렸다. 관심 없다는 의미였다. 그녀는 침대에서 일어나 어디론가 향했다. 간호사들이 보관 중이던 물품에서 담배를 꺼내 병원 밖으로 향했다. 성주도 묵묵히 그 뒤를 따랐다. 송이는 담배에 불을 붙이기 무섭게 성주를 노려보았다.

"누가 너보고 구해 달라고 했어? 난 구해 달라고 말한 적 없어."

"고맙다는 말 들으려고 한 거 아니야."

"허? 그럼 왜 구한 건데? 뭐 빼먹을 게 없나 하고 그런 거 아니야? 그런데 이걸 어째. 난 가진 게 하나도 없는데. 번지수 잘못 찾았으니까 그냥 가던 길 가세요. 누군지도 모르는 신

성주 씨."

송이는 그리 말하며 거칠게 머리를 긁적였다. 그녀의 현재 모습은 정신 나간 사람처럼 보였다. 헐렁거려서 어깨가 전부 드러나는 환자복에 구겨지고 헝크러진 머리칼 하며 표독스러운 표정까지 딱 미친 여자의 모습이었다.

"됐으니까 제발 사라져 줘. 죽고 싶었는데 살려 줘서 정말 더럽게 고맙게 생각하거든? 그러니까 내 눈앞에서 꺼져 줘."

"왜 자해했지?"

"네가 뭔 상관인데!"

성주의 무감정한 물음에 송이는 담배를 집어던지며 버럭 소리 질렀다. 그 박력은 엄청난 것이었지만 뒤이어 이어진 성주의 폭발도 만만치 않았다. 성주는 단숨에 송이의 멱살을 휘어잡았다. 그리고 그녀를 벽에 밀치며 고함을 질렀다.

"왜 자해했냐고! 뭐가 모자라서! 뭐가 그렇게 힘들어서 자기 몸에 상처를 내는 건데! 어차피 네가 한 짓도 그냥 힘들다고 하소연하는 거잖아! 왜 직접 말할 용기는 없는 건데! 꼭 그런 식으로 만천하에 드러내야겠어? 그게 무슨 자해야, 그냥 퍼포먼스지. 젠장!"

성주는 주먹으로 그녀가 기대고 있는 대리석 기둥을 후려쳤다.

빠각!

"빌어먹을! 이젠 나도 몰라. 죽든지 말든지 마음대로 해."

성주의 엄청난 박력에 송이는 그대로 얼어 버렸다. 멱살을 풀고 성주가 떠나갔지만 그녀는 한동안 움직일 생각을 못 했다. 잠시 그대로 덜덜 떨더니 단추가 뜯어진 환자복 상의를 추슬렀다.

병원 앞에는 그녀 말고도 담배를 피거나 바람을 쐬기 위해 밖으로 나온 사람들이 많았다. 그들이 전부 자신을 바라보자 송이는 눈물을 훔치며 고개를 숙였다. 슬프고 화가 났지만 또 다른 감정이 가슴속에서 꿈틀거렸다. 쉽게 형용할 수 없는 감정이었다.

'왜 나한테 화를 내는 거야.'

성주는 씩씩거리며 집으로 돌아갔다.

불이 훤하니 켜져 있었고 민서는 이번에도 소파에 앉아 새우잠을 자고 있었다. 성주는 한숨을 쉬고는 민서를 품에 안았다.

"어머니, 다음부터는 제발 좀 방에서 주무세요."

"으음."

그녀를 방으로 옮겨 침대에 내려놓았다. 침대에 눕히자 민서의 손목이 드러났다. 그녀의 손목에도 날카로운 곳에 베인 상처가 많았다. 성주는 그 흉터를 보며 혀를 찼다. 어머니의 상처를 손끝으로 어루만지고는 방을 나섰다.

　　　　*　　　　*　　　　*

　다음 날.

　성주는 멍한 기분으로 수업을 준비했다. 썩 유쾌한 기분은
아니었다. 머릿속이 복잡하고 엉망진창이었다. 차라리 어제
한송이의 집을 찾지 않고 그냥 모르는 척 외면했더라면, 하는
생각이 들었다. 괜히 남의 인생에 껴들어서 스트레스를 자초
한 건지, 성주는 자신을 이해하지 못했다.

　'짜증나네.'

　그때였다. 누군가가 톡톡 성주의 어깨를 건드렸다. 잠시나
마 기분이 다운돼 있던 성주는 표정 관리를 하지 않고 고개를
돌렸다.

　"뭐야."

　"히익."

　같은 반의 여학생이었다. 성주는 순간적으로 가식적인 미
소를 지으며 여학생의 명찰을 살폈다.

　"아, 미진이구나. 무슨 일이야?"

　"으응. 그게 누가 이것 좀 전해 달래."

　소녀가 건네준 것은……. 뭔가 이상한 물건이었다. 공책을
찢어서 아무렇게나 동그랗게 구긴 물건이다. 성주는 찜찜한
표정을 지으며 꼬깃꼬깃한 종이 덩어리를 펼쳐 보았다.

점심시간에 잠깐 나 좀 만나.

성주는 그 글을 읽으며 다시 심각한 표정을 지었다. 이름이 안 적혀 있다.

"뭐야 이거? 장난치는 것도 아니고."

만나자는 쪽지가 왔으나 상대가 누군지 몰라 성주는 점심을 먹고도 계속 교실에 있었다. 점심시간이 끝나고 5교시가 시작하기 10분 전, 누군가가 다가왔다. 기척을 느낀 성주는 뒤를 돌아보았고 눈을 크게 떴다.

한송이였다.

그녀는 할 말이 있는지 우물쭈물 어색한 표정을 짓고 있었다. 그녀의 목과 손목, 손등, 뺨 등에는 밴드가 덕지덕지 붙어 있었다.

"쪽지 건넨 게 너였어?"

"자, 잠깐 밖으로 나와. 할 이야기 있어."

"그래? 난 들을 이야기 없어. 이제 네 일에 신경 쓰지 않기로 했으니까."

성주의 퉁명스러운 대답에 한송이는 입술을 깨물었다. 그녀가 쉽사리 입을 떼지 못하고 우물거리자 성주가 말했다.

"할 말 없으면 좀 가 줄래? 신경 쓰이거든."

교실에 있던 다른 학생들은 갑작스러운 신경전에 하던 일을 멈추고 두 사람을 주목했다. 언제나 미소로 화답하던 성주가 인상을 구긴 채 차갑게 굴었다. 그리고 무섭기로 소문난 한송이는 어색하게 말 좀 하자며 매달리고 있는 모습이라니. 학생들은 이게 대체 무슨 조화인지 몰라 두 사람의 관계에 집중했다.

성주가 자꾸 무시하자 얼굴이 빨개진 한송이가 버럭 소리 질렀다.

"미안하다고! 어제 날 도와줬는데 그게, 욕 하고 큰소리 쳐서 미안하다고, 이 개새끼야!"

송이가 울먹거리다가 말을 더듬으며 말을 덧붙였다.

"그, 그리고 고맙다고."

한송이는 부끄러운 듯 도망치듯 교실을 벗어났다. 한송이가 사과를 하며 달아나는 모습에 학생들은 경악하였다.

"하, 한송이가 사과를 하다니!?"

"뭐야, 대체 무슨 일이 벌어지고 있는 거야?"

"하느님 맙소사."

성주도 겉으로는 큰 반응을 보이지 않았지만 속으로는 많이 놀랐다. 몇몇 학생들이 다가와 이게 어찌 된 영문인지 물었지만 성주는 모르는 척 시치미를 뗐다. 그러면서 은근슬쩍 입가에 미소를 지었다.

학교가 끝나고 송이는 가방을 챙겼다. 여느 때와 다름없이 홀로 교문을 나와 집으로 향했다. 혹여나 '누군가'가 다가와 말을 걸어 줄까 기대해 보지만 아무도 그녀에게 다가오지 않앉다. 결국 성주는 끝까지 자신에게 말을 걸어 주지 않았다. 그녀는 한껏 우울해진 기분으로 집으로 향했다. 그녀의 기분을 이해했는지 하늘도 붉게 물들어 우중충하였다.

"응?"

푹 고개를 숙이고서 집에 도착한 그녀, 고개를 들자 의외의 인물이 자신의 집 대문에 서 있는 걸 볼 수 있었다. 신성주였다.

"네가 여기 왜 있어?"

"왜, 나는 여기 오면 안 돼?"

"그런 건 아니고."

두 사람은 서로 마주하고서 섰다. 그 상태로 몇 초간 침묵이 흘렀다. 답답해진 송이가 급하게 입을 열었다.

"어제 일은 미안해. 그리고 고마워. 너무 힘들고 혼란스러워서 그렇게 화냈던 거야. 사과할게."

"나야말로 미안해. 기껏 도와줘 놓고 화내서 말이야."

성주는 그렇게 말하며 특유의 환한 미소를 지었다. 그 모습을 보며 송이는 얼굴이 빨개져서는 괜히 허둥댔다.

"그, 그게, 온 김에 밥이라도 먹고 갈래? 라면 끓여 줄게."

"보통 이런 상황에서는 커피를 권하지 않나?"

"뭐가 됐든 그게 중요한 게 아니잖아! 주는 대로 먹어! 거 입맛 한번 더럽게 고급이네."

"알았어, 알았어."

한송이의 집은 바깥에서 봤을 때만큼이나 허름하고 좁았다. 다 낡아서 당장 무너져도 이상할 게 없어 보였다. 송이가 끓여 주는 라면을 먹으며 성주는 뭔가 놓친 게 있다는 사실을 알아차렸다.

"너네 어머님은 어디 계셔?"

"돌아가셨어."

"그래……?"

두 사람 사이에 긴 침묵이 흘렀다. 성주는 너무 당황한 나머지 미안하다는 말조차 꺼내지 못했다. 송이와 성주는 말없이 라면만 먹었다.

"그래도 그러지 마."

"뭐가."

"자해 같은 거, 그런 거 하지 마. 어머니께서 슬퍼하실 거야."

"이미 죽은 사람이야. 슬퍼할 일도 없어."

"죽은 사람도 슬퍼할 수 있어."

"죽은 사람 신경 써서 뭐해. 산 사람이 살기 힘든데."

"넌 아직 살아 있어. 죽지 않은 이상 끝난 게 아니야."

달그락.

라면을 먹던 송이가 젓가락을 놓았다. 성주는 그녀가 무슨 말을 꺼낼까 조마조마한 심정으로 눈치를 살폈다.

"우리 술 먹을래? 술 마시고 싶어. 맨정신으로는 이런 이야기 못 할 거 같아."

"나 돈 없어."

"냉장고에 있어."

"……."

송이는 냉장고에서 맥주를 꺼내 왔다. 두 사람은 벽에 등을 붙이고 서로 어깨를 기댔다. 송이는 맥주를 마시며 한풀이를 하듯 자신의 이야기를 늘어놓았다.

"우리 집도 처음부터 이렇게 못살았던 건 아니야. 그냥 적당히 살았지. 딱히 잘난 건 없었지만 그렇게 부족한 것도 없었어. 그냥 그랬어. 그런데 어느 날 하루아침에 뒤바뀐 거야. 아마 보증 문제였을 거야. 그날 이후로 부모님은 매일같이 싸웠어. 그리고 아빠는 자주 술을 먹었지. 술을 먹으면 나랑 엄마를 개 패듯이 팼어. 웃긴 건 다음 날 술이 깨면 무릎 꿇고 절까지 하면서 사과했다는 거야. 그럴 때면 엄마는 아빠를 용서해 줬어. 정말 이해할 수 없었어. 왜냐하면 그런 일이 몇 번이고 계속 반복됐거든."

송이는 캔 안에 남은 몇 방울의 맥주를 입안에 탈탈 털어 넣었다. 이미 뺨은 붉게 달아올라 취기가 올라 있었다.

"그래서 어떻게 됐는지 알아? 그게 반복되다가 아빠는 결국 집을 나가 버렸어. 이혼 도장도 안 찍고 그냥 가 버린 거야. 그 뒤로 소식은 듣지 못했어. 엄마는 그날 이후 식당에 나가며 일을 했어. 그런데 며칠 안 가서 그만뒀어. 왜 그런지 알아? 다리에 금이 갔었대. 하도 맞아서 어느 순간 다리에 금이 갔다는 거야. 엄마는 그것도 모르고 일을 다녔던 거지. 정말 웃기지 않니? 하하."

성주는 먼 산을 바라보듯 이야기를 들었다. '응'이라거나 '그래서' 같은 대꾸도 하지 않았다. 이야기를 건성으로 듣는 것은 아니었다. 다만 뭐라 해 줄 말을 찾지 못하였다.

"그래서 몸을 팔기 시작했어. 본래는 학교를 그만두고 아르바이트를 하려고 했는데 엄마가 못 하게 했거든. 정말 웃기지 않니? 아무것도 못하는 주제에, 아무 도움도 안 되는 주제에 나보고 뭘 하라 마라. 자기가 내 인생을 대신 살아 줄 것도 아니잖아? 집에 돈 버는 사람도 없는데 그럼 나보고 뭘 어쩌라고? 끽해야 집에서 부업이나 하고 있으면서! 그래서 홧김에 몸을 팔았어. 이게 생각보다 꽤 짭짤하더라고. 그런데 웬 미친놈이 나타나서 가게를 박살내 버렸어. 더 이상 그곳에서 일할 수 없었지. 그래서 혼자 이리저리 알아보던 중에 난데없이 엄마가 사고를 당한 거야. 그러게 그냥 집에서 부업이나 하지 뭘 하겠다고. 이해할 수 없어. 진짜 어리석어."

계속 입을 다물던 성주가 입을 뗐다.

"어머니에 대해서 너무 안 좋게 생각하지 마."

"그럼 뭘 어떻게 좋게 생각해야 하는데. 그 인간이 내 삶의 반을 망가트렸다고! 아빠가 반을 망가트리고 엄마가 나머지 반을 망가트렸에! 아주 쌍으로 잘도 놀고 자빠졌다고. 그런데 어떻게 안 미워할 수 있겠어!"

성주가 지긋이 말했다.

"너도 언젠가 누군가의 어머니가 될 테니까."

"……"

"그러니까 너무 미워만 하지 마. 지금 알고 있는 게 전부는 아닐 테니까."

송이는 성주의 눈을 바라보았다. 왠지 모르게 듬직하다는 기분이 들었다. 이렇게 어깨를 기대고 있는 것만으로도 위로받고 가슴이 따스해지는 것만 같았다. 조금만 더 이대로 의지하며 기대고 싶다는 생각이 들었다.

"성주야."

송이는 은근히 얼굴을 가까이 디밀었다. 스륵, 눈을 감고 입술을 내밀었다. 성주는 쿨하게 손바닥으로 송이의 얼굴을 붙잡았다.

"……?!"

"뭐 하는 거야 지금?"

"아, 아니 그냥."

*   *   *

어찌어찌 성주는 그곳에서 잠까지 자 버렸다. 한송이와 어깨를 기댄 채 자기도 모르게 잠든 것이다. 성주와 송이는 거의 비슷한 시각에 눈을 떴다. 서로 자기가 언제 잠이 든지 몰랐으며 어색해서 함부로 입을 열지 못했다.

이미 시간은 많이 지나 있어서 누가 먼저랄 것 없이 두 사람은 가방을 챙겼다. 그 와중에 오고 가는 대화는 없었다. 슬 깃 슬깃 서로의 눈치를 살피거나, 흠흠 헛기침을 하거나, 머리를 빗고 옷매무새를 다듬거나, 시계를 확인하는 게 고작이었다. 그렇게 두 사람은 서먹서먹한 기운을 간직한 채 함께 학교로 갔다.

한송이와 성주는 그날 이후 부쩍 가까워졌다. 송이가 경계를 풀고 그에게 호감을 표한 것이다. 평상시의 모습은 다를 게 없었지만 성주와 함께 있을 때면 그녀는 다소곳한 모습을 보이려 애썼다.

그 모습은 주변 학생들에게 있어 놀라운 사건과도 같았다. 성주야 차별 없이 모두에게 잘 대해 주니 놀랄 것은 없었지만 문제는 한송이였다. 날라리, 양아치로 소문난 그녀였다. 그렇다고 다른 질 나쁜 학생들과 어울리는 것도 아니고 홀로 지내는 걸 고수하던 그녀가 유독 성주 앞에서만 달라지는 것이다.

성주는 한송이와 친해지면서 나이트 워커 일을 잠시 등한시했다. 하지만 크게 신경 쓰지는 않았다. 가끔은 이렇게 소박하게 지내는 것도 나쁘지 않다고 생각했다.

나이트 후드 아니, 동해의 감정을 조금이나마 알 것도 같았다. 나쁜 놈들을 응징하는 것이 히어로의 의무이지만, 착한 사람들을 지키는 것 역시 히어로의 일이다. 성주는 근래 들어 가장 기분이 좋은 나날을 보냈다.

한송이 역시 마찬가지였다. 얼마 전까지만 해도 그녀는 자신을 제외한 그 모든 것들을 증오했었다. 모든 것을 싫어했다. 그리고 시간이 지남에 따라 증오는 자기 자신에게로 향했다. 그렇게 완전하게 파멸에 이르기 직전, 성주를 만난 것이다. 그것은 마치 말라 비틀어져 가던 꽃이 비를 만나 살아나는 것과 같았다. 그저 밥만 먹던 입은 고운 말을 뱉었으며 미소를 지었다. 식어 버린 심장은 다시 뜨겁게 달아올랐다. 죽은 가슴이 다시 뛰었다. 완전히 새로 태어난 것이다.

그로부터 며칠 뒤.

갑자기 송이가 학교를 나오지 않았다. 성주가 뭔가 이상하다고 여기는 그때였다. 한쪽에서 남학생 무리가 모여서 뭔가를 보고 있는 게 아닌가. 한 학생이 PMP로 영화 같은 것을 보고 있었다. 그 주위로 다른 학생들이 옹기종기 모여 있었다. 그중 한 명이 성주를 보더니 당황하며 다른 학생들의 어깨를 톡톡 건드렸다.

"……?"

그 모습이 딱 성주의 눈에 띄었다.

이상하게 여긴 성주는 그쪽으로 다가가 보았다. 학생들은 PMP를 숨기려 했고, 성주는 강제로 그것을 빼앗아 화면을 확인했다.

"말도 안 돼."

그것은 영화가 아니었다. 아무리 저예산 영화라 하더라도 이건 화면이 너무 조잡했다. 그 조잡한 화면에는 알몸의 두 남녀가 잡혔다. 한 명은 알 수 없는 배가 나온 중년 남성, 그리고 또 다른 하나는 한송이였다.

〈정말 고등학생이야?〉

〈왜요, 못 믿겠어요? 그럼 내일 학교 따라와 보시든지.〉

〈하하하. 나 진짜 따라가는 수가 있어.〉

〈상관없어요.〉

성주는 더 이상 보지 못하고 PMP 전원을 껐다. 본래 주인에게 돌려주며 성주는 차가운 목소리로 말했다.

"파일 지워. 그리고 누구에게도 말하지 마."

"으응."

성주의 살벌한 모습에 학생들은 단체로 식은땀을 흘리며 고개를 끄덕였다.

성주는 넥타이를 느슨하게 풀었다. 가슴과 목에서 답답함이 느껴졌다. 지금 이러고 있을 때가 아니었다. 성주는 혀를 차며 교실 밖으로 나갔다. 그는 한걸음에 한송이의 집까지 달려 나갔다. 전화라도 걸고 싶었지만 그녀는 휴대폰이 없었

다. 집에도 전화가 없었다. 직접 만나는 것 외에는 대화할 수
단이 없었다.

"송이야!"

그녀의 집은 비어 있었다.

"미치겠네, 진짜!"

성주는 욕을 내뱉으며 머리를 거칠게 긁었다. 흥분해 봤자
좋을 거 하나 없었다. 성주는 호흡을 고르며 교복 외투를 벗
었다.

차분하게 마음을 가다듬고 그녀의 기를 쫓아 거리로 나왔
다. 그녀는 집을 나선 지 얼마 되지 않았다. 그만큼 기의 흔적
이 뚜렷했다.

성주의 가슴은 미칠 듯이 쿵쾅거렸다. 심장이 터져 버릴 것
만 같았다. 자꾸만 불안한 상상이 등을 타고 뒤통수를 차갑
게 적셔왔다. 억지로 좋은 생각을 해 보지만 아무 소용없었
다. 오히려 그럴수록 마음은 더욱 불안해졌다. 아니겠지, 설마
아니겠지 라고 성주는 속으로 계속 반복했다.

"아."

한송이의 기는 공사 중인 건물 쪽으로 이어져 있었다. 성주
는 눈으로 그녀의 흔적을 쫓았다. 뼈대가 앙상한 건물의 입
구에서 고개를 올려 옥상을 바라보았다. 한송이는 천천히 계
단을 밟아 올라가고 있었다. 계단 쪽에 아직 난간이 완성되지
않은지라 똑똑히 볼 수 있었다.

성주는 한껏 숨을 들이켜고는 폐가 터져라 외쳤다.

"송이야! 한송이!"

성주가 목이 터지라고 외쳤지만 그녀는 들은 척도 하지 않았다. 다급해진 성주는 자세를 낮추며 한쪽 무릎을 바닥에 붙였다. 그리곤 밑바닥에서부터 한껏 기를 끌어모았다. 충전이 되듯 온몸에 기가 충만해지자 성주를 중심으로 모래바람이 사방으로 퍼져 나갔다.

휘잉!

"멈추라고!"

성주는 지면을 박차며 허공으로 날아올랐다. 발뒤꿈치가 지면을 밀어내자 자리에 거대한 홈이 파였다.

성주는 쏘아진 활처럼 사정없이 떠올랐다. 엄청난 속도로 날아올라 한송이보다 먼저 옥상에 도달했다.

"크읏."

성주는 두 팔 벌려 그녀를 막았다.

"너 이게 무슨 짓이야. 대체 여길 왜 올라와?!"

"비켜."

한송이는 성주가 방금 보인 움직임이 놀랍지도 않다는 듯 조금도 반응하지 않았다. 이젠 눈앞에서 어떤 일이 일어나도 상관없다는 식이었다.

"못 비켜. 너 지금 미쳤어? 잘 지냈잖아. 자주 웃었고 말도 잘했잖아. 제발 이러지 마."

"상황이 바뀌었어."

송이의 얼굴은 시체처럼 감정이 없었다. 생기가 없었으며 그 안에서는 슬픔도, 절망조차도 발견할 수가 없었다. 숨만 쉬고 있다 뿐이지 이미 그 자체로 죽은 사람의 모습이었다. 송이는 성주의 눈을 바라보았다. 성주는 송이와 눈이 마주치자 흠칫 놀라며 뒷걸음질을 쳤다. 그녀가 말했다.

"아, 너는 모르나? 설명해 줄게."

한송이는 보는 이가 다 섬뜩할 정도의 미소를 지었다.

"내가 지금까지 몸 팔았던 거. 그중 몇 개가 인터넷에 떴더라고. 궁금하면 너도 성인 사이트 아무 곳이나 들어가 봐. 최신작이라고 검색하면 금방 나올 거야. 진짜라니까?"

"그게 어떻게……."

"내가 몸담았던 가게 놈들 수법이더라고. 개자식들. 어쩐지 너무 대우가 좋다 했지. 내가 치렀던 일 중에 몇 개는 자기네들끼리 손님처럼 꾸민 거였어. 카메라 숨기고 준비하는 거지. 그렇게 가게에서 일하는 여자애들 동영상 찍고 그 여자가 가게를 나가거나 도망치면 영상을 파는 거야. 천벌을 받을 새끼들."

성주는 순간 숨을 멈췄다.

도대체 이런 경우는 어떻게 손을 써야 할지 감이 서지 않았다. 인터넷의 특성상 영상은 걷잡을 수 없이 빠르게 퍼질 것이다. 바이러스가 증식되는 것처럼 한국을 뒤덮을 것이고, 어쩌면 다른 국가의 성인 사이트까지 퍼질지도 모른다. 수치스러운 일로 만천하에 얼굴이 알려지는 것이다. 그것은 성주가 백명, 천 명 있어도 막을 수 없는 일이었다.

성주는 떨리는 목소리로 송이에게 말했다.

"송이야, 함부로 생각하지 마. 비록 많이 힘들고 절망적이겠지만, 그렇다고 끝난 건 아니야. 이대로 포기하는 건 아깝잖아?"

"성주야, 제발 부탁할게. 비켜 줘. 나 지금 숨이 막혀. 이대로는 미쳐 버릴 것만 같다고."

"그래도 이건 아니야."

성주는 마땅한 말을 찾지 못해 말을 얼버무렸다.

성주는 동해와는 달랐다. 동해는 희망이라거나, 근성, 노력, 꿈같은 것을 믿었지만 성주는 그러지 못했다. 그보다는 훨씬 현실적이었다. '한번 해 보자', '다시 해 보자' 같은 말은 성주에게 통하지 않았다.

그렇게밖에 생각할 수 없는 자신이 싫었다. 아무리 머리를 굴려 봐도 송이에겐 한 줌의 희망조차 남아 있지 않았다. 방법이 없었다. 어떻게든 돈을 마련해서 성형수술을 한다? 그것은 표면적인 처방밖에 되지 않는다. 대체 이런 상황에서 뭘 더 손을 쓴단 말인가. 하지만 성주는 부정하고 싶었다. 내면의 목소리는 그녀가 이미 끝났다고 말했지만 성주는 계속 부정했다.

'아니야. 아직 끝나지 않았어. 끝난 인생 따위는 없어.'

송이가 물었다.

"성주야, 네가 그 나이트 워커니?"

그녀의 물음에 성주는 침묵으로 일관했다. 어차피 여기서 부정해 봐야 의미 없었다. 이미 그녀는 성주가 10층 높이의 건물을 훌쩍 뛰어넘는 장면을 보았다. 성주는 눈을 감으며 고개를 끄덕였다.

"그래, 처음 봤을 때부터 뭔가 좀 이상하더라고. 당시에는 너무 경황이 없어서 이상하다고 느끼지 못했어. 나랑 아무 사이도 아닌데 우리 집은 어떻게 알았고, 내가 집에서 쓰러져 있는 건 또 어찌 알았는지 그게 참 이상하더라고."

"미안, 함부로 말할 수는 없었어."

"아니야. 그 사실을 숨겼다고 뭐라고 하는 게 아니야. 그게 아니라, 넌 영웅이잖아. 정체를 숨겨야 하는 영웅. 성주야, 네가 영웅이라면 나 좀 살려 줘."

송이는 말하며 눈물을 흘렸다. 눈물이 흘러 그녀의 뺨을 물들였다. 뺨을 타고 내려와 턱에 맺혔고, 바닥으로 떨어져 그녀의 신발을 적시며 지면에 똑똑 떨어졌다.

"제발 나 좀 살려 주라. 나 어떻게 해야 하는 거야? 살아 있는 한 희망은 있는 거라며. 근데 이건 살아만 있는 거잖아. 나 어떻게 해야 해? 응? 대답해 줘. 제발 날 좀 도와줘."

"송이야."

성주는 착잡한 얼굴로 그녀를 껴안았다. 그녀의 등을 토닥여 주었다.

"우리 같이 방법을 찾아보자. 많이 힘들고 어려울 거야. 하지만 포기하지 말고 계속 방법을 찾아보자."

"흐흑, 성주야."

"그동안 너무 많이 억울했잖아. 그간 너무 불행했어. 그러니 너는 이제부터라도 행복해질 권리가 있어. 그게 불가능하다고 말하는 자식들은 내가 가만 안 둘 거야. 그게 누가 되었든 간에. 이런 법이 어디 있어. 불행했던 사람은 뒤늦게라도 행복해질 권리가 있는 거잖아. 불행했던 사람이 계속 불행하면 그건 너무 억울하잖아. 세상에 그런 법이 어디 있어!"

"고마워."

순간 송이가 얼굴을 들이밀었다.

"응?"

그대로 성주의 입술에 자신의 입을 맞추었다. 저번에 실패한 키스를 드디어 성공시킨 것이다. 입술이 살짝 엇갈렸지만 그래도 그 자체로 키스였다. 그렇게 그녀는 입술을 통해 자신의 마음을 전달했다.

확.

키스를 끝마친 송이는 돌연 성주의 가슴을 밀쳤다. 그리고는 빠른 걸음으로 옥상의 끝으로 달려갔다. 그리고 난간 위에 올라가 성주를 바라보았다. 구부러진 머리칼은 바람에 휘

날렸으며 얼굴은 온통 눈물에 젖어 있었다.

"송이야!"

"성주야, 고마워."

"그만둬! 이런 젠장! 거기서 당장 내려와!"

"그래도 네가 있어서 잠시나마 즐거웠어. 너무 자책하지 마.
이건 네 책임이 아니야."

"한송이!"

그녀는 웃고 있었다. 웃는 그녀의 뒤로는 슬슬 해가 지고
있었다. 빛이 지고 어둠이 내려오고 있다.

"신성주. 넌 나의 영웅이야."

송이는 두 팔을 벌리고는 뒤로 몸을 던졌다. 그 모습이 마
치 바람에 꽃잎이 지는 것만 같았다.

"안 돼—!"

성주는 주먹으로 바닥을 내리쳤다. 바닥이 무너지며 성주
의 몸이 아래층으로 떨어졌다.

쾅! 콰드득!

건물 안으로 진입한 성주는 성난 짐승처럼 복도를 내달렸
다. 그리곤 정면을 가로막는 난간을 발로 차 부수며 허공에
몸을 던졌다. 송이는 마침 손을 뻗고 있었다. 성주도 손을 뻗
어 그녀의 손을 붙잡았다.

"크읏!"

비록 떨어지는 송이의 몸을 잡았지만 거기까지였다. 두 사

람은 뒤엉킨 채로 밑으로 떨어졌다.

콰앙!

바닥에는 충격을 흡수해 줄 수 있는 것이 아무것도 없었다. 두 사람이 떨어지자 운석이라도 떨어진 것처럼 바닥에 거대한 구덩이가 파였다. 뿌옇게 먼지바람이 불었으며 주변에 있는 나무들이 잎사귀와 잔가지를 떨었다.

"……."

밑에 깔린 건 성주였다. 쥐 죽은 듯 움직이지 않던 성주가 까딱, 손가락을 움직였다. 다행히 떨어지기 전에 온몸에 기를 집중하여 충격을 완화했다. 아프지 않은 건 아니었지만 뼈가 부러지는 것은 막을 수 있었다.

"크흑. 소, 송이야?"

"……."

대답이 없다. 성주는 어금니를 깨물며 하늘을 향해 오열했다. 피가 번진 것처럼 붉게 노을이 지고 있는 하늘이었다.

*   *   *

"그래, 지금 가고 있어."

한 남자가 자동차를 운전하고 있다. 자동차는 그가 입고 있는 검은 정장과 같은 색이었다. 최근에 뽑은 차인지 표면에는 티끌 하나 없이 미끈했다.

"아무 걱정하지 마. 이번엔 내가 시원하게 쏜다."

사내는 휴대폰으로 누군가와 통화를 하고 있었다. 한 손으론 운전대를, 다른 한 손으로는 휴대폰을 잡고 있다.

자동차는 어두운 밤거리를 질주하고 있었다. 도로에는 자동차가 별로 없어서 마음껏 속력을 냈다.

"하하하! 기대하고 있으라고. 이 오빠만 믿고…… . 응?"

사내는 눈을 게슴츠레하게 뜨며 고개를 쭉 앞으로 내밀었다. 멀리 도로 한가운데에 사람이 서 있었다.

"어어?"

급히 브레이크를 밟았지만 속도가 너무 빨랐다. 충돌을 피할 수가 없었다. 자동차 헤드라이트가 '그'를 비추었다. 검은 목도리를 길게 늘어트린 남자, 검은 꼬리 신성주였다. 검은 꼬리는 책상을 내려치듯 주먹으로 자동차의 범퍼를 내리쳤다.

콰득!

자동차의 머리가 움푹 찌그러지며 뒷바퀴가 들렸다. 뒤집힌 자동차는 검은 꼬리의 머리 위를 넘어 반대편으로 떨어졌다. 자동차가 바닥에 떨어지자 아스팔트가 깨지며 자동차 파편이 어지럽게 흩어졌다.

"……."

뒤집힌 자동차에서 문이 떨어져 나갔다. 그곳에서 피투성이가 된 남자가 간신히 상체를 뺐다. 하지만 하체가 끼었는지 그 이상 몸을 빼지는 못 했다.

"크엑! 큭, 쿨럭!"

검은 꼬리는 그의 앞에 다가가 수그려 앉았다.

"괴, 괴물이다! 괴물!"

검은 꼬리는 입술을 잘근잘근 씹기만 할 뿐 무어라 말을 하지 않았다. 아니, 마음속에서는 수천 가지 말들이 떠올랐지만 차마 그중에서 고르지 못했다. 할 말이 너무 많았다.

성주는 잠시 주변을 둘러보았다. 이곳은 도로 한가운데. 밑에 강을 끼고 있는 다리 위의 도로다.

"설마 검은 꼬리?! 그 뭐냐. 나, 나이트 워커! 나이트 워커 맞지! 그렇지!"

검은 꼬리는 대꾸하지 않았다. 대신 다리 너머의 강물을 바라보았다.

"당신 영웅이잖아. 시민을 지키는 영웅! 그런데 나한테 대체 왜 이래! 쿨럭. 사람을 죽이면 안 되는 거잖아!"

검은 꼬리는 자리에서 일어나 발목을 풀었다. 그리고 천천히 손목과 목도 풀었다.

"끄으, 살려 줘! 제발 죽이지 마! 참회할게. 내…… 내가 무슨 잘못을 했는지는 모르지만 그냥 다 잘못했어. 싹싹 빌게. 제발 살려 줘……."

"참회? 웃기지 마. 너희 같은 쓰레기 새끼들은 그냥 다 뒈져야 해. 봐주고 용서하고 이해하고, 난 절대 안 그럴 거야. 난 너희 같은 새끼들을 죽일 거야. 다 죽여 버릴 거라고. 난 영웅이 아니야."

"아악!"

검은 꼬리는 축구공을 차듯 뒤집힌 자동차를 걷어찼다.

콰직!

성주의 발에 맞은 자동차가 아스팔트를 스치며 튕겼다. 보호용 난간을 부수며 허공을 날았다. 그리고 풍덩, 강물에 떨어졌다.

검은 꼬리는 고개를 푹 숙였다. 답답한지 손으로 목도리를 풀었다. 성주는 비틀거리며 도로의 중앙선을 따라 걸었다. 왼쪽으로 기울었다가, 다시 오른쪽으로 기울었다가. 성주의 걸음은 무척이나 위태로워 보였다. 조금 시간이 지나자 텅텅 비었던 도로 위로 자동차들이 지나다녔다. 성주는 빠르게 지나가는 자동차 사이를 계속 걸었다.

Battle 07

여름

지겹게 비가 쏟아지는 장마철이 지나고 완연한 여름이 찾아왔다. 날씨가 본격적으로 더워졌기에 대한민국에 불던 후드티 열풍은 제법 수그러들었다. 나이트 후드 이전에 후드티 열풍을 주도했던 드라마가 끝난 지도 제법 됐다. 거기에 아무리 나이트 후드 효과라 해도 더위 앞에서는 장사가 없었다. 그나마 얇게 제작된 민소매 후드가 나름대로 틈새시장에서 선전 중이었다.

자기 나름대로 유행을 선도했던 동해 역시 여름이 오고 나서는 교복 안에 후드티를 입을 수가 없었다. 셔츠만 입어도 땀에 푹푹 저는데 그 안에 후드티까지 입는다면 버틸 수가 없을 것 같았다. 후드는 비상시를 대비해 가방 안에 넣는 정도로 만족해야 했다.

하계에 맞춰 일출고 교복도 동복에서 하복으로 바뀌었다. 남학생 여학생 할 것 없이 학생들은 외투를 벗고 반팔 셔츠 차림으로 학교를 등교했다. 남학생들은 다들 신 나서 속으로 만세를 불렀다. 자고로 '눈이 즐거운 계절'이 찾아온 것이다.

거리에 나가면 여성들은 쫙 달라붙는 티셔츠와 짧은 치마, 혹은 핫팬츠를 입고 다닌다. 학교만 가도 그렇다. 셔츠의 특성상 희미하게 안쪽이 비치기 마련인데 그게 사내들의 가슴을 설레게 했다. 특히나 속옷의 색깔이 조금 튀기라도 한다면 더욱 자극적이 되기 일쑤였다. 신이나는 아주 신 났다는 듯이 속옷 색깔을 날마다 바꿔 가며 동해를 신경 쓰이게 했다.

"동해야! 할로, 할로!"

복도를 지나다가 신이나와 마주한 동해. 동해는 흠칫 놀라며 반사적으로 뒷걸음질을 쳤다.

"아, 안녕."

"후아, 요즘 날씨 되게 덥다. 그렇지? 햇살이 뜨거운 건 둘째치고 너무 습한 거 같아. 그렇지 않니?"

"그렇겠지?"

이나는 그리 말하며 자신의 검은 부채를 살랑살랑 흔들었다. 동시에 반대 손으로 셔츠의 못 깃 단추를 스륵스륵 풀었다. 한 개, 두 개, 세 개.

학교 규정상 여학생들은 단추를 두 개까지만 풀 수 있다. 실제 규정이 그렇다라고는 하지만 그런 규정을 일일이 지킬 신이나가 아니었다. 궁지에 몰린 동해는 이나의 뒤를 가리키며 급하게 외쳤다.

"잠깐만! 뒤에 운 형이 와 있어!"

"뭐? 운 아저씨가 이 시간에 올 리가 없는데? 그게 무슨."

이나가 놀라며 뒤를 돌아보는 순간, 동해는 옆에 열려 있는 창문 너머로 몸을 던졌다. 이곳은 2층이었지만 동해에게는 아무래도 상관없는 일이었다. 일단은 몸을 피하는 게 급선무였다. 눈 깜짝할 사이에 동해가 사라지자 이나는 머리 위로 물음표를 띄우며 주변을 둘러보았다.

"어라? 얘가 어디로 간 거야? 그새 사라졌네. 할 말이 있었는데."

가볍게 바닥에 착지한 동해는 두 손을 탈탈 털었다. 언제부턴가 이나의 육탄 공격이 점점 심해지고 있었다. 전에는 동해의 셔츠를 잡아당겨 단추를 모조리 뜯어 버린 적도 있었다. 그날 동해는 다 뜯겨져 나간 셔츠 대신 체육복을 입고 수업을 받아야 했다. 하필 그전 시간이 체육이어서 땀내가 풀풀 나는 체육복이었다.

여전히 이나는 무서웠지만 그래도 동해는 이런 시간들이 나

쓰지 않았다. 이런 평화로운 나날이 주는 소박한 즐거움들이 좋았다. 최근엔 이렇다 할 사건도 없어서 나이트 후드로 변신할 일도 줄어들어 느긋했다.

사건이 아주 없는 것은 아니었다. 새로운 나이트 워커의 등장이 동해의 신경을 거슬리게 했다. 자신을 대신해서 일손을 덜어 주는 것이 그렇게 나쁘다고 할 건 없지만 문제는 그의 방식이었다.

자신을 검은 꼬리라 지칭한 나이트 워커는 불량배나 조폭들, 강도, 성추행범, 뺑소니 운전자 같은 자들에게 가차 없었다. 바로 그 자리에서 팔다리를 부러트리거나, 뺑소니 운전자는 자동차를 찌그러트려 안에서 못 나오게 만들었다. 그는 너무 폭력적이었다. 그리고 쇼맨십이 넘쳤다. 그는 일부러 기자들의 눈에 띄어 직접 인터뷰를 하기도 했다.

"나는 검은 꼬리입니다. 나이트 후드나 검은 봉투 남자와 같은 나이트 워커죠. 이 도시에서 범죄를 완전히 뿌리 뽑을 겁니다. 각오하는 게 좋을 거예요. 전 나이트 후드처럼 말랑말랑하지 않습니다. 나는 그처럼 지지부진하지 않을 겁니다. 그보다 더 빠르게, 더 확실하게 일을 처리할 겁니다. 경찰들이 날 잡으려 한다 해도 신경 쓰지 않습니다. 나는 내 방식대로 합니다. 기대하세요."

몇 번은 그를 직접 막아 보려 했으나 역부족이었다. 나이트 후드는 검은 꼬리에게 상대가 되지 않았다. 검은 꼬리의 등장으로 수준 차이가 뭔지 확실하게 느꼈다. 한계를 느낀 동해는 다시 민철의 도장을 찾았다. 다시금 그에게 수련을 받으며 실력을 키울 심산이었다.

"나도 뉴스 봤다. 그 뭐냐, 검은 꼬리라고 했던가? 대체 그 자식 정체가 뭐야? 인터뷰까지 하고 난리도 아니던데. 아주 신나 보이던데?"

민철은 창을 열고 담배를 피우며 투덜거렸다.

"저도 잘 몰라요. 그때까지 합치면 딱 두 번 만난 거거든요."

"그럼 왜 싸운 거야? 보니까 아주 그냥 떡 바르더만."

"모르겠어요. 아무튼 또 당하지 않기 위해 다시 도장을 다니는 거예요. 지금보다 훨씬 더 실력을 키워야 할 것 같아요."

민철은 담뱃재를 툭툭 털며 동해를 가만 바라보았다.

"그런데 굳이 싸울 필요 있냐? 그놈이 활약하면 네 일손이 편해지는 거잖아. 방식이 조금 거칠다 뿐이지 따지고 보면 너보다 수완이 좋던데?"

"그래도 그건 인정할 수 없어요. 솔직히 저도 그런 식으로는 할 수 있어요. 단지 그건 옳지 않으니까 안 하는 거죠. 녀석이 말하는 걸로 봐서는 제가 나이트 후드로 활동하는 걸 보고 영향을 받은 것 같아요. 따지고 보면 제 책임이기도 하죠. 그 녀석이 말했어요. 자기 방식이 마음에 안 들면 자기를 쓰러트려 보라고. 그렇게 할 거예요. 절대로 가만 지켜볼 순 없다고요."

"그러냐. 뭐, 네 일이니까 네가 알아서 해라. 그래도 조심하는 게 좋을 거다. 참고로 수강비 올랐다."

"……"

민철은 도장의 창밖으로 꽁초를 버리며 중얼거렸다.

"그 자식 분명 보통 놈이 아니었어. 대체 정체가 뭘까? 그리고 놈의 기운, 무척이나 낯이 익었어."

민철은 코로 연기를 내뱉으며 검은 꼬리와 싸웠던 날을 떠올렸다. 검은 꼬리는 기를 다루는 실력과 폭발력이 엄청났다. 자신도 조금만 방심했더라면 한 방 먹었을지 알 수 없었다. 결정적으로 민철은 놈의 얼굴을 기억하지 못했다. 즉, 기를 다루는 실력만으로는 민철보다 앞선다는 의미다. 그때였다.

"앗 뜨거워! 꺄아악!"

도장 아래를 걷던 한 중년 여성이 비명을 지르며 두 발을 동동 굴렸다.

"응?"

그녀는 소위 말하는 뽀글머리를 하고 있었다. 중년 여성의 수세미 같은 머리 사이에는 민철이 버린 담배꽁초가 떨어져 있었다. 그 담배가 중년 여성의 머리카락을 불태우고 있었다.

"어떤 새끼야! 꺄악, 내 머리카락!"

중년 여인은 손으로 머리를 털며 위를 쳐다보았다. 민철은 황급히 창문 아래로 몸을 숨겼다.

"저기, 민철 형?"

"쉿, 조용히 해 인마! 너도 얼른 머리 숙여!"

"으음."

동해는 천천히 고개를 숙였다.

* * *

완연한 여름이기도 하고 온 세상의 학생들이 바라 마지않은 이벤트가 기다리고 있었다. 한 달간의 휴식, 바로 여름방학이다. 학생들은 오로지 그날만을 기다리며 하루하루를 힘겹게 버텨 나갔다. 동해 역시 여름방학을 손꼽아 기다리고 있었다.

돌이켜 보면 민철 밑에서 수련을 하며 아르바이트하고, 얼마 뒤에 철광과 싸우고 서림과 싸우고, 기를 수련하고 나이트 라이더와 싸웠다.

그것들을 학업과 병행하다 보니 육체적으로나 정신적으로 많이 지치는 기분이었다. 아무리 기를 수련하고 효율적으로 생활해도 역시 무리는 무리였다.

동해는 미리미리 방학 시간표를 짜 두었다. 그렇게 대단한 계획은 아니었다. 잠을 몇 시부터 몇 시까지 자고, 그동안 사놓고도 못 한 게임을 몰아서 다 하고, TV 예능프로 본방을 사수하겠다는 것 정도가 고작이었다. 그리고 겸사겸사 기 수련과 운동을 조금씩 챙겨 넣어서 시간표를 완성했다. 그 비율이 8 대 2라는 게 문제이긴 했지만 말이다. 동해는 노는 시간과 수련 시간의 비율이 너무 비율이 안 맞는 거 아닌가를 고민했다. 안 그래도 검은 꼬리의 등장으로 다른 때보다 더 수련이 필요한데 말이다. 길고 긴 고민 끝에 동해는 균형을 7 대 3으로 수정했다.

신이나 역시 여름방학에 대비해 계획을 준비했다. 무려 7박 8일간 이어지는 풀코스 해외여행이다. 패키지로 엮어도 어마어마한 금액이 나올 정도였지만 돈이 썩어나는 이나에게는 아무런 문제가 되지 않았다. 그녀는 운의 시선을 피해 몰래몰래 여행 계획을 짜 두었다. 계획은 완벽했다. 이보다 더 완벽할 수는 없었다. 하지만 걸림돌이 있었으니, 그것은 여행의 핵심이라 할 수 있는 동해였다.

"뭐라고? 단둘이 여행이라고? 그것도 해외로?!"

동해는 얼굴이 터질듯이 달아올라서는 마구마구 도리질 쳤다. 이유는 간단했다. 첫째, 단둘이 가는 것은 싫다. 둘째, 해외는 부담스럽다. 셋째, 돈 없다. 동해의 입장에서는 어느 것 하나 무시할 수 없을 만큼 세 개 다 주요 사항이었다. 단둘이 동네 공원을 놀러 가도 어색할 마당에 해외여행이라니, 아무리 이나가 부자라지만 정작 부자가 아닌 동해로서는 많이 버거웠다.

"뭐, 어때! 부담스러워하지 마. 그냥 즐겨. 내가 다 알아서 할게. 넌 그냥 가만히 있으면 돼."

"뭘 즐기라는 거야! 어떻게 단둘이 해외여행을 갈 수 있어? 그건 안 돼. 절대 안 돼. 너 아버지 허락은 맡았어? 운 형이 허락해 준 거야? 아니잖아."

"허락 맡았거든? 허락 맡았거든?"

당연히 거짓말이다.

"아무튼 안 돼! 가더라도 나중에 스무 살 되서 가. 해외는 위험하다고!"

"대체 무슨 소릴 하는 거야. 우리가 무슨 아프가니스탄에라도 놀러 가는 줄 아니? 위험하긴 뭐가 위험해?"

동해는 '내 순결이······'라고 중얼거리다가 다시 입을 다물었다. 남자가 부득부득 순결을 지키려는 게 곰곰이 생각해 보니 딱히 자랑스러운 일이 아니었기 때문이다. 물론 작정하고 떼려는 것도 문제가 있겠지만.

"절대 안 돼. 가더라도 가까운 곳으로 가야 해. 그리고 친구들을 데리고 간다면 긍정적으로 생각해 볼게."

이나에게 그렇게 못 박은 동해는 애써 흥분을 감추며 뒤돌아 갔다. 다 잡은 쥐를 놓친 고양이 같은 표정으로 이나는 입술을 핥았다.

"저게 지금 튕기는 거야? 좋았어. 어떻게든 널 끌고 가겠어. 누가 이기는지 어디 두고 보라고."

동해의 강경한 반응은 오히려 그녀의 승부 근성을 자극했다. 그녀는 그 즉시 행동에 착수했다. 제일 먼저 만만한 철광을 찾아갔다. 그는 한 친구를 등에 업고서 어딘가로 가는 중이었다. 굉장히 급해 보였다. 이나는 쌩하니 달려와 그의 앞을 가로막았다.

"호호, 철광아. 어디를 그렇게 급하게 가니?"

"같이 농구 하다가 어깨를 부딪쳤는데 정신을 잃었어. 양호실 가려고."

"나랑 잠시 이야기 좀 할까?"

"양호실부터 갔다 오면 안 될까? 애 상태가 심하게 안 좋은데."

"괜찮아, 오래 걸리지 않을 테니까."

"애가 숨을 안 쉬는 것 같은데."

"호호, 닥쳐. 우리 이번 여름방학에 여행 같이 안 갈래?"

이나의 말에 철광은 무덤덤한 표정을 지었다. 저기 멀리에 있는 이스터 섬에서 북풍을 맞고 있는 모아이 같은 얼굴이었다. 겉으로 보이는 무감각한 얼굴과 달리 머리는 빠릿빠릿하게 돌아가고 있었다.

'뭐지? 설마 이나가 나한테 관심이 있나?'

머리는 빠릿빠릿하고 등줄기는 짜릿짜릿하다. 철광은 애석

하지만 그 청을 고사하려 했다. 이나는 동해에게 더 잘 어울린다는 판단이었다. '미안하지만 난 아직 널 받아들일 준비가 되지 않았어. 며칠만 더 시간을 줘'라고 쿨하게 대답하려는데 그보다 먼저 이나가 말했다.

"동해도 같이 가고 아현이도 같이 갈 예정이거든. 그 외에도 몇 명 더 모을 예정이야. 꼭 같이 가자. 응? 동해가 남자 쪽이 부족하다고 가기 싫어해. 응?"

잠시나마 헛 상상에 빠졌던 철광은 뒤로 벌러덩 넘어졌다. 후다닥 다시 몸을 일으키며 철광은 이마의 식은땀을 닦았다.

"아하, 그랬구나. 몇 명 더 있었구나. 그럼 나야 좋지."

"오케이, 콜. 약속한 거다?"

"알았어."

철광은 헤헤 웃으며 떠나가는 이나를 바라보았다. 그런데 이야기를 곱씹어 보고는 화들짝 놀란다.

'뭐라고? 아현이도 같이 간다고?'

철광은 펄쩍펄쩍 뛰며 어쩔 줄을 몰라 했다.

"맙소사."

철광은 손부채질을 하며 교실로 돌아갔다. 그가 떠난 자리에는 한 소년이 쓰러져 애처로이 신음하는 중이었다. 복도에는 아무도 지나가지 않았다.

이나가 다음으로 찾아간 이는 아현이었다. 아현은 여느 때처럼 귀에 이어폰을 꽂고서 공부에 열중하고 있었다. 이나는

당당하게 걸어가 그녀의 책상에 탕! 하는 소리가 날 정도로
세게 손바닥을 내리쳤다. 화들짝 놀란 아현이 고개를 들었다.
상대가 이나임을 알고는 놀란 가슴을 쓸어내렸다. 이어폰을
빼며 아현이 말했다.

"깜짝 놀랐잖아. 무슨 할 말 있니?"

이나는 음흉하게 웃으며 고개를 끄덕였다.

"아현아, 우리 여름방학 때 어디 놀라 가지 않을래?"

"놀러 간다고? 어디를?"

"그거는 차차 정하면 되지. 아직 여름방학이 되려면 며칠 남
았잖아."

"우리 둘만 가는 거야?"

"노노노. 너랑 나랑, 철광이, 그리고 동해까지. 거기에 몇 명
더 추가될 수도 있어. 단체로 놀러 가는 거지. 어때? 재밌겠
지?"

"으음."

아현은 어째 고민하는 모양새다. 친구들끼리 어딜 놀러 가
본 적이 없는지라 왠지 모를 거부감을 느꼈다. 그녀의 속마음
을 눈치 챈 이나는 얼른 약장수처럼 말을 이어 나갔다.

"걱정하지 마. 막 질 나쁘게 놀거나 그러지 않을 거니까. 애
초에 동해랑 철광이가 끼어 있는데 어떻게 그렇게 노니? 그냥
친구들끼리 우정을 다지고 잊지 못할 추억을 만드는 거야. 물
론 공부하는 것도 중요하지만 그렇게 매일같이 공부만 하다

가는 나중에 가서 아쉬워 질걸? 뭔가 그럴싸한 추억 하나 없는 학창 시절이라니. 아아, 이 얼마나 가련한 청춘인가!"

이나의 말에 아현의 마음이 흔들리기 시작했다. 아현이 고민하는 모습을 보이자 이나는 더욱 거세게 흔들어댔다.

"그래. 공부하는 거 좋지. 하지만 나중에 나이 먹고 네가 잃어버린 청춘, 추억은 어떻게 보상할 할 건데. 어른들이 흔히 말하잖아. 학생 때가 제일 좋은 법이라고 말이야. 그 말은 공부할 때가 제일 좋을 때라는 의미도 되지만 놀기에도 제일 좋을 때라는 소리야. 어려서 놀아야지 나이 먹고 놀면 추하다는 삼단논법이 완성된다고."

살짝 무리수가 끼어 있었지만 이미 아현의 마음은 절반 이상으로 넘어가 있었다. 아현은 결국 고개를 끄덕이며 승낙했다.

"좋았어. 정말 멋진 추억이 될 거야. 기대해도 좋아."

이나는 아현의 턱을 쓰다듬고는 당당하게 교실을 나갔다. 괜히 가슴이 두근거리는지 아현은 두 발을 동동 구르며 만세를 했다.

철광과 아현을 포섭한 이나는 잠시 멈춰 섰다. 일단 동해와 나름의 친분이 있는 두 사람을 끌어들였는데 두 명으로는 부족하다는 기분이 들었다. 두 명 내지는 한 명 정도가 더 있었으면 좋겠다는 생각이 들었다.

'그런데 누구를?'

생각해 보니 자기 멋대로 아무나 끌고 가는 건 문제가 있었다. 일단 이번 여행의 목적은 동해다. 동해와 친분이 있고 스스럼없는 사이여야 함께 데리고 가는 가치가 있을 것이다. 그렇지만 아무리 생각해 봐도 동해와 친한 사람이 철광과 아현을 제외하고 떠오르지 않았다. 물론 한 명이 더 있기는 하다. 그게 신이나 본인이어서 문제지.

'이 바보는 친구 하나 제대로 못 만드는구나.'

물론 같은 반이나 동아리에 대화를 나누는 사람은 몇 명 있었지만 같이 여행을 갈 정도의 사이는 아니었다. 누구를 더 데리고 가나, 아니면 여기서 스톱해야하는가 고민하던 이나의 눈에 뭔가가 들어왔다.

이곳은 학교의 본관 건물의 정문. 고개를 돌리면 널따란 운동장이 보인다. 남학생들 몇몇이 농구를 하고 있었다.

"흐음."

거기에는 동해도 포함돼 있었다. 동해는 나이트 후드일 때와는 전혀 다르게 영 어색한 움직임을 보이고 있었다. 당연했다. 나이트 후드는 나이트 후드, 그리고 동해는 동해일 뿐이다. 그가 자기 입으로 말했듯이 둘은 엄연히 다른 인물이다. 동해가 자신의 모습으로 본연의 힘을 낸다면 굳이 나이트 후드라는 또 다른 면을 내세우지도 않았을 것이다. 들고양이처럼 잽싸게 움직이던 동해가 어물정어물정 움직이는 모습을 보고 있자니 절로 코웃음이 나왔다. 이나는 피식 피식 웃으며 계속해서 농구 경기를 관람했다.

"음?"

몇 분 정도 지났을까. 경기가 끝나고 남학생들이 본관 쪽으로 걸어 들어왔다. 두세 명씩 짝지어서 오는데 그중 동해와 붙어서 도란도란 대화를 나누는 이가 있었으니, 성주였다.

'왜 둘이 붙어 다니는 거지?'

두 사람은 뭐가 그리 재밌는지 가볍게 웃으며 대화를 하고 서로 맞장구 쳤다. 누가 봐도 굉장히 친해 보였다. 이나는 잠시 두 사람을 골똘히 쳐다보다가 본관 건물 안으로 들어갔다.

이나는 성주가 썩 마음에 들지 않았다. 걸고넘어질 만한 사안이 있는 것은 아니었다. 있어 봤자 과거 만수와 어울렸던 것 정도일까. 그마저도 단순히 표면적인 친분 관계여서 신경 쓸 일은 아니었다.

한 가지 짚고 넘어가야 할 건 성주는 자신의 곁에 있는 모든 이와 친분이 있다는 사실이다. 모두와 친하고 모두에게 친절했다. 즉, 만수와 친해졌다고 해서 그것이 유별난 일은 아니라는 것이다.

그래도 이나는 성주가 마음에 들지 않았다. 꺼림칙했다. 왜냐하면 결점이 없기 때문이다. 누구도 성주에 대해 험담을 하지 않았고 누가 봐도 모자란 부분이 없었다. 그것이 능력 면

이든 아니면 인격 면이든 말이다. 그래서 불만이었다. 불길한 것이다. 결점이 없어 보일수록 뒤가 구릴 수 있는 게 바로 인간이다. 거대 그룹 회장의 따님인 이나는 누구보다도 그 점을 잘 알고 있었다.

그 외에도 성주의 별명이 거슬렸다. 잘생기고 성격 좋고, 공부도 잘하고 운동도 잘하는데 별명이 '사냥개'라니. 이 별명은 몇몇 만수와 친한 극소수만이 가끔 부르는 명칭이었다.

거기에 대해서는 소문이 있었다. 성주가 실제 조폭들의 심부름을 하며 돈을 번다는 소문이었다. 그 때문에 그의 정체를 아는 사람들은 성주를 몰래몰래 사냥개라고 불렀다. 어쩌다가 이 이야기를 들은 다른 학생들은 헛소리로 치부하며 귀담아듣지 않았다.

하지만 이나는 끝까지 의구심을 떨치지 못했다. 아니, 그것은 의구심이 아니라 이미 마음속으로 이상한 녀석이라고 확정해 둔 상태였다. 더구나 그런 사람이 동해와 친하게 지낸다니. 이나로서는 불쾌하기 그지없었다. 둘이 친하게 지내는 게 어째 불안했는데, 그 불안감이 현실이 되었다.

"아현이랑 철광이도 같이 가는구나. 성주도 같이 데려가면 안 될까?"

혹시나 했는데 역시나, 동해는 성주를 지목했다. 하지만 거기에 질 이나가 아니다.

"성주? 으음. 성주가 나쁘다는 건 아니지만 걔는 아현이나 철광이랑 그렇게 친한 사이가 아니잖아? 나랑도 별로 안 친하기도 하고 성주가 끼면 좀 어색할 거 같은데."

"괜찮아. 나랑은 친하니까. 그리고 이번 기회에 다들 친해지면 좋잖아? 친한 사람들끼리 노는 것도 좋지만 새로운 친구도 사귀면서 놀면 더 좋지 않을까 싶어. 성주 엄청 착해."

이나의 속마음도 모르고 동해는 넉살 좋게 웃으며 답했다. 너무나 완벽한 대답이었기에 말발 좋은 이나조차 잠시 대꾸할 말을 찾지 못했다.

사실 맞는 말이었다. 어쩌면 성주에게 갖고 있는 이나의 감정은 질투일지도 모른다. 혹은 자신이 갖고 있지 못한 완벽함에 대한 시기일지도 모르고. 이나가 성주보다 뛰어난 점이라고 해 봐야 재력밖에 없다. 그저 돈밖에 없었다.

성주의 집은 중산층보다 약간 아래에 속한다. 그리고 그 점이 오히려 성주를 더욱 완벽하게 포장한다. 만약 잘사는 집 자식의 성격이 좋다면 '잘살기 때문'이라는 말이 나온다. 그러나 성주의 집안 사정은 좋은 편이 아니기 때문에 성주의 사람 좋은 모습은 '집이 잘사는 덕'이라는 소리를 듣지 않는다. 이나는 괜히 끙끙거리다가 결국 동해의 뜻을 받아들이기로 했다.

'어차피 없는 사람 취급하면 되니까. 흥.'

그렇게 한여름 여행에 가게 될 인원들이 모두 충당되었다. 동해, 신이나, 송아현, 박철광, 신성주, 이렇게 다섯 명이다. 이 정도면 충분한 인원이라고 이나는 생각했다. 그리고 그것은 틀린 생각이었다.

이나의 보디가드 운이 여행 간다는 사실을 귀신같이 눈치 챈 것이다. 어이없게도 운은 동해와 지속적으로 연락을 나누는 사이였다.

'어쩐지 요즘 들어 운 형, 운 형 거리더니만. 뭔가 이상하다 했어.'

운은 팔짱을 끼고서 독수리처럼 날카로운 눈으로 이나를 노려보았다.

"여행을 가신다고요? 누구 마음대로 여행을 간다는 이야 기입니까?"

이나는 어물어물거리다가 빽 소리를 질렀다.

"왜요! 나는 여행 가면 안 돼요? 나도 놀러 갈 자유가 있는 여자라고요. 왜요, 뭐가 문젠데요!"

"그건 아가씨가 아직 미성년자라는 게 문제입니다."

"말도 안 돼! 누가 원나잇이라도 즐기러 간대요? 그런 게 아니라 친구들끼리 우정도 쌓고, 추억을 만들기 위함이라고 요. 그렇게 불건전한 시각으로 보다니. 아저씨도 참 구질구질 하네요. 흥."

"제가 걱정하는 건 절대 구질구질한 게 아닙니다. 어디까지 나 보호자 한 명 없이 미성년자들끼리 외박한다는 걸 걱정하 는 거지요."

"보호자?"

이나는 슬금슬금 두려운 예감을 느꼈다. 그리고 어느 노랫말처럼, 그 슬픈 예감은 전혀 틀리지 않았다. 운은 그녀의 아버지에게 연락을 넣었고, 여행을 허락받는 대신 보디가드들이 함께 여행에 따라갈 것을 권고 받았다. 운은 승리의 미소를 지었고 이나는 머리카락을 쥐어뜯으며 짜증에 찬 비명을 질러야 했다.

결국 운은 따라가는 것만이 아니라 여행에 전반으로 간섭했다. 돈은 얼마까지만 가지고 가며 술은 절대로 금지. 남녀는 각방을 쓰며 장소는 제주도. 기한은 2박 3일. 아무리 여행이라지만 밤 10시 이후엔 숙소로 돌아올 것. 숙소도 그룹 소유의 펜션으로 이미 다 잡아 놨다고 한다. 이나가 계획해 둔 파타야에서 벌어지는 아슬아슬하고 야릇 므흣한 7박 8일간의 불타는 대장정이 고이 접어 나빌레라, 완전히 떠나간 것이다. 이나는 여름방학이 올 때까지 방전된 상태로 보내야 했다.

여름방학 하루 전날.

방학 전날이라고 수업은 4교시까지만 진행되었다.

"그래. 더운 날 찜통 같은 교실 안에서 수업 받느라 고생 많았다. 한 달 정도 푹 쉬다가 밝은 얼굴로 다시 만나길 빈다. 당연히 방학 숙제도 열심히 해야 하고 보충수업 신청한 녀석들은 계속 보겠구나. 뭐, 어쩔 수 없지. 그래도 우리를 너무 원망하지는 말려무나. 방학 숙제는 한 달이라는 기간에 비하면 그리 많은 것도 아니고 보충수업 역시 희망자에 한해서만 받았잖니. 아, 너희가 희망한 게 아니라 너희 부모님들이 희망한 거였나? 난 아무래도 상관없는 문제지만 말이다."

방학 이야기에 눈빛을 초롱초롱 빛내던 학생들은 방학 숙제와 보충수업이라는 말에 절반 이상 눈빛이 팍 죽었다. 그나마 일출고는 보충수업에 대한 규정이 느슨한 편인지라 다른 학교처럼 '타율'적이진 않았다. 거기에 부모님이 개입하면 자율이고 타율이고 상관없는 문제가 되지만 말이다.

학생들 중에서 아현은 특이하게도 본인이 원해서 자율 학습을 신청한 경우였다. 단, 이나가 계획한 여행 기간은 특별히 부탁하여 보충을 뺄 수 있었다.

"자자, 잡설이 너무 길었구나. 수업 끝! 개학 날 제대로 다시 보자꾸나. 실장 인사!"

수업이 끝나자 학생들은 나라를 되찾은 독립 운동가들처럼 눈물과 환희로 만세를 부르짖었다. 동해도 그중 하나였다. 동해는 볼펜에 교과서를 꽂아 붕붕 돌리며 펄쩍펄쩍 뛰었다. 철광은 두두두 책상을 두들기다가 나무로 된 책상을 부숴 버렸다.

"웁스."

드디어 기다리고 기다리던 여름방학의 시작이다. 학생들은 설레는 가슴을 안고서 학교를 나섰고 그중에는 동해도 포함되어 있었다. 드디어 제대로 된 휴식 기간을 얻은 것이다. 이나와의 여행이 조금 걸리기는 했지만 그래도 여행이라는 것 자체가 나쁠 것은 없었다. 단둘이 가는 것도 아니고 일행들도 제법 된다. 친구들과 함께 가는 여행은커녕 가족 여행도 가본 적이 없는 동해였다. 동해는 부푼 가슴을 안고서 폴짝폴짝 집으로 향했다.

여행 날짜는 방학을 하고 바로 일주일 뒤. 의외로 금방이었다. 방학 중의 청소 소집일이라거나, 아현의 보충수업 등 여러 요소들 때문에 미리 갔다 오는 게 제일 좋았다. 일주일간의 편안한 휴식 뒤에 멤버들은 이나의 집 앞으로 모였다.

동해와 아현이 제일 먼저 도착해 있었다. 동해는 간편하게 얇은 셔츠에 반바지를, 아현은 하늘색 긴 치마에 하얀 민소매티를 입고 있었다. 연신 팔을 쓰다듬는 모습이 아현은 이런 복장이 영 어색한 모양이다.

사실 그녀가 원해서 이런 복장을 한 건 아니었다. 서림이 사건 이후로 그녀는 고모 가족들과 가깝게 지내려 노력을 많이 했다. 그녀의 어설프지만 지속적인 노력 끝에 사이가 원만하게 수복이 되었고 이제는 완전한 가족이 되었다. 그들이 복장을 골라 준 것이다.

"여어."

다음으로 철광이 도착했다. 철광의 복장도 동해와 비슷했다. 한 가지 다른 아이템이 있다면 밀짚모자를 쓰고서 한껏 여름 분위기를 풍겼다는 점이다.

마지막으로 성주가 도착했다. 성주는 쇄골이 깊게 드러나는 짧은 티에 7부 바지를 입고 왔다. 거기에 카우보이모자를 써서 포인트를 살려 주었다. 다른 사람이 입었다면 굉장히 '없어 보일' 패션이었다. 허나 성주는 그것을 커다란 키와 균형 잡힌 몸매로 커버했다. 아이들이 전부 오자 동해는 손뼉을 쳐서 시선을 모았다.

"전부 모였네. 그럼 들어가자."

동해가 말하자 모두 이나 집 대문을 바라보았다.

"음."

그것은 마치 거대한 성벽 같았다. 그 앞에 서는 것만으로도 압도감에 말문이 떨어지지 않을 정도였다. 동해는 굉장한 위화감을 느끼며 떨리는 손으로 초인종을 눌렀다.

딩동.

인터폰에선 운의 목소리가 들려왔다. 그는 모두를 반갑게 맞이해 주었다.

〈동해군이랑 친구들이군요. 들어오세요.〉

철컹 하는 육중한 소리와 함께 대문이 저 스스로 입을 열었다. 대문이 열리자 넓은 정원이 모습을 드러냈다. 정원을 보자 동해, 아현, 성주, 철광은 동시에 입을 쩌억 벌렸다. 분명

이색적인 풍경이었지만 왠지 모르게 익숙한 느낌이 들었다. 방콕이나 하와이, 괌 같은 느낌은 아니었다. 이국적인 게 아니라 비현실적이라는 느낌이 들었다. 환상 속의 엘프들이 뛰노는 그들의 고향 같은 느낌이었다.

"어서들 오세요. 환영합니다."

대문 앞까지 온 운이 그들을 인도했다. 말이 정원이지 실제로는 밀림이라 해도 믿을 정도였다. 운이 없었다면 길을 잃었을지도 모를 일이었다. 동해 일행은 간달프를 따라가는 반지 원정대처럼 운을 따라 정원을 걸었다. 그렇게 마법의 성을 지나 늪을 건너 어둠의 동굴 속 멀리 현관문이 보였다(?). 따지고 보면 얼마 걷지도 않았는데 느낌상으로는 여운 깊은 여행을 갔다 온 기분이었다. 현관에 도착하자 벌컥 문이 열리며 이나가 당당하게 모습을 드러냈다.

그녀 역시 아주 작정을 한 모양인지 휘황찬란하게 옷을 갖춰 입고 있었다. 상의는 검은색이지만 속옷이 다 보이는 시스루룩에 하의는 실종된 지 오래였다. 청색의 핫팬츠가 살짝 드러나긴 했지만 그마저도 너무 짧아서 사실 속옷이나 진배없었다. 그 모습을 보며 성주는 무표정을 유지했다. 철광은 크게 숨을 들이켰고 아현은 괜히 자기가 얼굴을 붉혔다. 동해는 침을 꿀떡 넘겨 삼켰다.

"후후, 어서 들어와. 곧 있으면 출발할 거야. 와서 에어컨 바람이라도 쐐."

네 사람은 이나와 운을 따라 집 안으로 들어갔다. 집 안도 정원 못지않게 넓었다. 시트콤이나 드라마 속에서 흔히 보던 그런 집이 눈앞에 펼쳐졌다. 거실의 소파와 대형 TV, 2층으로 이어지는 계단까지. 지금 이나의 집을 찾아온 게 아니라 드라마 세트장을 온 게 아닌가 하는 착각이 들 정도였다.

"운 아저씨, 근데 쌍둥이 아저씨들은 어디 갔어요?"

"생각보다 인원이 많아서 자동차를 큰 걸로 공수해 오고 있습니다. 조만간 올 겁니다. 아, 지금 연락이 왔군요. 도착했나 봅니다."

운의 말에 이나는 빙그레 미소 지었다. 그녀는 동해 일행을 향해 큰 목소리로 외쳤다.

"자자, 그럼 떠나 보실까!"

Battle 08

아일랜드

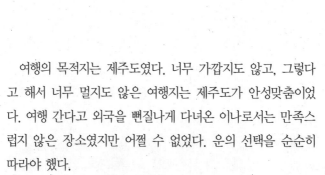

　여행의 목적지는 제주도였다. 너무 가깝지도 않고, 그렇다고 해서 너무 멀지도 않은 여행지는 제주도가 안성맞춤이었다. 여행 간다고 외국을 뻔질나게 다녀온 이나로서는 만족스럽지 않은 장소였지만 어쩔 수 없었다. 운의 선택을 순순히 따라야 했다.

　운전은 쌍둥이 형제의 몫이었다. 한 명은 운전대를 잡고 다른 한 명은 조수석에 앉았다. 동해와 이나, 그리고 아현과 철광, 성주, 운은 널따란 뒷자리에 옹기종기 모여 앉았다. 열댓 명은 탈 수 있는 봉고차였기에 널널하게 앉을 수 있었다.

　한 가지 문제가 있었다. 아까부터 운은 팔짱을 끼고서 불만 가득한 표정을 짓고 있었다. 눈빛은 이글이글 타오르다 못해 레이저라도 뿜을 기세였다. 앞에 앉은 쌍둥이 형제는 식은땀을 흘리며 어쩔 줄을 몰라 하고 있다. 이유는 간단했다. 쌍둥이 형제의 복장 때문이었다.

운은 현재도 보디가드 특유의 검은 정장을 입고 있었다. 반면 쌍둥이 형제는 여름에 맞게 짧은 반팔티와 반바지, 그리고 선캡으로 무장하고 있었다. 차를 가지러 간 사이에 몰래 옷을 갈아입은 것이다. 운은 복장에 대해서 미리 언급하지 않았다. 보디가드가 복장을 준수하는 건 지극히도 당연한 일이기 때문이다. 그래서 믿고 아무 말도 하지 않았건만 기어이 이런 참사가 일어났다.

현재 다들 여름에 맞춰 짧고 시원하게 옷을 입고 있었지만 오직 운만이 긴팔, 긴 바지 검은 정장을 입고 있었다. 분위기가 험악하게 돌아가자 이나는 운의 팔에 매달리며 한껏 애교를 떨었다.

"운 아저씨이~ 왜 이리 심각하실까. 기분 풀어요. 기껏 놀러 가는 건데 왜 그리 심각해요? 솔직히 놀러 가는데 정장이라니, 보기만 해도 푹푹 찐다고요. 있다가 숙소 잡으면 거기서 갈아입어요. 네? 이럴 줄 알고 내가 운 아저씨 여벌도 챙겨났다고요."

"알겠습니다."

운은 분노를 억누르며 또박또박 말했다. 그에 이나가 호들

갑을 떨며 분위기를 띄웠다.

"에이, 아저씨들! 여행가는 차 안에서 이게 뭐예요? 음악 좀 틀어 봐요. 최대한 신 나는 걸로!"

쌍둥이 형제는 얼른 음악을 틀고 볼륨을 높였다. 이나는 분위기를 바꿔 보려 괜히 추임새도 넣고 어깨를 들썩거렸다. 준비해 온 과자도 몇 개 까서 친구들과 나눠 먹었다.

"자자, 운 아저씨도 아, 하세요."

이나는 잔뜩 굳은 운의 얼굴에 과자를 들이밀었다. 운은 고개를 저었지만 막무가내로 쑤셔 넣는지라 피할 수가 없었다. 운은 양 볼이 빵빵해져서는 힘겹게 입을 우물거렸다. 쌍둥이 형제가 백미러로 그 광경을 보고는 푸흣 웃음을 터트렸다.

빠직!

운의 관자놀이에 십자 힘줄이 강하게 잡히었다. 간신히 억누르던 운의 분노가 폭발했다.

"웃어? 이 새끼들이 지금 웃음이 나와? 웃고 다니는 게 그렇게 좋으면 내가 평생 웃고 다니게 해 줄게, 이 새끼들아!"

운은 운전을 하던 쌍둥이의 목을 졸랐다.

"끅! 쫇?!"

한창 고속도로를 달리던 봉고차가 심하게 들썩거렸다.

그렇게 한참을 달리고 달려 여객선 선착장에 도착했다. 이나는 비행기를 타고 가자고 했으나 이번에도 운의 의견에 밀려 결국 배를 타야 했다. 그녀가 비행기를 고집한 이유는 별게 아니었다. 매우 간단했다. 비행기가 더 폼 나니까.

하지만 운의 생각은 달랐다. 그녀의 해외여행 계획을 막은 건 그였지만, 여행 자체를 망칠 생각은 없었다. 오히려 더욱 낭만적이고 멋들어진 여행을 만들어 주고 싶은 게 그의 마음이었다. 비행기를 타고 순식간에 목적지에 도착하는 것보다는 배를 타고 바닷바람을 맞으며, 갈매기를 보기도 하는 그런 운치를 만끽하게 해 주고 싶었다.

단, 그가 미처 생각지 못한 부분이 있었으니 바로 뱃멀미였다. 제일 먼저 나가떨어진 건 쌍둥이 형제였다. 그들은 서로 부둥켜안고서 속이 메슥거린다며 신음했다. 운의 입장에서 저 두 사람은 어찌 되든 상관이 없었다.

그러나 거기에 뱃멀미 환자가 한 명 더 있었으니, 아현이었다. 그녀는 뱃멀미뿐만 아니라 배를 무서워했다. 그 미묘하게 출렁거리는 감각이 그녀를 두려움에 떨게 했다. 가뜩이나 속이 미식거려 죽겠는데 무섭기까지 하니 여행이 아니라 괴로운 고행의 길이었다. 배가 출발한 지 얼마 되지도 않았는데 녹초가 돼 버린 아현은 아예 바닥에 주저앉았다. 그녀가 걱정됐는지 철광이 가까이 다가와 아현의 등을 두드려 주었다.

"아현아, 괜찮아?"

"으응. 고마워."

그녀의 등을 두들기던 철광은 문득 손을 멈추었다. 그리곤 슬며시 손을 내렸다. 걱정되어서 등을 두드릴 땐 몰랐는데 몇 번 손을 대다 보니 손바닥에 뭔가가 느껴지는 게 아닌가. 브래지어 끈이다. 철광은 헛기침을 하며 손을 부들부들 떨었다.

"으으, 나 물 마시고 싶어."

"알았어. 금방 가져다줄게."

철광은 물을 가지러 가기 위해 쏜살같이 뛰어갔다.

동해는 성주와 함께 갑판에서 대화를 나누는 중이었다. 배를 처음 타 보는 동해는 무척 설렌다는 듯 즐거운 표정이었다. 이나는 대화를 나누는 두 사람을 멀찌감치서 바라보았다. 그녀는 두 사람이 친하게 지낸다는 게 못마땅하다는 듯 찌푸린 표정이었다. 가만 지켜보던 이나는 두 사람에게 다가갔다.

"어머, 둘이 무슨 대화를 그렇게 하고 있어. 나도 좀 끼워 주라."

"이나야."

동해는 바보처럼 헤헤거리며 이나를 반겼다.

"동해야, 잠깐 성주 좀 빌려 가도 될까? 단둘이 할 얘기가 있거든."

동해는 아무 생각 없는 표정이었으나 성주는 조금 의외라는 듯 귀를 쫑긋했다. 성주는 일단 이나를 따라 으슥한 곳으

로 이동했다. 지켜보는 사람이 없어지자 이나의 눈빛은 매서
웠고 도전적으로 변했다. 불만 그득한 눈빛에 성주는 어색하
게 웃었다.

"나한테 무슨 할 말 있니?"

"그래."

이나의 대답은 당당했다.

"솔직히 말해서 나는 너를 못 믿겠어."

"못 믿겠다니. 그게 무슨 말이야."

"넌 만수와 친하게 지냈던 애잖아. 그리고 그건 다분히 의
도적인 접근이었어. 분명 너에게는 어떤 목적이 있었을 거라고.
그런 네가 동해와 친하게 지내는 걸 인정할 수 없어."

성주는 무슨 이야기인지 잘 알겠다는 듯이 고개를 끄덕였
다. 차분한 목소리로 성주가 말했다.

"내 입으로 이런 말 하긴 좀 그렇지만, 난 네가 걱정할 만
큼 그렇게 나쁜 사람이 아니야. 만수와 고의적으로 친하게 지
냈다고 하는 건 네가 잘못 이해한 거야. 만수 패거리와 친하
게 지냈던 건 너도 마찬가지잖아. 하지만 지금은 아니지? 그
건 나 역시 마찬가지야. 대체 우리 둘 사이에 어떤 차이점이 있
는 거지?"

요목조목 논리적인 성주의 말에 이나는 아랫입술을 깨물었
다. 분하지만 대꾸할 말이 없었다. 일일이 예를 들 것도 없이
구구절절 사실이었다.

"이나야, 네가 어떤 부분을 걱정하는지는 잘 알겠어. 하지만 그럴 필요 없어. 아무 걱정할 필요 없다고. 네가 하고 있는 건 걱정이 아니야. 단지 그냥 의심일 뿐이고, 질투일 뿐이야."

"질투?!"

이나의 언성이 크게 올라갔다.

"내가 왜 너한테 질투를 느껴, 다른 사람도 아니고? 무슨 너희 둘이 사귀기라도 하니? 허 참, 웃겨 정말."

열이 바짝 올랐는지 이나는 한 바탕 큰 소리를 내질러 주고는 자리를 피했다. 혼자가 된 성주는 어깨를 으쓱하고는 다시 동해의 곁으로 돌아갔다.

시간이 얼마나 지났을까. 찰랑거리는 물살을 가르던 배가 제주도의 여객선 터미널에 도착했다. 쌍둥이 형제가 뱃멀미로 녹다운된 상황이었기에 차는 운이 몰고 나와야 했다. 안 그래도 복장 문제로 잔뜩 열이 올랐는데 이젠 자동차까지 몰아야 한다는 생각에 운의 인내심은 한계에 도달하고 있었다. 그의 기분도 모르고 쌍둥이 형제는 제일 뒷자리에 기대 누워 골골거리는 중이다.

펜션은 선착장에서 그리 멀지 않은 곳에 있었다. 펜션 주차장에 주차한 그들은 짐을 챙겨 건물 안으로 들어갔다.

이나의 집만큼이나 호화로운 곳이었다. 야구팀이 와서 묵어도 문제없을 만큼 넓었다. 또한 해변가와 가까운 위치였으며 주변에 상가도 많았다. 그야말로 부족한 것 없는 완벽한 장소였다. 제주도가 뭐냐며 계속 툴툴거리던 이나도 펜션과 주변을 둘러보고는 군말하지 않았다.

아직 해가 쨍쨍했다. 짐을 전부 푼 일행들은 곧장 바다로 향했다. 조금 전까지 멀미로 다 죽어 가던 쌍둥이 형제도 어디서 힘이 솟았는지 튜브를 허리에 끼고서 미친 듯이 달려 나갔다. 운은 이나가 옷을 준비해 왔음에도 고집스럽게 갈아입지 않았다. 남들은 다 얇고 짧은 옷인데 홀로 검은 정장을 입고 있으니 유독 모습이 튀었다. 아현은 얕게 파도가 치는 바닷물에 발바닥을 적시었다. 그러다가 파도가 크게 들어오면 살짝 뒷걸음질 쳤다.

"헤헤."

그게 재밌는지 아현은 파도가 들어가면 앞으로 나가고, 파도가 들어오면 뒤로 물렀다. 철광과 동해는 끼야호 환호성을 지르며 당장에 물속으로 몸을 던졌다. 물속으로 잠수했던 동해와 철광은 동시에 고개를 들었다.

유명 관광지답게 해변가에는 사람이 많았다. 그야말로 물반, 사람 반. 그중에서도 동해 일행은 유독 사람들의 이목을 많이 샀다. 이목을 끌게 하는 요소는 꽤 많았다. 우선은 운부터 시선을 모았다. 그의 잘생긴 외모도 한몫했지만 사람들의 눈을 끄는 가장 큰 이유는 복장이었다. 사람들의 눈길이 쏟아지자 운은 얼굴을 붉히며 슬금 고개를 돌렸다.

'그냥 옷 갈아입고 올 걸 그랬나.'

하지만 왠지 모를 자존심이 그를 요지부동케 했다. 그다음
으로는 보디가드 쌍둥이 형제가 있었다. 그들은 똑같이 상의
를 탈의하고 알록달록한 튜브를 허리에 끼고 있었다. 똑같이
선글라스를 끼고 있었으며 똑같이 대머리였다. 어딘지 모르게
만화 같고 우스꽝스러운 모습에 사람들은 그들을 힐끔힐끔
쳐다보며 키득거렸다.

성주와 철광 역시 마찬가지였다. 철광의 경우 보디빌더를
능가하는 터미네이터 같은 몸매로 같은 남자들을 부끄럽게
했다. 성주의 경우 파도의 경계에 서서 수평선을 바라보고 있
었는데, 그 모습이 연예인의 화보 촬영과도 같았다. 여성들은
성주를 보며 입을 다물지 못했다.

아현도 그녀 나름대로 남자들의 시선을 모았다. 해수욕장
에 모인 다른 여성들에 비하면 딱히 유별나게 잘난 점은 없었
지만 파도에 다가섰다가 도망치기를 반복하며 까르륵거리는
모습이 귀여움을 산 모양이다.

마지막으로 그것들을 모두 합친 것만큼 시선을 끌어모은
이가 있었으니, 신이나였다. 야릇한 복장과 육감적인 몸매는
해수욕장의 남자들은 물론이고 여자들의 시선까지 모조리 빼
앗았다. 이나는 자신에게 쏠리는 시선이 기분 좋은지 실실 웃
었다. 기분이 상당히 좋아진 모양인지 아예 상의를 훌렁 벗어
젖히기까지 했다.

"동해야! 같이 놀자!"

그녀는 입었던 상의를 아무 곳에나 던져 버리고는 첨벙첨벙 동해를 향해 달려갔다. 멀리서 지켜보던 운은 눈이 튀어나올 듯 커져서는 이나를 향해 소리쳤다.

"아, 아가씨! 얼른 옷 입으세요!"

"뭐 어때요. 속옷 입었는데. 동해야!"

열심히 이나를 뒤쫓던 운은 바닷물이 발목을 적셔오자 아차 싶어 발을 뺐다.

"이런 젠장."

가죽으로 만든 구두는 물에 취약하다. 운은 구두에 묻은 물을 털어내며 혀를 찼다.

이나는 물장구를 치느라 정신이 없는 동해의 뒤로 살살 다가갔다. 어느 정도 접근하자 뒤에서 목을 조르며 안겨 들었다.

"동해야!"

이나 나름의 애교였지만 목을 졸린 채 수중으로 빨려 들어가는 동해는 물귀신이라도 만난 기분이었다. 코로 바닷물을 흠씬 들이마신 동해는 쿨럭거리며 버둥거려야 했다. 발버둥 치던 동해는 간신히 이나를 떼어냈다. 밀려난 이나는 발밑이 횅한 기분을 느꼈다. 두 사람이 있던 위치는 발이 땅에 닿을 듯 말 듯한 깊이였다. 중요한 건 동해에게 약간의 고저 차는 문제가 없었지만, 이나에게는 그 작은 차이가 생명을 좌우

할 만큼 중요했다는 것이다. 뒤로 밀려나자 이나는 팔을 허우적거리며 비명을 질렀다.

"으악! 꺅! 사, 살려 줘요! 끄읍!"

이나는 수영을 전혀 할 줄 몰랐다. 발이 땅에 닿지 않자 그녀는 사색이 되어 버둥거렸다. 그냥 가만히 있어도 되는 걸 수영 초짜인 그녀가 자꾸 움직여 몸을 가라앉게 했다. 천상천하 유아독존 이나는 눈물까지 글썽였다.

"꾸루룩. 나 죽에! 나 죽는단 말이야! 살려 줘!"

죽음의 문턱에 한 발짝 다가선 이나는 문득 몸이 떠오르는 것을 느꼈다. 부드러운 감촉이 등과 허리부터 시작해서 배에 느껴졌다. 이게 어찌 된 일인가 했더니 뒤에서 동해가 끌어안고 있었다.

"동해?"

"이나야, 괜찮아?"

"으응."

이나는 조금 전, 애 낳는 임산부처럼 소리 지른 게 창피한지 뺨을 붉혔다.

"너 수영 잘한다. 의외인걸?"

"수영 처음 해 보는 건데."

"진짜? 그런 것치고는 되게 안정적이야."

"나 수영장도 안 가 봤고 바다 와 보는 것도 지금이 처음이야."

"뭐라고?"

바다에 처음 와 본다는 소리에 이나는 아득해지는 기분을 느꼈다. 어느 정도 재력 차이가 난다는 건 알고 있었지만 아무리 그래도 열일곱 살이 되어 바다를 처음 본다니. 이나는 처음으로 동해에게 위화감을 느꼈다. 안쓰러운 감정이 들기도 했다. 이나는 왠지 미안한 마음에 동해를 살포시 끌어안았다.

"이나야?"

"잠시만 이대로 있어 줘."

일행들은 해가 떨어질 때 즈음 숙소로 돌아왔다. 도착하자마자 바닷가에서 놀았더니 슬슬 출출했다. 숙소로 돌아와 물기와 모래를 씻어낸 일행은 식사 준비를 했다. 운은 냉동실에 넣어 두었던 고기를 꺼내 구웠다. 아현은 싱크대에서 상추를 깨끗이 씻었으며 성주와 철광은 밥상을 준비했다. 동해는 일회용 그릇과 젓가락, 숟가락을 준비했으며 쌍둥이 형제는 양념장과 밥을 지었다. 그리고 이나는 냉장고에서 술을 꺼냈다. 당연하게도 그 모습을 본 운이 이나를 붙잡고 아줌마처럼 잔소리를 했다.

"술은 안 됩니다. 대체 이건 언제 가지고 온 겁니까? 분명 검사를 했을 텐데."

"다 방법이 있지요. 그런데 왜 술이 안 된다는 거예요? 이런 날은 한잔할 수도 있는 거잖아요."

"안 되는 건 안 되는 겁니다. 도로 넣어 두세요."

"싫어요! 마지막이잖아요. 이런 날 안 마시면 대체 언제 마시라는 거예요?"

이나는 원망스럽다는 눈빛으로 운을 노려보았다. 운은 이나의 막무가내에 결국 항복을 선언했다. 단, 오늘이 아닌 내일 마실 거라는 조건을 내붙였다. 아쉽긴 했지만 이나는 그것도 나쁘지 않다는 생각을 했다. 2박 3일간의 여행이다. 가장 분위기가 무르익었을 때 술을 마신다면 더욱 맛이 좋을 것이라 여겼다.

식사 후, 이나는 비장의 무기를 꺼내 보였다. 펜션의 구석에 뭔가가 모포에 덮여 있었다. 모포를 들춰보니 놀랍게도 그 안에는 노래방 기기가 숨어 있었다. 노래방 기기의 등장에 철광은 방방 뛰었고 곧장 노래를 선곡했다.

다음으로 분위기를 띄우는 건 이나의 몫이었다. 이곳에 철광과 이나를 제외하면 노래 부르는 걸 특별히 좋아하는 사람은 없었다. 아현은 부끄러움이 많았고 운은 자존심이 셌다. 동해 역시 자신의 노래 실력에 회의를 느껴 노래를 즐겨 부르지 않았다. 성주도 딱히 나서는 걸 좋아하지 않았다. 그 때문에 이나가 그들을 부추기며 강제로 노래를 부르게 만들어야 했다.

아현은 얼굴이 잔뜩 빨개져서는 조곤조곤히 노래를 불렀

다. 목소리가 워낙에 고와서 크게 잘 부르는 게 아님에도 듣기 좋은 노래를 만들어냈다. 철광은 그 모습을 보며 흐뭇하게 미소 지었다. 딸내미가 노래 부르는 걸 지켜보는 아빠 같은 표정이었다. 그러다가 문득 자신이 그녀의 노래에 너무 빠져들었다는 걸 자각했는지 고개를 털며 슬금슬금 시선을 돌렸다. 다음 타자는 동해였다. 동해의 경우 이나가 손수 노래를 선곡해 주는 센스를 발휘했다.

―김연우, 여전히 아름다운지.

선곡된 노래를 보자 동해는 잘못 봤다는 듯이 눈을 비볐다. 몇 번이나 눈을 감았다가 떠도 변하는 건 없었다. 사색이 된 동해는 펄쩍 뛰며 노래를 취소하려 했지만 리모컨은 이나가 들고 있었으며 기기 쪽은 철광이 밀착 수비 중이었다. 결국 울며 겨자 먹기로 그 고난이도의 노래를 또 불러야 했다. 동해는 그 나름대로 최선을 다했지만 이번에도 하이라이트가 문제였다.

"나의 모자람 채애 워어 끼약!"

이번에도 하이라이트에서 버라이어티하게 목이 나가며 동해는 장렬히 산화했다. 그대로 목에서 피를 토하며 나가떨어졌다. 바닥에 손가락으로 '범인은 김연우'라는 글자를 새기며……

다음 차례는 성주였다. 성주는 크게 빼지 않았다. 성주가 선곡한 노래는 휘성의 'With me'였다. 노래방에서 분위기 띄우기 전에 부르기 적합한 노래였다. 실력이 된다는 전제하에 말이다. 노래가 좋은 건 말할 필요가 없었지만 그만큼 어려운 곡인지라 다들 조마조마한 표정으로 성주를 바라보았다.

"와우."

그리고 그런 걱정이 괜한 것이었을 만큼 성주의 노래 실력은 뛰어났다. 보통은 부르지 않는 애드립과 랩까지 완벽하게 소화하며 휘성이 완벽하게 빙의한 모습을 선보였다. 노래가 끝나자 5초 정도 멍 때리던 일행들은 급히 자리에서 일어나며 기립 박수를 쳤다. 동해는 박수를 치며 아무도 모르게 살짝 눈물을 훔쳤다.

'키 크고 잘생기고 성격도 좋은데 노래까지 잘해!'

부조리함의 극치가 아닐 수 없다. 집까지 잘살았으면 그야말로 엄친아, 완전체의 등극일 것이다. 동해는 도끼눈이 되어선 마지못해 박수를 보냈다.

이나가 다음으로 부추긴 사람은 운이었다. 그와 함께 지낸 지도 제법 오래됐지만 이나는 운의 노래를 들어 본 적이 없었다. 운은 싫다며 뺐지만 모두의 성화에 결국 마이크를 잡을 수밖에 없었다.

그가 마이크를 잡자 모두 박수와 성원을 보냈다. 그중에는 쌍둥이 형제도 있었지만 그들은 운이 한 번 째려보자 바람 빠진 풍선처럼 조용히 자리에 앉았다. 운인 선곡한 노래는 요즘 상한가를 달리고 있는 임재범의 '너를 위해'였다. 선곡된 노래를 보자 일행들의 낯빛이 급격하게 어두워졌다.

'망했네.'

'망했어.'

운은 평소와 달리 잔뜩 긴장했는지 이등병 차렷 자세였다. 표정 역시 얼음장처럼 차갑게 굳어 있었다. 노래가 시작되고, 이나와 쌍둥이 형제는 눈물을 쏟아 가며 웃었고 철광 역시 바닥을 두드리며 웃었다. 이나와 성주는 급히 입을 막으며 고개를 돌렸고 동해는 가슴을 쓸어내렸다.

'다행이야. 난 양호한 수준이었어.'

노래가 1절이 끝났을 때 분노로 가득 찬 운은 쌍둥이 형제를 향해 마이크를 집어던졌다.

"이게 웃겨? 웃기냐? 지금 웃음이 나와? 이 자식들!"

그렇게 첫날의 밤이 무르익어 갔다. 열심히 노느라 지친 일행들은 각자의 방으로 들어가 잠을 청했다. 방은 3개로 나누어 첫 번째 방은 이나와 아현이, 두 번째 방은 동해와 철광, 성주가, 마지막 방은 쌍둥이 형제와 운이 함께 사용했다. 이나는 새벽까지 놀고 싶어 했지만 운의 견제에 그럴 수가 없었다. 결국 탑에 갇힌 라푼젤처럼 이나는 방에서 하염없이 머리카락만 빗었다.

"이나야, 고마워."

침대에 누워 책을 보던 아현이 말했다.

"얘는, 고맙기는 뭐가 고맙니? 친구끼리 고맙고 말고 할게 뭐가 있어."

"그래도 대부분 비용을 네가 부담했잖아. 너네 집이 아무리 부자라지만 좀 무리하는 거 아니야?"

"무리는 무슨."

이나는 코웃음 치며 머리를 빗던 빗을 내려놓았다.

"친구들이랑 같이 여행 오는 게 이렇게 즐거운 건지 몰랐어. 이럴 줄 알았으면 진작부터 자주 올 걸 그랬나 봐. 우리 다음 겨울방학에도 여행 가자. 2학년 돼서도 가고, 3학년 돼서도 같이 여행가자. 그때는 나도 돈 조금씩 모아서 보탤게. 제주 도 말고도 여행갈 수 있는 곳은 많잖아, 응?"

아현은 두근거린다는 표정으로 말을 이었다. 제주도를 별 볼 일 없게 생각한 이나가 생각을 달리할 만큼 아현의 표정 은 정말로 행복해 보였다.

"다음에도 꼭 같이 가는 거야. 알았지?"

아현의 말에 이나는 침묵했다. 이나가 대답을 하지 않자 아 현은 귀를 쫑긋했다.

"이나야?"

묵묵히 있던 이나가 곧 활짝 웃으며 대답했다.

"그래. 다음에도 같이 가자. 그때는 좀 가까운 데로 가 볼 까? 후후."

"스키장 같은 데로 알아보자. 나 스키장 한 번도 안 가 봤 어."

"그래, 그래."

이나의 입은 웃고 있었지만 진심으로 우러나오는 웃음이 아니었다. 그 이면에는 왠지 모를 씁쓸함이 담겨 있었다.

'나도 다음에 너희와 같이 여행 가고 싶어. 다음 기회가 있다면 말이야.'

두 사람은 새벽까지 수다를 떨다가 조용히 잠들었다.

다음 날 아침.

동해는 신음하며 감은 눈으로 자리에서 일어났다. 제일 먼저 찾은 것은 화장실이었다. 지난밤에 물과 음료수를 너무 먹은 탓인지 방광이 가득 차 있었다. 추적추적 좀비처럼 걸어가 화장실 문을 열었다. 변기 뚜껑을 올리고는 쪼르르 볼일을 보았다. 잠이 덜 깬 탓인지 몸이 휘청거렸으며 눈은 감은 건지 뜬 건지 알 수가 없다.

"그."

동해는 그 순간 전신의 털이 쭈뼛 서는 것을 느꼈다. 뒤에서 인기척이 느껴진 것이다. 천천히 고개를 돌려 보니 그곳에는 파랗게 질린 아현이 서 있었다.

"아, 아현아?!"

동해가 들어오기 전에 그녀가 먼저 와 있었다. 세수를 한 뒤 잠시 거울을 보고 있었는데 동해가 뒤이어 들어온 것이다. 동해는 크게 당황하여 비명을 질렀다. 얼른 바지를 추스르고 나가고 싶었지만 아직 일이(?) 끝나지 않은 상황이었다.

쪼르르.

"꺄아아악!"

"으아악!"

"꺄아악!"

"으악!"

펜션의 밖에서는 성주와 운이 배드민턴을 치고 있었다. 아침마다 늘 운동을 하는 두 사람이었다. 성주가 제일 먼저 나와 몸을 풀었고 그 뒤에 운이 나와 몸을 풀었다. 두 사람은 잠시 대화를 나누다가 아침마다 운동한다는 공통점을 발견했고 같이 배드민턴을 치게 되었다. 아침에 일찍 일어나 운동을 한 뒤 개운하게 씻어야 그날 하루가 상쾌하다는 이론이었다. 도중에 펜션에서 찢어지는 비명이 들여왔지만 경기에 집중하느라 두 사람은 미처 신경 쓰지 못했다.

동해와 아현의 합창에 철광과 이나가 잠에서 깼다. 두 사람이 화장실에 도착하기 전에 동해는 간신히 바지를 추스를 수 있었다. 아현에게 자초지종을 전해 들은 이나와 철광은 극단적으로 다른 반응을 보였다. 이나는 아현을 잡아먹을 듯이 추궁했다.

"뭐라고? 아직 나도 못 본 걸 네가 왜 봐! 그걸 왜! 어째서! 그래. 그래서 몇 센티미터인데? 어떻게 생겼어? 말해 봐."

그녀의 물음에 아현은 거의 울 듯한 표정을 지었다. 동해는 이나를 붙잡아 아현으로부터 멀찌감치 떨어트렸다.

"도대체 뭘 물어보는 거야! 어떻게 생기긴 뭐가 어떻게 생겨!"

이번에는 철광이 다가와 동해의 멱살을 휘어잡았다.

"잡았다, 이놈! 이 음탕한 자식아! 이게 무슨 짓이야!"

"크윽, 사고였다고."

"음란한 놈!"

졸지에 음란 보이가 된 동해는 피눈물을 흘려야 했다.

"나는 억울해!"

잠시 소란이 있고 나서.

가볍게 아침을 때운 일행은 운의 인도를 따라 제주도의 유명한 관광지를 돌았다. 같은 나라라는 게 믿기지 않을 만큼 신기하고 이국적인 장소들이었다. 일행들은 장소를 옮길 때마다 사진을 찍으며 추억을 저장했다.

특히 사진 찍는 동안 동해는 이나에게 극도로 시달려야 했다. 거의 한 발짝 이동할 때마다 사진을 찍어대는데, 동해는 팬들에게 둘러싸여 사진 찍기를 강요당하는 연예인의 기분을 알 것도 같았다. 그렇게 관광지 유람과 점심 식사를 마친 일행들은 다시 복장을 갈아입고 바닷가로 향했다. 즐거운 물놀이의 시작이다. 2박 3일이지만 사실상 오늘이 여행의 마지막 날이다. 아쉬운 마음에 일행들은 어제보다 더욱 열심히 바닷가를 누비며 놀았다.

그날 저녁은 운이 허락한 덕에 냉장고에 봉인돼 있던 술을 꺼낼 수 있었다. 이나는 신이 나서는 콧노래를 흥얼거리며 소주와 맥주를 꺼냈다. 처음에는 어색하게 분위기가 흘렀으나 술이 한두 잔 들어가자 자연스럽게 분위기가 무르익었다.

철광은 만수 패거리와 어울렸을 때 술을 마신 적이 있어서 크게 거부감이 없었다. 성주 역시 군말 없이 소주를 홀짝였다. 동해와 아현은 학생이 무슨 술이냐며 뺐지만 분위기에 휩쓸려 어쩔 수 없이 술을 마셨다. 두 사람은 평소에 전혀 술을 마셔 본 적이 없는지라 다른 사람들보다 금방 취했다. 동해는 취기가 오르자 웃음과 말이 많아졌다. 술기운이 내면의 뭔가를 끌어낸 모양이다.

"아하하. 이거 생각보다 시원한걸? 단맛 빠진 콜라 같아, 으히히."

동해는 맥주를 주로 마셨다. 향이 자극적인 소주보다는 맥주를 더 찾았다. 몇 잔 마시지도 않았는데 금방 취하는 걸 보니 술에 엄청 약한 모양이다. 얼큰하게 취한 동해는 갑자기 자리에서 벌떡 일어나 두 팔을 번쩍 들어 올렸다.

"나는! 나이트 후드다!"

그 위풍당당한 외침에 이나는 눈을 동그랗게 떴다. 성주를 제외하고 유일하게 동해의 정체를 알고 있는 그녀였다. 그리고 그녀는 동해의 정체가 까발려질 경우 어떤 결과가 올지 매우 잘 알고 있었다. 동해의 외침에 철광과 성주, 그리고 운과 쌍둥이 형제는 깜짝 놀라 동해를 우러러보았다.

"나는 자연인이다! 나이트 후드다! 사람은 다 나이트 후드야! 나이트 후드라고! 히히! 기 발사!"

그 모습에 일행들은 손뼉을 치며 동해의 원맨쇼에 환호를 보냈다. 어물정 넘어가는 모습에 이나는 가슴을 쓸어내렸다.

'평소에 이렇게 좀 놀지. 다음부터는 술을 왕창 먹이면서 놀아야겠어. 그것도 다음이 있어야 가능하겠지만.'

이나는 머리카락을 쓸어 넘기며 소주를 들이켰다. 종이컵에 다시 소주를 붓는데 그때였다.

"데헷."

옆에 앉아 있던 아현이 소주병을 빼앗는 것이 아닌가. 아현은 평상시 짓지 않던 야릇한 미소를 입가에 걸치고 있었다.

"얘가 왜 이래. 너 취했니?"

"부르르르르~ 아니요! 안 취했슴나니다!"

"취했네. 애, 너 그만 마셔."

"안 취해부렸다다다다니까요."

이런 게 바로 술자리의 재미였다. 성주나 철광, 이나, 그리고 보디가드 삼인방은 술에 대해 나름대로 면역이 있는 입장이었다. 하지만 동해와 아현은 아니었다. 다들 처음 술에 취해 한 번도 보이지 않은 모습들을 보이고 있었다. 이나는 그 모습을 보는 게 재밌었다.

"자자! 복근이에요! 복근! 평소에 열심히 운동해서 복근 생겼다고요!"

동해는 완전히 정신이 나가서는 웃옷을 벗어젖혔다. 그리고는 배에 잔뜩 힘을 주었다. 동해의 말대로 운동의 효과를 본 지라 또래에 비하면 살집이 없는 편이었다. 다만 맨들맨들한 것이 곧 복근이라는 얘기는 아니었다. 동해가 운동을 했다지만 근육을 키우기 위해 수련한 것은 아니었기에 크게 근육이 잡히지는 않았다.

"젠장! 나도 복근이 있단 말이야!"

동해는 울먹이며 이리저리 배를 잡아당기며 힘을 주었다. 보다 못한 철광이 끼어들었다.

"내가 진짜 근육을 보여 주지!"

철광이 웃옷을 벗자 서부의 어느 산맥처럼 굴곡진 근육들이 모습을 드러냈다. 이나는 그 모습을 보며 깔깔댔다. 옆에 있는 아현도 평소 같았으면 창피하다고 눈을 가렸을 터인데 지금은 술에 취해 그 모습을 보며 이나와 함께 웃었다. 정신나간 사람처럼 막 웃다가 갑자기 이나에게 엉겨 붙기 시작했다. 더군다나 귓가에 자신의 이름을 속삭이는데 이나는 아현의 콧소리를 처음으로 들을 수 있었다.

"쪼끄만 게 어디서 수작질이야? 안 떨어져?"

어차피 팔짱을 끼는 것 정도는 여자들 사이에서는 아무렇지도 않은 스킨십이었기에 이나는 크게 신경 쓰지 않았다. 그보다는 동해와 철광의 병맛쇼가 한창 달아오르는 중이었다.

그쪽으로 정신을 집중하려는데 가슴 쪽에서 불쾌한 감각이 느껴진다. 뭔가 하고 고개를 숙여 보니 아현이 자신의 가슴을 주물럭거리고 있었다.

"우리 이나는 가슴도 크고, 엉덩이도 크고 부럽다."

"이 계집애가 돌았나. 이거 안 놔?"

"이 가슴이 내 것이어야 했어."

"뭔 헛소리야! 그리고 엉덩이는 별로 안 크거든?"

"흐흑……"

음흉하게 중얼거리던 아현이 이번에는 눈물을 글썽였다. 이나는 자신의 이마를 탁 하고 때렸다. 이나도 이나 나름대로 놀아 본지라 각종 술버릇에 대해서는 익히 알고 있었다. 그중에서 자타가 공인하는 최악의 술버릇은 징징 짜며 하소연하는 것이다. 이나도 그렇게 생각하고 있었다. 자신의 친한 친구가 지금 그 꼴을 보이고 있는 것이다. 아현은 눈물을 주룩주룩 흘리며 꽃사슴 같은 눈망울로 아현을 올려다보았다.

"이나야, 미안해."

"뭐가."

"그냥 다 미안해. 다 내 잘못이야. 내가 나빴어. 흐흑, 서림아. 흐아아앙!"

이나는 결국 술을 병째로 들이키며 아현을 위로해 줘야 했다. 구체적으로 어떤 부분을 위로해 줘야 하는지는 자기도 몰랐지만 말이다.

새벽까지 시간이 흐르자 한 명씩 곯아떨어지기 시작했다. 제일 먼저 아현이 무너지듯 잠들었고 그다음으로 철광이 벽쪽에 다리를 올린 채 잠들었다. 쌍둥이 형제가 서로 얼싸 안은 채 잠들었고 다음으로 동해와 이나가 잠들었다. 성주와 운은 술병과 종이컵, 과자 봉지들로 엉망이 된 방을 다 치우고 일행들을 일일이 방으로 옮겨 놔야 했다. 뒷마무리를 모두 끝낸 두 사람은 서로 인사를 하고는 각자의 방으로 돌아가 잠을 청했다.

새벽 3시, 철광, 성주, 동해의 방.

모두 깊이 잠든 시각, 잘 자고 있던 동해가 불현듯 눈을 떴다. 저 스스로 깬 것이 아니다. 누군가가 어깨를 흔들어서 일부러 깨운 것이다.

"으응."

눈을 뜨자 누군가가 입술에 손가락을 붙이며 동해가 말을 하지 못하도록 했다.

'이나?'

신이나였다. 갑작스러운 이나의 동작에 동해는 깜짝 놀랐지만 그녀는 별다른 행동을 하지 않았다. 대신 동해가 조용히 밖으로 나와 주길 바라는 눈치였다. 동해는 고개를 끄덕이고 그녀를 따라 밖으로 나왔다. 까치걸음으로 밖으로 나온 동해는 졸린 눈을 비비며 이나에게 물었다.

"이나야, 무슨 할 말 있니? 무슨 일이야."

동해의 물음에 이나는 쭈뼛쭈뼛 대답을 하지 못했다. 한참을 머뭇거리다가 뒤늦게 답했다.

"그냥 잠이 안 와서 너랑 산책하려고. 깨워서 미안."

순순히 사과를 하는 이나를 보며 동해는 어색한 기분을 느꼈다. 평소 같았으면 '산책하고 싶으니 잔말 말고 따라와!' 하고 억지를 부렸을 텐데. 이상한 생각이 들었지만 동해는 군말하지 않고 이나의 손을 잡고 거리를 걸었다.

"바닷길은 밤에 걷는 게 더욱 로맨틱하다고. 밤바다가 얼마나 멋진데."

"그런가?"

동해는 코를 긁적이며 밤바다를 바라보았다. 그녀의 말대로 검은 밤하늘과 짙푸른 바다는 묘하게 잘 어울렸다.

"내일이면 다시 돌아가네."

"그러게."

이나는 왠지 모르게 아쉬워 보였다. 아쉬운 걸로 치면 동해역시 마찬가지였다. 처음 와 보는 바다인지라 더 놀고 싶은마음이 굴뚝같았다.

"덕분에 이렇게 바다도 보고 정말 고마워. 잊지 못할 거야."

"흥, 말로만 그렇게 하지. 넌 날 싫어하잖아."

"아니야, 싫어하지는 않아."

"알고 있어. 싫어하는 건 아니지만 사귀는 건 싫다는 이야기잖아. 누가 모르니?"

"그건."

동해는 쑥스러워하며 고개를 숙였다. 갑자기 둘 사이에 침묵이 흐르자 이나는 부산을 떨며 큰 목소리로 말했다.

"후후, 얘는 또 왜 이렇게 진지해지니? 됐어, 이제 앞으로는 너에게 사귀자고 안 할 거야."

"진짜?"

"그렇다니까. 귀찮게 안 할 테니 이젠 날 보고 도망치거나 하지 마. 나도 자존심이 있는 여자야. 나 싫다는 남자에게 매달려서 뭐하니? 그런 바보 같은 짓 안 할 거야."

"으응."

"그리고 나랑 사귀기 위해서는 나이트 후드 활동을 그만둬야 하는데 그건 싫잖아. 그렇지? 네 고집 누가 막겠니. 대신 부탁이 하나 있어."

동해가 눈을 크게 뜨며 무슨 부탁이냐 묻자 이나는 눈을 감았다. 그리곤 입술을 동해에게 가까이 가져갔다.

"키스해 줘."

예기치 못한 부탁에 동해는 주변을 둘러보며 어쩔 줄을 몰라 했다. 눈을 감고서 입술을 천천히 앞으로 내미는데 뭘 어떻게 해야 할지 감이 서지 않았다. 시간이 지나도 입술을 맞춰 오지 않자 이나가 살짝 눈을 떴다. 동해는 얼굴이 새빨개져서는 몸을 부르르 떨고 있었다. 그 모습을 보며 이나는 귀엽다는 듯 피식 웃었다. 동해의 코를 잡아 비틀며 그녀가 말했다.

"됐네요."

"미, 미안해."

"됐다니까 그러네. 그만하고 이만 들어가자. 바닷바람이 쌀쌀하다."

"그래."

다음 날.

일행들은 부스스한 모습으로 잠에서 깼다. 특히 아현과 쌍둥이 형제가 숙취에 고통스러워하며 비틀거렸다. 숙취에 정신 못 차리는 쌍둥이 형제를 바라보며 운은 손으로 이마를 덮었다. 꼴이 말이 아니었다. 한 명은 어제 먹은 걸 게워냈으며 다른 한 명은 탈이 났는지 수시로 화장실을 들락날락거렸다. 상황을 보아하니 돌아가는 길의 운전은 운이 해야 할 것 같다. 아현도 숙취로 이마에 물수건을 올리고서 철광이 가져다주는 물을 마시며 골골거렸다.

다들 짐을 챙기고 펜션을 나왔다. 이상하게도 출발했을 때의 북적거림이 돌아갈 때는 없었다. 그보다는 조용하고 어색한 분위기만 흘렀다. 제대로 된 여행이라곤 이번이 처음인 동해는 이 어색한 분위기에 우울함마저 느끼는 중이었다. 여행 후유증이다. 동해는 창가에 이마를 대고서 눈을 감았다. 동해의 마법의 여름은 그렇게 끝이 났다.

한편, 동해 일행이 타고 있는 봉고차의 뒤에는 차량 한 대가 속도를 유지하고 있었다. 차를 몰고 있는 건 선글라스를 낀 민철이었다. 민철은 차 안에서 흘러나오는 음악에 운전대를 잡은 손가락을 까딱이고 있었다. 그리고 그 옆에는 나민서가 앉아 있었다. 두 사람의 관계는 전보다 많이 가까워진 듯 보였다. 민철은 선글라스를 밑으로 내리며 그녀를 향해 웃었다.

"좋았지?"

민서는 고개를 숙이며 작게 대답했다.

"모, 몰라요."

Battle 09

안녕

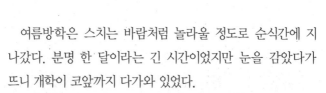

　여름방학은 스치는 바람처럼 놀라울 정도로 순식간에 지나갔다. 분명 한 달이라는 긴 시간이었지만 눈을 감았다가 뜨니 개학이 코앞까지 다가와 있었다.

　전역을 앞둔 말년 병장처럼 방학을 지냈던 동해는 개학이 일주일 이내로 다가오자 입대를 앞둔 대학생처럼 정신이 번쩍 들었다. 생각해 보니 방학 숙제를 하나도 안 했다. 동해는 뒤늦게 정신을 차리고 밀린 숙제를 하며 남은 일주일을 보냈다. 덕분에 개학 당일 날까지 날밤을 새야 했다. 개학 날까지 뜬 눈으로 밤을 지새운 동해는 허탈한 감정을 느끼며 다시 교복을 입었다. 교복을 입고 다시 처음으로 돌아가는 것이다.

"아, 싫다."

한 달 만에 학교로 돌아온 학생들은 다들 동해와 같은 심정이었다. 표정은 한 몇 년간 세숫대야에 고여 있는 물처럼 그냥 완전히 썩어 있었다. 태양 빛을 받아 미적지근해진 책상을 어루만지다 보면 이젠 자신이 책상인지 책상이 자신인지도 모를 정도였다.

그래도 며칠 안 봤다고 친구들이 반가운지 학생들은 부산히도 돌아다니며 친구들과 잡담을 나누었다. 동해도 철광의 반에 놀러가 수다를 떨었다. 조금 이상한 부분이 있었다. 평소 같았으면 당장 튀어나와 동해를 부둥켜안았을 이나가 자리에 가만히 앉아 있는 것이다. 이나는 홀로 다리를 꼬고 앉아서 휴대폰을 만지작거렸다. 동해가 오자 눈으로 인사만 했을 뿐 별다른 움직임을 보이지 않았다.

여행이 끝나고 방학 기간에도 마찬가지였다. 심지어 집으로 찾아올지도 모른다고 생각했는데 그러기는커녕 연락 한 번 오지 않았다. 방학 중에 특별 과외라도 받은 걸까? 연락조차 하지 못할 만큼 바쁠 정도로? 그건 비약이 너무 심하다. 아무리 바빠도 학생은 학생이다. 연락 한 번 못 할 정도로 바쁜 학생은 있을 수가 없다. 그렇다면 뭘까? 이나는 왜 동해에게 연락을 하지 않은 걸까? 지금은 왜 봐도 아는 채조차 하지 않는 걸까.

"으음. 대체 왜 저러는 거지."

동해는 이상한 감정을 느꼈다. 매일같이 달라붙고 귀찮게 하던 사람이 사라지자 그 괴리감은 이루 말할 수가 없었다. 수업 시간에 문자를 보내 봐도 마찬가지였다.

'ㅇㅇ' 혹은 'ㅋㅋ' 정도의 답장만이 올 뿐이었다. 여성들이 귀찮을 시에 자주 보내는 답변 레퍼토리였다. 하루는 다른 교실을 찾아가지 않고 자신의 교실에만 있어 봤다. 이나는 그날 단 한 번도 자신을 찾아오지 않았다. 자신이 직접 찾아가지 않는 이상 이나는 동해를 찾지 않았다.

'맙소사, 내가 왜 이러지? 왜 이렇게 신경 쓰이는 거야? 따지고 보면 이제 편해진 거잖아?'

결국 참지 못한 동해는 이나를 따로 불렀다. 왜 자신을 피하는 건지, 혹시 자신이 무슨 잘못이라도 한 건지 물어보았다. 돌아온 대답은 전혀 의외의 것이었다. 이나는 팔짱을 끼고서 도도한 어투로 말했다.

"무슨 소리야. 넌 잘못한 거 없어."

"그럼 왜?"

"왜는 뭐가 왜야. 동해야, 잘 들어. 내가 왜 입지도 못할 옷에 관심을 둬야 하는 건데? 먹지 못할 과자에 왜 손을 대냐고? 잊었어? 저번에 여행 갔을 때 내가 뭐라고 했는지 말이야."

동해는 잠시 기억을 되새김질해 보았다.

'후후, 얘는 또 왜 이렇게 진지해지니? 됐어. 이제 앞으로는

너에게 사귀자고 안 할 거야.'

동해는 이마를 탁 치며 말했다.

"그, 그건 그렇지만 그렇다고 말도 안 하고 그러는 건 아니
잖아."

"얘는 왜 이렇게 욕심이 많니? 사귀는 건 싫지만 친구로는
유지하고 싶다고? 동해야, 그건 정말이지 욕심이야. 남녀 사
이에 친구 같은 건 없다고. 넌 그게 가능하다고 믿겠지, 근데
이 세상에는 그게 불가능한 사람이 훨씬 많은 법이야. 그건
나이트 후드가 와도 못 바꿔. 알아듣겠니?"

"그래도."

"됐어. 어쨌든 짧은 시간이었지만 제법 즐거웠어. 앞으론 연
락하지 마."

이나는 그리 말하고는 획 하니 돌아갔다. 혼자가 된 동해
는 뒤통수를 긁적이며 머뭇댔다. 가서 붙잡고 싶었지만 차마
그럴 수가 없었다. 이나의 주변으로 차가운 얼음벽이 들어선
기분이었다.

집으로 돌아온 동해는 오늘 있었던 일을 한참을 생각했다.
차갑게 돌아선 이나가 원망스러웠고 반대로 그녀의 생각에
어느 정도 동감도 됐다. 하지만 이대로 모르쇠로 일관하기에
는 아쉬움이 컸다. 저번 여행 이후 꽤 가까워졌다고 생각하고
있었다.

이대로 하루아침에 모르는 사이가 되는 건 뭔가 아니라는

생각이 들었다. 무엇보다 너무 급작스러웠다. 겉으로만 본다면야 하루에도 남자를 수십 번 갈아치우는 이미지의 이나이지만, 동해는 알고 있었다. 그녀의 본질은 그렇지 않다는 것을 말이다. 이나는 겉으로만 강한 척 센 척하지 실제로는 마음이 여린 아이였다. 누구보다도 약하며 외로움도 많이 탄다. 그렇다고 생각했다. 그렇다고 믿었다. 그런데 이렇게 돌변해 버리다니. 동해는 자신의 판단이 잘못된 걸지도 모른다는 의심을 했다. 이나는 소문 그대로의 여자고 자신이 잘못 판단했다고 말이다.

동해는 실망감과 섭섭함에 치를 떨었다. 그래도 가슴 한편에는 여전히 이나에 대한 미련이 남아 있었다. 아무리 눈치가 없는 동해라지만 이건 너무 갑작스럽다는 기분이었다. 사람이라는 게 하루아침에 심경이 변할 수도 있고, 또 변덕이 심한 동물이라지만 이건 좀 부자연스러웠다. 동해는 그녀를 조금 더 지켜보기로 결정했다.

하지만 더 지켜볼 것도 없었다. 이나는 다음 날부터는 아예 대놓고 동해를 무시했다. 처음부터 몰랐던 사람인 것처럼 문자도 인사도 받지 않았다. 고의적인 게 눈에 보였으나 직접 당하는 입장인 동해로서는 이성적으로 생각하기가 힘들었다. 화도 나고 짜증마저 느꼈다. 뭔가 방법이 없을까 고민하던 동해는 결국 친구들에게 자신의 고민을 털어놓았다. 제일 먼저 찾아간 것은 아현이었다. 이나와 가장 친한 친구이니만큼 뭔가 해답을 찾을 수 있을 것만 같았다. 허나 아현도 의외라는 반응을 보였다.

"이나가 널 무시한다고? 걔가 그럴 리가 없는데. 얼마 전에 여행도 같이 갔다 왔는데 왜 갑자기 무시를 해."

얘기를 들어 보니 아현과 이나의 관계에는 별문제 없는 모양이다.

"나도 정말 답답하다니까. 이나 말로는 나랑 사귈 수 없으니 이제 볼 일이 없다는 것처럼 나오는데. 그건 아닌 것 같아. 어딘가 석연치가 않아."

"그래, 동해야. 너무 기분 나쁘게 생각하지는 말고 좀 더 알아봐. 이나가 괜히 그럴 리가 없어. 분명 무슨 이유가 있을 거야. 아무 이유도 없이 그렇게 확 변할 리가 없잖아?"

"그건 그래."

아현과 대화를 하며 딱히 얻은 수확은 없었지만 그래도 마음의 위안은 받았다. 그녀의 말이 옳았다. 사람이 행동하는 것에 이유가 없을 수도 있다. 가령 집으로 돌아갈 때 늘 사용하던 길이 아니라 다른 길로 간다든지 말이다.

하지만 변화에는 응당 그럴만한 이유가 있어야 한다. 그날 갑자기 집에 안 들어가려 한다면 필시 이유가 있어야 한다. 아무 이유 없이 집에 안 들어가는 건 말이 안 되니까. 그 이유를 알게 된다면 해결 방안을 모색할 수 있을 것이다.

다음으로 찾아간 이는 철광이었다. 친분 관계로만 치면 아현 쪽이 더 깊었지만 그래도 혹시나 하는 마음에 찾아갔다. 그리고 해답을 찾지 못하더라도 답답한 마음을 하소연하려는 의도도 있었다. 동해의 말에 철광도 놀라기는 마찬가지였다. 그만큼 이나의 변화는 뜬금없었다. 주변 사람들이 전혀 인지하지 못할 만큼 말이다. 바꿔 말하면 동해만 차별 대우한다는 의미다.

"조금 의외기는 한데 말이야."

턱을 긁적이며 철광이 말했다.

"근데 이렇게 되면 편한 건 너 아닌가? 그전까지 너 이나 이름만 나와도 치를 떨었잖아."

"그건 그렇지만 그래도 이건 심하잖아. 사람을 투명인간 취급하다니, 최소한 이유라도 설명해줘야지."

"헤헤, 이거 혹시 그런 거 아니야?"

"그런 거라니."

"왜 있잖아, 밀당이나 부부싸움 같은 거."

"뭐야?"

철광의 말은 장난스러웠지만 표정은 의외로 진지했다. 즉, 농담이 아니라는 소리다.

"이나는 널 좋아했잖아. 그건 근처에서 지켜본 내가 봤을 때 진짜로 좋아하는 거였어. 걔가 이래저래 남자들을 수십 번 갈아치우기는 했지만 너 같은 경우는 없었다고. 내가 뭐 여자를 그렇게 잘 아는 건 아니지만 이나 걔가 남자들을 갈아 치우는 건 일종의 퍼포먼스 같은 거였어. 이건 확실해."

퍼포먼스라는 말에 동해는 고개를 갸웃했다.

"말하자면 보여 주기 식이라는 거지. 실상 그렇게 헤픈 사람은 아니지만 일부러 그런 모습을 막 보여 주는 거야."

"네 말대로 보여 주기 식이라면 누구에게 보여 주려고? 무엇을 위해서 그랬을까?"

"그건 나도 모르지. 다만 그런 의도일 것이라고 유추해 보는 거야. 그쪽이 가장 가능성이 높으니까. 이나도 그저 속 편해 보이지만 사실은 복잡한 애거든. 다른 애들은 그냥 잘사는 집 골빈 여자애 정도로 생각하겠지만, 걔도 가정사가 복잡한 모양이야. 아버지가 대그룹 회장이니 사연도 만만치 않겠지. 아마 그쪽이 아닐까 싶은데? 물론 깊게 생각했다가 아까 말했던 대로 부부싸움이라면 낭패겠지만 말이야."

동해는 팔짱을 끼고서 철광의 말을 곱씹어 보았다. 일단 가능성은 크게 두 가지로 나뉘었다. 첫째, 일부러 관심을 끌기 위한 연막작전이다. 둘째, 어떤 복잡한 사유로 인해 심정에 변화가 생겼다. 그래서 사실 나쁜 감정은 없으나 일부러 멀리하는 것이다.

어디까지나 가정일 뿐이었지만 어느 것 하나 가능성이 낮지 않았다. 전자일 경우 약간 꺼림한 마음이야 들기는 하겠지만, 만약 후자라면 어떤 식으로 대처를 해야 할지 모르겠다.

'아아, 정말 복잡하게 흘러가는구나. 대체 왜 이렇게 꼬인

거야.'

차라리 불량배를 오십 명, 백 명 상대하는 게 더 쉬울 것 같았다. 그냥 상대가 싸움을 잘하거나, 혹은 힘이 세다거나 하면 근성으로 어떻게든 밀어붙여 보겠지만 이건 경우가 달랐다. 무지막지한 힘과 기술의 악당이 아니라 여자를 달래야 한다니, 동해에게는 이쪽이 더 어려웠다. 무엇보다 어려운 건 함부로 판단했다가는 오히려 일을 더 그르칠 수가 있다는 것이다.

'그래. 좀 더 노력해 보자.'

동해는 이나의 마음을 돌리기 위해 다시 마음을 다잡았다.

해가 쨍쨍한 토요일 오후.

이나는 학교가 끝나고 바로 집으로 돌아왔다. 집으로 들어오자마자 이나는 가방을 집어던지고 간편한 옷으로 갈아입었다. 그리고 곧장 냉장고에서 캔 커피를 꺼내 마셨다. 전에는 학원 스케줄이 꽉꽉 들어차서 학교 끝나기 무섭게 옷만 갈아입고 바로 밖으로 나가야 했다. 현재는 다니던 학원들을 모두 정리한 덕에 이렇게 여유롭게 휴식을 취할 수 있었다. 그런데 휴식을 취하는 이나의 표정은 그리 좋지 않았다. 단순히 더위에 지쳐서 그런 게 아니라 근본적으로 어떠한 불만이 있어 보였다.

이나는 잠시 집 안을 둘러보았다. 현재 보디가드 삼인방은 일이 있는지 집에 없었다. 그들이 없다는 걸 안 이나는 부산하게 뭔가를 준비했다. 예전에 미리 사 두었던 담배였다. 이나가 예전부터 담배를 피워 온 건 아니었다. 다만 워낙에 스트레스받는 일이 많다 보니 언젠가 한번 피워 볼 심산으로 미리 몇 갑을 사다 놨던 것이다. 그리고 지금이 스트레스가 극에 달한 시점이었다. 베란다로 나간 이나는 담배에 불을 붙였다.

"쿨럭 쿨럭!"

연기를 한껏 들이키는 그 순간, 흡연자가 아니었기에 독한 냄새를 느끼며 기침을 연발했다. 질 나쁜 녀석들과 어울릴 때 간접흡연이야 자주 해 봤지만 그때는 큰 거부감이 없었다. 그때는 연기를 바로 코앞에서 맡은 게 아니었다. 그런데 직접 피워 보니 역한 기운이 장난이 아니다.

'대체 이런 걸 어떻게 피운다는 거야. 맛도 더럽게 없네, 정말.'

그러면서도 꾸역꾸역 연기를 피워 올리며 담배를 손에서 놓지 않았다. 일종의 반항 심리였다. 맛도 별로고 몸에도 안 좋지만 일부러 더 하는 것이다. 자신을 해치는 자해와 같았다.

담배를 중간까지 태웠을까? 정원에서 누군가가 모습을 드러냈다. 운이었다. 베란다에 올라 담배를 피우는 이나를 발견한 운은 한숨을 쉬었다. 운은 이나를 데리고 거실로 들어왔다. 소파에 마주 앉아 이야기를 꺼냈다.

"담배는 어디서 났습니까."

"어디서 나긴요, 돈 주고 샀지요."

"왜 피운 겁니까. 제게 무슨 할 말이라도 있는 겁니까?"

"할 말이 있다뇨. 그런 거 없어요. 그냥 한 거예요. 새삼스럽게 왜 그래요? 제가 이러는 거 하루 이틀이에요?"

"하루 이틀 일은 아니죠. 하지만 타이밍이 참 묘하다는 생각은 안 드십니까? 그 일 때문에 그런 모양인데 이미 결정된 일입니다. 번복할 수 없어요. 이미 아가씨도 그렇게 하기로 한 문제 아닙니까."

"누가 뭐래요? 됐으니까 참견 하지 말라고요!"

이나는 성질을 부리며 자리에서 일어났다. 운이 따라 일어나며 어디를 가느냐고 물었지만 그녀는 대답하지 않았다. 운이 어깨를 잡자 이나는 진저리를 치며 그 손을 뿌리쳤다. 그녀의 강경한 반응에 운은 손을 치울 수밖에 없었다. 평소처럼 강제로 그녀를 잡기에는 이나가 짓고 있는 표정이 너무 슬퍼 보였다. 운은 이나가 나간 현관문을 멍하게 바라보기만 했다.

*　　*　　*

세상은 공평하지 않다.

누구는 부잣집에서 누구는 가난한 집에서 태어난다. 누구는 날 때부터 잘생겼고 누구는 빚져 가며 뜯어고쳐야 할 만큼 못났다. 누구는 원만한 성장으로 완만한 인격이 형성되지만 누구는 험난한 삶 때문에 비뚤어지고 트라우마투성이다. 이렇듯 세상은 공평하지 못하다.

그런 부분에서 보자면 이나는 이 간극의 정점에 선 존재였다. 태어날 때부터 아버지는 대그룹의 회장이었다. 그리고 여자의 무기라 할 수 있는 어여쁜 외모와 별다른 조절 없이도 감탄이 나올 만큼 아름다운 몸매를 타고났다. 그렇다고 해서 이나가 행복한 존재냐고 묻는다면 본인은 부정할 것이다. 이나는 자신이 불행하다고 여겨왔고 지금도 그렇게 생각했다.

그녀가 그렇게 생각하는 첫 번째 이유는 타고난 것은 많으나 스스로 이룩한 것이 없다는 자격지심 때문이었다. 이나는 어떤 부분에도 딱히 두각을 나타내지 못했고 별다른 재주가 없었다.

대부호의 고귀한 딸로 태어나 다양한 교육을 받았지만 금방 포기하며 정을 뗐다. 의지의 문제라고 볼 수 있으나 의지 역시 사람이 지닌 재주 중의 하나다. 이나는 그 의지가 자신에게는 부족하다고 여겼다.

성주에게 특히 질투를 느끼는 것이 바로 이 때문이었다. 성주는 재주가 많으며 참을성도 강했다. 심지어 여건도 그녀보다 좋지 않다. 자신과 완벽하게 상반되는 존재인 성주를 이나가 좋게 볼 리 만무했다.

두 번째 이유는 가족 문제였다. 그녀는 태어 날부터 어머니가 존재하지 않았다. 가족이라고는 아버지—신대철—뿐이었다. 아버지는 기업 일 때문에 얼굴조차 제대로 보기 힘들었고 실질적으로 그녀의 가족 역할을 해 준 사람은 보디가드 삼인방뿐이었다.

보디가드 삼인방은 전부 고아 출신으로 대철이 후원자가 되어 거두어들인 사람들이었다. 동시에 이나의 오빠 노릇을 해 주었으니 그들 나름대로 역할을 충실하게 해낸 셈이다. 하지만 진짜 가족이 아닌 '가족 역할'을 하는 사람은 결국 한계가 있기 마련이다. 세 사람은 각자의 방식으로 이나에게 갖은 애정과 노력을 쏟아 부었지만 핏줄이 아닌 것에서 오는 한계는 어쩔 수가 없었다.

"아가씨, 요즘 들어서 자꾸 학원을 빠지시는데 그러면 저희가 곤란합니다. 대체 이러시는 이유가 뭡니까."

"시끄러워요. 마치 내 가족인 것처럼 하지 말라고요. 따지고 보면 아저씨들도 그냥 계약직이잖아. 돈 때문에 나 걱정하는 척하는 거잖아요. 나한테 이래라저래라 하지 말라고요!"

"아가씨……."

"그놈의 아가씨, 아가씨. 그 소리도 정말 지겨워, 듣기 싫다고!"

그녀 나름대로 외로움과 고독, 그 외 온갖 부정적인 감정들을 물리쳐보려 노력했지만 혼자서는 벅찬 일이었다. 몸에 난 상처는 약을 바르면 끝이지만 마음속에 깃든 병은 전혀 다른 치료제를 필요로 했다. 애정과 관심이라는 오직 사람만이 할 수 있는 치료였다.

문제는 거기서 끝이 아니었다. 이나의 아버지는 그녀가 현재에 머무르기를 원치 않았다. 그룹을 잇는 것까지는 무리더라도, 그룹의 수장인 자신이 원하는 목표치에 어서 빨리 도달하기를 원했다. 그것은 그의 욕심이기도 했고 자존심이기도 했다. 명색이 거물의 딸인데 그에 걸맞은 사람이 되기를 원했다.

그 때문에 이나는 어려서부터 온갖 교육들을 받으며 하루에도 몇 시간씩 시달려야 했다. 당사자가 전혀 원하지 않는 교육들이었다. 그런 것들이 몇 년씩 이어지다 보니 이나도 질려 버렸다. 자신을 사랑하지도 않는 주제에 바라는 게 많은 아버지에게 질렸고, 어느 것 하나 아버지를 만족하게 하지 못하는 자신에게 질렸다. 지쳐 버린 것이다.

그것은 일종의 이중적인 감정이었다. 단순히 욕심을 부리는 아버지가 미웠다면 이렇게 괴롭지는 않았을 것이다. 한 치의 의심도 없이 미워할 수 있는 대상이 있다는 건 의외로 편한 일이다. 하지만 미워해야 할 대상을 약간이라도 이해하게 된다면, 그리고 그 미워하는 감정이 자신에게 돌아오면 문제는 심각해진다.

이나가 그랬다. 아버지를 미워하는 감정의 일부를 돌려 날카로운 칼로 자신의 가슴을 후벼 팠다. 그때부터 이나는 감정적인 자해를 하기 시작했다. 직접 손목을 긋거나 하지는 않았지만 자격지심의 날카로운 날로 마음을 긁어댔다.

이나의 미모를 보고 많은 남자들이 대쉬해 왔다. 그럴 때면 이나는 크게 고민하지 않았다. 약간 잘생기거나, 아니면 돈이 많다거나, 혹은 그 동네에서 조금이라도 유명하면 바로바로 수락했다.

"오. 야, 너 이름이 뭐야? 마음에 든다. 내 여자친구 해라."

"재밌겠네. 너 마음에 들어."

그때부터 이나의 방황이 시작되었다. 자신은 혼자고 아무것도 할 수 없는, 아무것도 아니라는 절망감에 빠진 이나는 방탕하게 놀아났다. 일부러 만수 패거리와 어울리며 남자들을 신발 갈아 신듯이 갈아치웠다.

"나 마음 바뀌었어. 우리 헤어지자."

"뭐라고? 우리 어제 사귀었잖아. 어떻게 하루 만에 헤어지냐?"

"내 마음이야. 불만 있으면 머리채라도 붙잡고 싸대기라도 때리시든가."

술을 마시며 학교를 빼먹고 학원을 나가지 않았다. 그것은 빙판 경사에 미끄러지는 것과 같았다. 허우적거리며 빠른 속도로 미끄러져 떨어지는 것이다. 다시 일어나 훌훌 털고 걷고 싶지만 몸이 마음대로 움직이지 않는다. 이리저리 허우적거리고 버둥거리며 손을 뻗어 보지만 그 손을 아무도 잡아 주지 않는다. 방황의 본질이란 그런 것이다. 낭떠러지를 향해 달려

가는 것이 아니라, 낭떠러지를 향해 미끄러지는 것이다. 그것
은 발악이며 자신을 알아봐 주길 바라는 소리 없는 아우성과
도 같은 것이었다.

제발 날 구해 달라고.
제발 날 도와 달라고.

아무런 의욕도 목적도 없이, 그저 살아 있으니까 그냥 살
아가는 나날들이 계속되었다. 그러다 이나는 동해를 만났다.

'우와. 너 진짜 잘 싸운다. 멋있어. 너 몇 살이야? 이
름이 뭐야? 어디 학교 다녀?'

처음의 동해는 작은 흥밋거리 그 이상도, 이하도 아니었다.

'너 나랑 사귀자.'

하지만 동해는 지금까지 만나 왔던 수많은 꼭두각시들과
는 본질적으로 달랐다. 흥미라는 감정으로 지켜봤던 이나는
어느덧 진심으로 그와 가까워지고 싶다는 감정을 느꼈다.

'빌어먹을! 사람이 사람을 돕고 싶다는 데 무슨 이유

가 필요하다는 거야?!'

동해의 진심을 알게 된 이후부터 이나는 두 가지 감정을 동시에 느꼈다. 동경과 질투였다. 분명 동해는 보잘 것 없는, 내세울 것 하나 없는 아이였다. 그리 잘생긴 것도 아니고 집이 잘살지도 않았다. 무언가 뛰어난 재주가 있는 편도 아니었다. 하지만 그에게는 신념이 있었고 뚜렷한 목표가 있었다. 그저 하루하루 아무런 의미도 없이 숨만 쉬는 자신과는 다른 존재였다.

처음에는 성주와 같이 질투심도 일었지만 그것은 얼마 안 가 완전한 동경이 되었다. 그리고 동해에게서 실낱같은 희망을 발견했다. 세상을 불신하고 사람을 불신하던 이나가 조금이나마 믿음을 가지게 된 것이다.

동해를 알게 된 이후 이나에게는 조금씩 변화가 생겼다. 그전처럼 생각 없이 사고를 치거나 질 나쁜 녀석들과 어울리지 않았다. 복잡했던 남자관계도 모두 정리했다.

하지만 여기서 문제가 생겼다. 안에서 곪던 문제가 터진 것이다. 이나야 이제부터 조금씩 변화하는 중이었지만, 이나를 대하는 대철의 마음은 이미 한계에 다다라 있었다. 딸의 변화도 모른 채 대철은 더 이상 이대로는 안 되겠다고 판단했다. 결국 그는 최후의 카드를 꺼내 들었다. 유학이라는 강수를 말이다.

유학은 이미 그전부터 계획하고 있었던 부분이다. 다만 이나가 진저리를 치며 거부한 탓에 잠시 유보돼 있었을 뿐. 유학을 가느냐 마느냐의 문제로 줄다리기를 하다가 때마침 대철에게 건수를 주고야 말았다.

'딸 부탁 좀 들어줘. 응? 뭐라고? 알았어, 알았다
고. 아빠가 시키는 대로 할 테니까 이번 한 번만 도와
줘. 간다고. 가면 될 거 아니야! 그러니까 부탁 좀 들
어줘!'

나이트 후드와 철광의 싸움이 생각보다 커졌을 때 약간의 수습이 필요했다. 이나는 결국 아버지의 권력을 이용해 전체적인 수습을 했고 그것이 빌미가 되었다. 부탁을 들어줬으니 이젠 이나의 차례인 것이다.

이나는 유학을 가고 싶지 않았다. 이제야 사람을 사귄다는 기쁨을 알게 되었다. 이제야 살아 숨 쉰다는 감각을 느끼게 됐는데 파란 눈의 이국인들이 득실거리는 외국에 가서 살아야 한다니……. 이제 와서 번복할 수도 없을 만큼 아버지는 강경한 태도였다. 이번만큼은 봐주지 않겠다는 의지가 다분했다.

이나는 절망했다. 모든 것이 원망스러웠고 싫었다. 짜증이 났다. 하지만 어찌할 방도가 없었다. 이미 결정된 사항은 자

신의 힘으로 되돌릴 수가 없었다. 그렇다고 해서 동해에게 매달려 자신의 처지를 하소연하는 것도 한심하다는 생각이 들었다. 쇠뿔도 단김에 빼라고 했다. 이나는 마음 아프지만 동해와 정을 떼기로 작정했다. 미적지근하게 헤어지면 가슴만 더 아플 테니까.

이나는 눈이 시릴 만큼 쾌청한 하늘을 올려다보았다. 한숨을 쉬듯 자조적으로 중얼거렸다.

"하늘 한번 더럽게 맑네."

*   *   *

이곳은 이나의 아버지 대철이 운영하는 기업의 본사 건물.

그중에서도 가장 꼭대기 층에 위치한 그의 펜트하우스다. 그곳이 대철이 숙식을 해결하며 업무를 보는 개인 공간이다. 그는 전면 유리로 되어 있는 벽 쪽에 서 있었다. 그곳에서 뒷짐을 지고 선 채 도시를 내려다보고 있었다. 그는 고등학생 자녀를 둔 부모답지 않게 큰 키와 탄탄한 체구를 지녔다. 덥수룩하게 기른 턱수염과 연결된 머리칼은 사자 갈기처럼 보였다. 눈가에는 주름이 진하게 져 있었지만 그 눈빛만큼은 젊은 사람 못지않게 매우 강렬했다.

운은 그 뒤쪽에 서 있었다. 운에게 있어 대철은 꽤나 미묘한 위치에 있는 사람이었다. 자신의 상사이면서 동시에 아버

지 같은 존재였다. 부모도 없고 아무런 희망도 없이 고아원에
서 자라야 했을 그를 거두어들인 게 바로 그였다.

  "네가 바로 진운이구나. 만나서 반갑다."
  "아, 아저씨는 누구세요?"
  "아저씨 이름은 신대철이라고 한단다. 진운이는 이
  곳이 마음에 드니?"
  "아니요. 마음에 안 들어요."
  "그럼 이 아저씨와 함께 가는 건 어떻겠니? 적어도
  여기보다는 많이 나을 거다."

  따지고 보면 의아한 일이기도 했다. 굳이 그래야 할 이유가
없었기 때문이다. 아주 예상 못 할 것은 아니었지만 그가 직접
이유를 말한 적은 없었다. 다른 고아들과 다른 점이 있는 것
도 아니었다. 운은 그저 평범한 소년이었고 특출나게 내세울
것도 없었다. 그 어떤 인연이 있던 것도 아니었다. 어느 날 그
냥 그가 찾아왔고 길러 주었다. 단지 그뿐이다. 이유가 그렇
게 중요한 것은 아니었다. 어쨌든 그로 인해 운은 기회를 잡
았고, 아무런 탈 없이 성장할 수 있었다. 그 덕분에 새로운 인
생을 얻었다. 운은 그에게 보답하고 싶었다. 그를 위해서라면
무슨 일이든 할 수 있었다.
  하지만 그것이 이나를 괴롭게 하는 일이라면 조금 곤란하

다. 그에게 있어 대철이 아버지 같은 존재라면, 이나는 여동생 같은 존재였다. 조금 더 과장하자면 운은 그녀를 자신의 친딸처럼 생각했다. 아직 결혼도 하지 않았지만 만약 결혼을 하고 딸을 낳는다면 이런 기분이지 않을까 하며 이나를 대했다. 운과 이나는 어려서부터 만났으며 한집에서 함께 자랐다.

"아아, 그게. 안녕? 나는 운이라고 해. 진운이야."

"성이 뭔데요?"

"으음. 성이 진이야."

"아, 그래요? 난 신이나에요. 근데 오빠 누구세요?"

"나도 잘 모르겠어."

"그게 뭐예요? 오빠 바보예요?"

"……."

집에 자주 들어오지 못하는 자신을 대신해서 가족처럼 대해 주라는 대철의 의도였다. 이나는 어린 나이에도 새침했지만 서로 노력 끝에 금방 오빠 동생 하는 사이가 되었다. 처음 운에게는 일종의 사명감이었지만 어느새 이나를 보호해야 할 대상 이상으로 생각하게 되었다. 이성으로 여기는 감정은 아니었다. 그럴 만도 한 것이 두 사람이 처음 만났을 때 이나는 초등학생이었다. 다른 감정을 품을 여력이 없었다.

한 박자 늦게 쌍둥이 형제가 운과 같은 식으로 들어왔고

새로운 식구가 됐다. 운과 쌍둥이 형제는 그녀의 보호자를
자처했고 동시에 남매이자 가족처럼 지냈다. 이나를 가장 가
까이서 지켜보는 운은 그녀가 지닌 어둠과 슬픔, 고독함을
잘 알고 있었다. 운은 그녀의 아픔을 보듬어 주고 싶었다. 진
심으로, 진짜 오빠인 것처럼 이나를 달래 주고 싶었다.

하지만 거기에는 딜레마가 따른다. 운에게는 대철과 이나
양쪽 모두 소중한 존재였다. 그런데 둘의 사이가 그리 좋지
않은 것이다. 양쪽 다 자신들의 행동에 그럴 만한 이유가 있
었고 운은 어느 한 쪽에 설 수가 없었다. 솔직한 심정으로는
이나 쪽에게 조금 더 마음이 가는 건 사실이었다. 대철은 사
업가로는 뛰어난 수완을 자랑했지만 누군가의 아버지로서는
그리 좋은 점수를 줄 수가 없었다.

"자네 방금 뭐라고 했나."

대철은 뒤도 돌아보지 않고 전면 유리에 비친 운을 주시했
다. 운은 잠시 심호흡을 하고서 했던 말을 또 했다.

"아가씨의 유학 문제, 한 번 더 생각해 주십시오."

대철은 재밌다는 듯이 웃으며 뒤로 돌았다.

"자네가 왜 그런 말을 하지?"

"아가씨가 현재 그 문제로 많이 괴로워하고 있습니다. 지금
은 전과 다릅니다. 아가씨도 많이 달라졌고 또 새로운 친구
들도 많이 사귀고 있지요."

"그래 봤자지. 녀석이 달라져 봤자 얼마나 달라지겠어. 이나가 비록 내 딸이지만 나는 녀석에 대한 신뢰를 완전히 잃었어. 이젠 강하게 나갈 수밖에 없어. 어차피 우리 기업에 발이라도 하나 걸치기 위해선 이 정도도 부족하다고."

"그 마음은 저도 잘 알고 있습니다. 하지만 아직 따님은 어린 나이입니다. 너무 과도한……."

"진운군."

대철은 운의 어깨에 손을 얹었다. 그의 성과 이름까지 부르는 것이 분위기가 범상치 않다.

"자네가 한 가지 착각을 하고 있는 것 같네만, 자네는 우리 이나의 오빠가 아니야. 가족이 아니란 말일세."

"……."

"다시 한 번 말하겠네. 착각하지 말게. 공과 사를 구분하란 말일세."

운은 고개를 숙이며 대답했다.

"예."

*　　　*　　　*

운의 손을 뿌리치고 밖으로 나온 이나는 정처 없이 거리를 걸었다. 마땅히 가고 싶은 곳도, 갈 곳도 없었다. 어딘가를 표류하는 기분으로 이나는 무작정 걷기만 했다. 휴대폰을 꺼내 보니 운에게서 온 부재중 통화와 문자가 한가득 이었다.

[아가씨 지금 어디입니까.]

[아가씨 왜 연락을 안 받으십니까.]

[회장님께서 현재 화가 많이 나셨습니다.]

[아가씨 지금 시각이…….]

[아가씨 대체…….]

이나는 미간을 구기며 바닥에 휴대폰을 내동댕이쳤다. 그것만으로는 분이 안 풀리는지 바닥에 내팽개친 휴대폰을 발로 밟아 산산조각 냈다. 지나가던 사람들이 이상한 눈초리로 그녀를 바라보았지만 그녀는 신경 쓰지 않았다. 신경질적으로 머리카락을 넘기며 그들을 노려보자 사람들은 성급히 가던 길을 갔다.

한참 성질을 부린 이나는 주변을 둘러보았다. 어디를 갈까 고민했다. 한참을 둘러봐도 갈 만한 곳이 없었다. 거리는 이렇게 넓은데 갈 곳이 없었다. 사람이 이리도 많건만 말을 걸어주는 사람은 아무도 없었다. 외딴곳에 홀로 버려진 기분이 들었다. 지금 한국에 있어도 이런 감정인데 외국으로 가면 대체 어떤 기분이 들까?

이나는 부정적인 생각에 도리질을 쳤다. 너무 답답해서 가슴이 터져 버릴 것만 같았다. 이나는 답답함을 지우기 위해 근처의 대형 백화점을 향했다. 백화점을 돌며 맘껏 아이 쇼핑을 했다. 애완동물 코너에서 고양이와 강아지들을 구경하고

서점에 들어가 사지도 않을 책을 읽었다. 기분 전환 겸 머리를 단장하고 네일 아트도 했다. 그래도 기분은 쉽게 풀리지 않았다. 해가 지자 이나는 또 다른 곳으로 향했다. 클럽이었다. 시끄러운 음악과 번쩍이는 조명들 틈에서 정신없이 춤을 추면 시름이 좀 나아질까 하는 생각이었다. 이나는 그곳에서 춤을 추고 술을 마셨다. 접근해 오는 남자들을 마다치 않고 함께 몸을 부비며 무대를 휘어잡았다. 그렇게 정신없이 몸을 흔들고 이나는 밖으로 나왔다. 밖으로 나오기 무섭게 남자들 세 명이 그녀의 뒤를 따랐다.

"잠깐만."

남자들은 이나에게 호감을 표했다.

"아까 보니까 되게 잘 놀던데, 우리랑 2차 안 갈래? 돈은 우리가 낼게."

약간 술이 오른 이나였다. 반쯤 풀린 눈으로 남자들을 살피던 이나는 비실비실 웃으며 고개를 끄덕였다. 술집으로 자리를 옮긴 남자들은 서로 재미나게 대화를 이끌며 이나를 즐겁게 해 주었다.

남자들은 얼굴만 잘생긴 게 아니라 입담도 뛰어났다. 이나가 아무것도 하지 않아도 될 만큼 그들은 분위기를 이끌며 이나가 계속 술을 들이키게 했다. 이나는 달아오르는 술기운과 재미난 입담에 혼이 쏙 빠져 있었다. 평소 술을 자주 마셨던 그녀지만 이미 한계치를 넘어선 상황이었다. 이성적인 판단과 객관성을 잃은 상태였다. 그들이 앉은 테이블 위로 빈 병이 쌓여만 갔다. 대부분 이나가 마신 것들이었다.

"잠깐 화장실 좀 갔다 올게."

"아, 나도."

남자 둘이 화장실에 나란히 서서 볼일을 보며 대화를 나누었다.

"쟤 진짜 쌔끈하지 않냐? 나 처음 보고 깜짝 놀랐다니까?"

"완전 A급! 아니 아니, S급! 트리플 S급이라고. 몸매 봐봐. 대체 어디서 저런 물건이 튀어나온 거야?"

"보아하니 완전 꼴은 것 같은데 이제 슬슬 데리고 가자. 제법 술이 쎈 거 같아. 자칫하면 술이 금방 깰지도 몰라."

"그럴 필요 있나? 보니까 좀 노는 애 같은데 그냥 적당히 해도 될 거 같아. 완전히 꼴아 버리면 재미가 없어. 적당히 취한 상태여야 반응도 쏠쏠하니 좋다고. 넌 맨날 골뱅이들이랑만 노니까 그 맛을 모르는 거야."

"그런 너는 안 그러냐? 클클."

"너보다는 낫지. 그런데 순서는 어떻게 할래? 이번에도 가위바위보? 제비뽑기?"

"야, 솔직히 내가 발견했으니까 내가 먼저 해야지. 안 그러냐? 나 아니었으면 저런 여자 어디서 발견이라도 했을 거 같아? 기껏해야 오크년이나 구해 왔겠지. 내가 먼저야. 너넨 그

다음에 해."

"가위 바위 보로 해."

"하, 새끼. 욕심은."

세 남자는 술자리를 적당히 끝내고 이나와 함께 밖으로 나왔다. 세 사람은 탁구 릴레이를 하듯 빠르게 대화를 주고받으며 이나를 정신없게 했다. 그러면서 방향은 은근슬쩍 모텔로 향하는 중이었다.

그게 그들의 수법이었다.

세 사람 모두 그럭저럭 집이 잘사는 집의 아들들이었다. 그들은 부모들에게 받은 돈으로 멋진 옷과 차로 자신을 치장했다.

그리고 밤마다 클럽가에 나와 술에 잔뜩 취한 여성들을 데리고 반강제로 모텔에 데리고 갔다. 어차피 상대 여성은 완전히 술에 취한 상태라 적당한 판단을 내릴 수 없었다. 그럼 세 명이 돌아가며 여성을 농락하는 것이다.

보통은 인원을 맞추지만 이나에게는 일행이 없었고, 또 그녀의 미모가 너무 뛰어났기에 삼 대 일로 돌격해 버렸다. 그들은 양심 따윈 클럽에 놓고 온 듯 전혀 죄책감을 느끼지 않았다. 그보다는 오히려 기대감에 부풀어 있었다. 지금까지 낚아챈 여성들과 이나는 차원이 달랐다. 행운이라 여기고 있었다. 그들은 해가 뜰 때까지 펼쳐질 황홀한 순간을 꿈꾸며 모텔의 입구까지 걸어갔다.

"잠깐만."

이나가 우뚝, 걸음을 멈춰 섰다. 술에 절어 해롱거리던 눈빛도 어느 순간 정상적인 눈빛으로 돌아와 있었다.

"모텔은 안 돼."

"뭐라고?"

"그러니까 말이야. 내가 하고 싶은 말은."

그래도 술에 취한 건 사실인지라 살짝 혀 꼬부라진 발음이 나왔다.

"너희는 여자랑 자는 게 인생의 목표니? 대가리에 그런 거밖에 안 들어 있어?"

"으."

갑작스러운 이나의 변화에 남자들은 차마 말을 잇지 못했다.

"내가 너희 같은 새끼들을 하루 이틀 보는 줄 알아? 대체 너희 같은 족속들은 어딜 가나 있는 거야? 도무지 사라지질 않는 거냐구. 바퀴벌레 같아. 징그럽고 더럽다고."

이나의 독설에 남자들의 표정이 점점 일그러지기 시작했다. 그럼에도 이나는 말을 멈추지 않았다.

"왜들 그렇게 한심하니. 누구는 사람들을 돕고 싶다고 자기 몸 내팽개쳐 가면서 사는데, 너희는 대체 왜 이 모양이냐고. 단순히 집이 잘 살아서 그런 거야? 가정교육을 판타지로 받은 거야? 대체 뭐야? 어떻게 보면 부럽기도 해. 사람이 개나

고양이를 보며 아무 걱정 없어 보인다고 하는 것처럼 말이야. 내 눈에는 너희가 그래 보여."

"이년이 말하는 것 봐라. 허 참."

처음에는 단순히 어이없어하던 남자들이 슬슬 분노를 느끼는지 인상이 험악해졌다. 그럼에도 이나는 멈추지 않았다. 자신이 느꼈던 분노와 짜증을 담아 계속해서 독설을 뿜어댔다.

"정말이지 지긋지긋해. 다 짜증난다고. 귀신은 어디서 뭘 하는 거야? 너희 같은 새끼들 잡아다가 쳐 죽이지 않고. 대체 뭘 하는 거냐고. 내가 너희랑 같이 모텔을 갈 거 같아? 웃기고 앉아 있네. 때려 죽여도 너희랑은 안 할 거니까. 내가 미쳤다고 처음을 너 따위 새끼들이랑 할 거 같아?"

"이년이 미쳤나."

남자 중 하나가 손을 들었다. 그대로 이나의 뺨을 때리려는데 그때 다른 손이 튀어나와 그의 손목을 붙잡았다.

"여자를 때리려 하다니."

그는 나이트 후드가 아니었다. 전혀 의외의 인물이었다. 이나조차 깜짝 놀랄 정도였다.

"이거 완전 쓰레기로군."

태수였다. 과거 이나와 사귀었던 김태수.

태수의 등장에 남자들은 흠칫 놀라 뒤로 물렀다. 이나야 태수가 껄렁껄렁한 겉모습과 달리 실상은 속 빈 강정이라는 걸 알고 있었지만 그들은 모르고 있었다.

"덤빌 테냐? 머릿수만 믿고 깝치다간 후회할 텐데."

태수는 한껏 날이 선 눈빛으로 그들을 노려보았다. 그 위압적인 분위기에 뭔가 범상치 않음을 느낀 남자들은 뒷걸음질 치다가 이내 달아났다. 꽁지 빠지게 달아나는 그 모습을 보며 태수는 피식, 비웃음을 흘렸다. 동시에 다리가 후들거리는지 자리에 엉덩이를 깔고 앉았다. 그 상태로 뒤통수를 긁적이고는 이나를 올려다보며 한마디 했다.

"안녕?"

Battle 10

신대철

태수와 이나는 한강 둔치 쪽을 걸었다.

서로 아직은 어색한 사이인지라 별다른 대화가 오가지는
않았다. 두 사람은 조용히 야경을 바라보며, 그 불빛이 강물
에 비쳐 일렁이는 것을 바라보았다. 먼저 입을 연 건 이나였다.

"고마워. 덕분에 살았어."

이나는 이미 술이 깨 있었다. 술기운이 사라지니 이나는 등
에 식은땀이 흐르는 것을 느꼈다. 분명 이성이 남아 있다고
판단했는데 모르는 남자들과 그것도 세 명씩이나 함께 모텔
에 들어갈 뻔하다니. 소름 돋는 것을 느끼며 이나는 가슴을
쓸어내렸다.

"너는 여자애가 뭐 그렇게 칠칠치 못하냐? 지나가다가 발견 못 했으면 어쩌려고 그랬어?"

태수 역시 어색하기는 마찬가지였다. 그는 이나와 헤어질 때 온갖 쌍욕을 다 했다. 마지막에는 나이트 후드에게 얻어맞아 추한 꼴을 보였기에 그녀와 눈을 마주할 용기가 없었다. 이나가 밉지 않은 것은 아니었다. 헤어지고 난 뒤 태수는 과거에 가졌던 자신의 마음을 부정했다. 진심으로 그녀를 사랑했던 것이 아니라 한순간의 헛바람이었다고 치부했다.

그러나 그것은 거짓이었다. 자신의 감정을 속이는 일이었다. 왜 소중한 것은 지나고 나서야 깨닫는 걸까. 태수는 시간이 많이 흐르고 나서야 비로소 자신이 그녀를 꽤 많이 좋아했다는 사실을 깨달았다. 영화 속 반전 같은 일이었다. 그렇게 미워했는데, 한 번 미워해 보고 나서야 자신이 얼마나 한심한지를 알게 되었다. 그런 말이 있지 않은가. 소중한 것을 잃어봐야 그 소중함을 알게 된다고.

"너 동해랑 아직도 사귀냐?"

뜬금없는 물음에 이나는 푸흡, 헛바람을 들이켰다. 시선을 마주하지 못하고 회피하며 이나는 작게 말했다.

"사귄 적 없어. 그냥 나 혼자 좋아한 거지."

"허, 나 걷어차고 잘 사나 했더니 너도 똑같구나. 네가 얼마나 못 되게 굴었으면 그 순진한 새끼가 너를 거부하냐? 눈에 훤히 보인다. 네 멋대로 굴었겠지."

"너 지금 시비 거냐?"

이나가 지릿 쌔려보자 태수는 허둥거리며 툴툴거렸다.

"누가 시비래? 거 참. 서, 성질머리 하고는."

"동해는 내가 부담스러운가 봐."

다리가 아픈지 이나는 벤치를 골라 앉았다. 태수도 따라서 그 옆에 앉았다.

"그래. 생각해 보니 네 말이 맞는 거 같아. 내가 동해를 너무 멋대로 다뤘던 거 같아. 그래서 부담스러웠을 거야. 네가 말한 대로 제멋대로인가 봐. 하하."

이나는 작게 웃었다. 태수는 그 얼굴을 보며 왠지 모르게 슬퍼 보인다는 생각이 들었다. 단순히 이성 문제로 힘든 게 아니라 자신이 모르는 뭔가가 있는 것처럼 보였다.

"너 혹시 무슨 일 있냐? 왜 그래?"

"무슨 일은, 그런 거 없어."

이나는 차마 유학을 간다는 말을 꺼내지 못했다. 그건 태수뿐만이 아니라 누구에게도 말하고 싶지 않았다. 이나는 아직 이 사실을 누구에게도 알리지 않은 상태였다. 앞으로도 말하고 싶지 않았다. 만약 누군가가 이 사실을 안다면 조촐한 파티라도 받을 수 있을까. 설령 그런 파티가 열린다 하더라도 오히려 공허함이 더욱 커질 것만 같았다. 이나는 차라리 아무 일도 아닌 것처럼 쿨하게 헤어지는 게 정신 건강에 더욱 좋을 것 같다고 생각했다. 그런 게 더 깔끔할 것 같았다.

"그냥, 동해랑 좀 더 가까워지고 싶어. 문득 외롭다는 생각이 들더라고."

"외롭다고? 그럼 내게 다시 돌아와라, 에헴."

태수는 일부러 과장되게 몸짓을 취하며 말했다. 이나의 도끼눈에 금방 풀이 죽긴 했지만.

"동해, 진짜 좋아하나 보네."

"질투 나냐?"

이나는 피식 웃으며 농담처럼 말했다. 그 말에 태수는 벤치에서 일어나 이나를 한 번 흘겨보았다.

"누가 질투 난데? 유치하기는. 누가 너처럼 헤픈 여자애한테……."

말을 잇던 태수, 문득 입을 다물었다. 헤프다고 했는데 방금 들었던 말이 떠올랐다. 남자 세 명에게 이나가 했던 말을 말이다.

'내가 미쳤다고 처음을 너 따위 새끼들이랑 할 거 같아?'

처음? 처음이라니.

"너 혹시 처녀냐?"

태수의 물음에 이나의 얼굴이 부쩍 달아올랐다.

"미, 미친놈! 대체 무슨 소릴 하는 거야?! 죽여 버린다!"

"그, 아, 아니. 나는 그냥. 미안."

화산이 터져 오르듯 화를 내자 태수는 쩔쩔매며 손으로 입을 막았다. 과거 사귀던 시절에는 워낙에 허물없이 대하며 서로 막말도 하던 사이였다. 소위 '노는' 두 사람이 뭉쳤으니 그럴 만도 했다. 그 버릇이 지금도 남아서 이런 무례한 질문을 해 버린 것이다. 예전 같았으면 이나도 '너보다 경험 많거든요, 애송아?'라며 맞받아쳤겠지만 현재의 이나는 달랐다. 감정이 격해져 있는지라 허세 부릴 여유가 없었다.

"너 진짜 미친 거 아니야? 뭐, 뭐 그딴 걸 물어보고 그러냐? 이 정신 나간 변태 새끼야!"

"말이 너무 심하잖아! 실수였다고!"

"무슨 실수가 그따위야! 어휴, 변태 새끼. 너랑 진작에 헤어지길 잘했어. 계속 사귀었으면 무슨 꼴을 당했을지 누가 알아."

"우와. 미치겠네, 진짜."

두 사람이 티격태격하는 도중, 어디선가 낯익은 목소리가 들려왔다. 동해였다.

"이나야!"

동해는 이나에게 몇 번 연락을 했지만 연락이 되지 않았고 운에게 연락을 넣었다. 운을 통해 이나가 사라졌다는 말을 듣고 부리나케 밖으로 나왔다. 단서가 있는 것도 아닌데 거리로 나와 일일이 찾아 돌아다닌 것이다. 이나를 발견한 동해가 헐레벌떡 그녀 앞으로 다가왔다.

"이나야, 여기서 뭐 하는 거야. 지금 시간이 몇 시인데."

태수는 동해의 눈치를 봤다. 태수와 동해의 관계는 더 이상 예전 같지 않았다. 철광과 동해가 친해지고 나서부터는 함부로 대할 수가 없었다. 그리고 이나도 동해와 가까워진 이상 어떻게 손을 쓸 여지가 없었다.

"태수?"

동해가 아는 척을 하자 태수는 칫 혀를 차며 고개를 돌렸다.

"난 간다. 둘이 잘해 봐라. 그리고 똑똑히 알아 둬. 난 아직 널 포기하지 않았다고. 쳇."

"누가 뭐라니? 별꼴이야."

"으윽."

태수는 도망치듯 자리를 피했다. 둘이 남게 되자 동해는 이나에게 가까이 다가갔다. 걱정스러운 눈초리로 이나를 바라보았다.

"여기서 뭐 하는 거야. 집에서 걱정하잖아."

"네가 알 바 아니야. 우리 집 일이라고. 신경 쓰지 마."

"어떻게 신경을 안 쓸 수 있어. 우린 친구잖아."

친구라는 말에 이나는 눈썹을 찌푸렸다. 화가 나는 게 아니었다. 도리어 고마웠다. 생각해 보면 자신은 동해를 친구라고 생각하지 않았다. 친구라고 하기에는 너무 멋대로 굴었고 마음대로 다루었다. 그럼에도 동해는 끝까지 자신을 친구라고 생각해 주는 것이다. 이나는 죄책감에 가슴이 미어지는 것만 같았다.

"동해야, 그러니까 그게……"

다 털어놓고 싶었다. 본의 아니게 유학을 가게 됐는데 정말로 가기 싫다고, 학교를 계속 다니고 싶다고, 친구들과 함께하고 싶다고 말이다. 마음이 약해진 이나가 동해에게 사실을 순순히 털어놓으려는 그때였다.

검은 자동차 한 대가 벤치 옆에 다가와 멈추었다. 운의 자동차였다. 처음 이나를 발견하자마자 동해는 운에게 연락을 넣었다. 동해의 연락을 받은 초고속으로 차를 몰아 이곳으로 온 것이다.

차에서 내린 운이 과격하게 문을 열고 나와 이나에게 다가왔다. 이나가 우물쭈물 거리자 운은 손을 들어 그녀의 뺨을 때렸다.

찰싹.

그 행동에 이나는 물론이고 동해도 놀라 눈을 크게 떴다. 이나는 뺨을 만지며 떨리는 눈동자로 운을 바라보았다.

"아, 아저씨?"

"아가씨, 대체 왜 이러시는 겁니까. 어린 애도 아니고 언제까지 도망칠 생각이신 거죠? 아가씨가 사라져서 회장님과 저희가 얼마나 걱정한지 아십니까?"

"걱정? 걱정이라고요?"

돌연 이나의 눈에 불이 들어왔다.

"아빠가 나를 걱정한다고요? 거짓말 마요. 거짓말! 웃기지 마요. 그 인간이 왜 나를 걱정해요? 그 정신 나간 인간이 왜 나를 걱정하느냐고요! 날 때부터 얼굴이라곤 코빼기도 안 비친 인간인데!"

운의 눈이 갈수록 날카로워지고 이나의 언성이 올라가자 사이에 낀 동해는 어찌할 바를 몰라 했다. 함부로 끼어들 수가 없었다. 이나의 모습을 가만 바라보던 운이 말했다.

"아가씨는 지금 이도 저도 아닌 상황입니다. 전에는 확실하게 선택한 것처럼 보이더니 지금의 모습은 대체 뭐죠? 회장님은 아가씨를 아직도 어린애로 보고 있지만 제 눈에 아가씨는 전혀 어리지 않습니다. 성인과 다를 바가 없지요. 아가씨는 선택을 할 수 있습니다. 다만, 지금은 두려워하고 있는 겁니다. 선택을 하고 자신의 의견을 말하는 것이 무서운 거지요."

"그럼 내가 어떻게 해야 하죠? 뭘 어쩌라고요."

"간단합니다. 진짜 선택을 하시면 됩니다. 아가씨는 한 번도 회장님과 제대로 된 대화를 나누신 적이 없지 않습니까. 도망치지 마세요. 회장님께 당당하게 맞서란 말입니다. 대화는 일방적인 게 아닙니다. 양쪽에서 동시에, 공평하게 이루어지는 것이지요. 처음부터 안 될 거라고 포기하지 마세요. 그건 비겁한 거니까."

운의 말에 이나는 고개를 숙였다. 운의 말대로였다. 그녀는 자신의 아버지와 제대로 말을 섞어 본 적이 없었다. 그녀가 벌인 방황도 사실 제대로 된 화법은 아니었다. 그것은 단지 자신의 감정을 표현하는 것에 불과했지 직접 대화를 통해 털어놓은 것은 아니었다. 이나에게 아버지란 그런 존재였다. 분명 싫고 미운 사람이지만 동시에 무서웠다. 그 눈을 마주치기가 어려웠고 함부로 자신의 마음을 털어놓는 것이 두려웠다.

두 사람의 대화를 가만히 지켜보던 동해가 끼어들었다.

"혹시 이나에게 무슨 일이 있나요?"

운이 대답하려는 걸 이나가 막았다. 하지만 운은 아무래도 좋다는 듯 그녀의 상황을 설명했다. 며칠 뒤에 유학을 떠난다는 말에 동해는 깜짝 놀라 입을 벌렸다.

"이나야, 그게 사실이야? 유학이라니? 나한테는 그런 이야기 없었잖아."

"그게."

동해의 추궁에 이나는 쉽게 입을 떼지 못하고 우물거렸다. 동해는 다른 것을 묻지 않았다. 왜 유학을 가느냐고 묻지 않고 왜 이야기를 하지 않았느냐고 물었다.

"시끄러워! 내가 그걸 왜 너한테 말해야 하는데? 내 마음이야. 그냥 내 마음이라고!"

"그래도 이건 너무하잖아. 우린 친구인데, 친구한테 아무 말도 없이 떠나면 나는 뭐가 되는데. 철광이는, 아현이는 뭐가 되는데. 너한테 우리는 아무것도 아니야?"

동해의 공격적인 어투에 이번에는 이나가 쩔쩔맸다. 이나는 철광도 동해도 아현도 모두 소중한 친구라 여기고 있었다. 다만 문제는 그녀의 표현 방식이었다. 제대로 된 사랑을 받지 못하고 자란 그녀였다. 사랑이 부족한 사람은 그것을 제대로 표현할 줄을 모른다. 자고로 잘 먹는 사람이 요리도 잘하는 법이다. 또한 본인이 생각지도 못한 사랑을 받았을 때 어찌해야 할지를 몰라 하며 어색해한다. 지금의 이나가 바로 그런 상황이었다. 요컨대 방법을 모른다는 얘기다.

"이나야. 힘든 게 있으면 혼자서만 끙끙 앓지 마. 우린 친구잖아. 친구는 함께하는 거라고. 그래. 내가 아니어도 좋으니 철광이나 아현이에게라도 사정을 말해. 다 털어놔. 살다 보면 가끔 혼자서는 해결할 수 없는 문제도 있는 법이라고. 넌 혼자가 아니야."

동해의 진심 어린 말에 이나는 눈가에 눈물이 그렁그렁 맺혔다. 이나는 울음을 참으며 동해에게 말했다.

"동해야, 나 며칠 뒤에 유학 가. 그런데 가기 싫어."

동해가 멍하니 있자 이나는 서글프게 웃어 보였다. 웃는 눈 밑으로 눈물이 한 방울 흘렀다.

*   *   *

집으로 돌아온 동해는 침대에 걸터앉아 한참을 멍하니 있었다. 난데없이 유학을 간다니. 동해는 근래 이나가 보인 이상한 행동들을 떠올렸다. 대놓고 무시한다거나 연락을 받지 않는다거나.

'그래서 그랬던 거구나. 이나도 참.'

이제야 이나의 행동들이 이해가 갔다. 그녀는 차마 친구들에게 떠난다는 말을 꺼내지 못한 것이다. 한 가지 의아한 점이 있었다. 이나가 그렇게 가기 싫어하는데 그녀의 아버지는 부득부득 유학을 고집하는가 하는 점이다. 외국에 나가 현지인들과 함께한다는 걸 빼면 자국 내에서 교육하는 것과 어떠한 차이가 있는지 동해는 의문이었다. 아무리 외국의 교육 시스템이 뛰어나다 하더라도 극소수의 몇 가지를 제외한다면 큰 차이도 없다. 굳이 비싼 돈 들여가며 외국으로 나갈 필요가 없다는 게 동해의 생각이었다.

곰곰이 생각해 보면 참 특이한 일이었다. 보통은 자식들이 유학에 대한 단꿈에 빠져 부모들을 조르는 게 일반적이다. 부모들이 힘겹게 외국에 보내 놓으면 공부는커녕 외국인 애인 만들기에 급급하고 사진이나 몇 장 찍어 개인 홈피에 올리는 게 대한민국 유학생의 현실이다. 일종의 교육을 빙자한 관광인 셈이다.

물론 유학생 전부가 그렇지는 않겠지만, 아무튼 그 말고도 향수병이라든지 문화적인 차이 등등 꺼려지는 점이 많다. 당

사자가 원해서 보내 놔도 안 좋은 점들이 많은데 이나의 경우
는 오히려 반대다. 당사자가 원하지도 않는데 강제로 보내는
유학은 그 결과가 불 보듯 뻔했다. 동해는 자신이 어떻게 해
야 할지 고민하며 잠이 들었다. 동해 역시 이대로 그녀를 떠나
보내고 싶지 않았다. 자신이 할 수 있는 게 있다면 그것을 할
참이었다.

다음 날 아침.
동해는 곧장 이나의 교실을 찾았다. 이나는 어제 보인 눈
물 때문인지 동해를 보며 부끄러워했다. 동해는 그런 이나를
향해 밝게 웃어 주었다. 동해와 이나, 그리고 아현과 철광은
자리에 모여 앉아 회의를 했다. 유학 이야기가 나오자 철광과
아현은 놀라 이나를 추궁했다. 왜 말을 안 했는지 설명하기
위해 이나는 한동안 진땀을 빼야 했다. 다시 생각해 보니 후
회막심한 일이었다. 굳이 설명 안 할 이유가 없었으니 말이다.
비밀로 하고 혼자 감싸 안을 필요가 없는 사안이었다. 말없
이 깔끔하게 헤어진다 해서 슬프지 않을 이유는 없었다.
이나는 친구들에게 자신과 아버지의 관계에 대해 털어놓았
다. 유일한 가족이라고는 아버지뿐이지만 사이가 소원하다는
것, 아버지 대신 보디가드 삼인방이 가족처럼 지내 줬다는 것,
아버지가 자신에게 바라는 목표치가 너무 높고, 그로 인해 잠
시 방황을 했다는 것까지 모조리 다. 자신의 가정사에 대해

늘어놓자니 창피한 기분이 들었지만 이나는 감추지 않고 모두 털어놓았다.

"그렇구나."

이야기를 들은 동해, 철광, 아현은 고개를 끄덕이며 침묵했다. 그들의 생각은 모두 같았다. 아무리 잘사는 집 자식이라 해도 누구나 고민이 있고 시련이 있기 마련이라고 말이다.

"자, 그럼 어떻게 하는 게 좋을까?"

쉽지 않은 문제였다. 모두가 친구고 가까운 사이라지만 따지고 보면 남의 집 문제였다. 가족끼리 결정해야 할 문제에 끼어들어 왈가왈부하는 것도 모양새가 그리 좋지는 않았다. 별다른 진척이 없이 의미 없는 대화만 오가는데 누군가가 다가왔다. 성주였다. 일행들에게 이야기를 전해들은 성주는 잠시 생각하는가 싶더니 넌지시 이야기를 꺼냈다.

"다 같이 찾아가는 건 어때?"

"뭐라고?"

황당한 이야기였다.

"말하자면 이나의 아버님은 이나를 신뢰하지 못하고 있는 거잖아. 그러니까 유학이라는 강수를 둬서 바로잡겠다는 건데, 너희가 찾아가서 그럴 필요가 없다는 걸 알려 주는 거지. 이나는 이미 예전의 그 막무가내로 행동하던 그런 아이가 아니라는 걸 말이야. 즉, 너희가 이나를 신뢰해도 된다는 증거가 되는 거야."

철광이 고개를 저으며 말했다.

"글쎄다. 쓸데없는 참견처럼 보이지 않을까?"

"그렇게 보일 수도 있겠지. 하지만 좀 더 긍정적으로 생각해 봐. 참견이라기보다는 설득 정도면 좋잖아? 이나의 둘도 없는 친구들로서 아버님을 설득하러 왔다고 말이야. 더욱이 너희는 이나가 예전에 사귀었던 철없던 녀석들에 비하면 훨씬 보기 좋잖아."

아현을 가리키며 성주가 말했다.

"모범생 하나."

철광을 가리켰다.

"예전엔 사고뭉치였지만 지금은 착실하게 학교생활을 하고 있는 학생 하나."

마지막으로 동해를 가리키며 폭탄을 터뜨렸다.

"착하고 순한 애인 하나."

애인이라는 소리에 동해는 의자에서 일어나 펄쩍 뛰었다. 마구 열을 내던 동해는 잠시 성주의 이야기를 되새겨 봤다.

"네 말도 일리가 있는 것 같다. 이나 혼자서 설득하는 것보다는 함께 가서 이야기해 보는 것도 나쁘지 않을 것 같아. 아버님이 원하는 게 증거라면 우리가 증거가 될 수 있잖아."

성주의 조언에 따라 동해 일행은 그렇게 하기로 계획을 짰다. 이나는 두려운 마음이 있었지만 한번 부딪쳐 보기로 마음먹었다.

"아, 성주도 같이 가자."

동해는 성주의 손목을 잡으며 말했다. 그 말에 이나는 깜짝 놀라 눈을 치켜떴다. 성주도 곤란하다는 듯 실소를 지었다.

"한 명이라도 많으면 좋지 않을까? 아버님도 깜짝 놀라실 거야. 우리 이나에게 친구가 이리 많다니! 하면서 말이야."

아무런 악의가 없이 해맑게 웃는 동해에게 이나도 그를 향해 해맑게 웃어 주었다. 그리고 맑은 해처럼 웃는 동해에게 빵을 선물했다. 죽빵을.

"크헉, 어째서!"

"내가 친구 많은 게 놀랄 일이냐!"

*   *   *

민서의 포장마차.

더운 여름 날씨와 포장마차 일은 궁합이 그리 좋지 않았다. 불을 피우고 기름을 튀기는 등 안 그래도 더운데 날씨까지 푹푹 찌니 민서는 죽을 맛이었다. 민서는 젓가락을 이용해 머리카락을 전부 위로 말아 올렸다. 치렁치렁한 머리칼은 더위의 적이었지만 그렇다고 무턱대고 자를 수는 없었다. 짧게 자르면 손댈 일도 없고 편하겠지만 그래도 그녀는 긴 머리가 좋았다. 머리카락마저 자르면 왠지 여성으로서의 자신을 완전히 포기하는 것만 같았다. 민서는 웃옷의 목 부분을 잡아 당겨 안쪽으로 훅훅 바람을 집어넣었다.

"후우. 볼 사람도 없는데 그냥 속옷을 확 벗어버려?"

"오, 그래 주면 나야 고맙지."

"엥?"

적절한 타이밍에 민철이 와 있었다. 민철은 그녀를 향해 상체를 쭉 빼고서 살가운 미소를 짓고 있었다.

"뭐, 뭐에요? 놀랐잖아요."

"하하, 미안, 미안."

민서는 얼굴을 붉히며 아는 체했다.

그를 보자 며칠 전에 바다로 놀러 갔던 일이 떠올랐다. 민철의 제안에 민서는 충격받고 하루 동안 고민을 해야 했다. 외간 남자가 다 큰 여자에게 1박 2일로 놀러 가잔 제안을 하다니, 그것은 굳이 설명이 필요 없었다. 그것이 어떤 의미를 지녔는지 설명하는 것은 바보 같은 짓이었다. 심장이 미친 듯이 펌프질을 했다. 민서는 패닉 상태에 빠져 혼란스러워 했다.

'뭐, 뭐지? 민철 씨 지금 나한테 작업 거는 건가? 이, 이러면 안 되는데. 내겐 성주가 있고, 성주 엄마로서 체면을 지켜야 하는데. 이건 안 돼. 그렇지만 민철 씨라면 나쁘지 않을지도……는 무슨! 내가 지금 뭔 생각을 하는 거람! 이럼 안 돼!'

민서는 민철의 제안을 승낙했다.

민서도 굉장히 큰 결심을 한 것이었다. 여행을 가는 차 안에서 그녀는 쿵쾅거리는 심장을 진정시키기 위해 청심환을 몰래 한 알 꺼내 먹을 정도였다. 그것은 마치 처녀 시절 느꼈던 첫 연애의 감정과 비슷한 것이었다. 새까맣게 잊어버린 줄로만 알았던 처녀 시절의 풋풋한 설렘을 다시금 깨달은 것이다. 민서는 여행을 가는 내내 두근거렸고, 여행을 즐기는 내내 두근거렸고, 여행에서 돌아오는 내내 두근거렸다.

그리고 아무 일도 일어나지 않았다.

1박 2일간의 여행이 끝나고 집에 돌아온 민서는 그때야 뭔가 잘못됐다는 걸 느낄 수 있었다.

'왜 아무 일도 없는 거지? 작업을 걸기 위한 여행이 아니었나?!'

아니었다. 민철은 여행 내내 민서에게 장난을 치며 놀기 바빴을 뿐, 민서에게 손가락 하나 대지 않았다. 심지어 여행 도중에 지나가는 여성들에게 작업을 걸면 걸었지 그녀에게는 아무 짓도 하지 않았다. 숙소의 방도 따로 잡았기 때문에 야릇한 일이 생길 여력조차 없었다.

여행 다 끝나고 집에 돌아오고 나서야 자기 혼자 설레발쳤다는 걸 깨달은 민서는 죄 없는 베개를 물어뜯으며 분노를 풀어야 했다. 창피함에 도무지 얼굴을 들 수가 없었다. 답답함에 가슴이 터질 것만 같았던 그녀는 결국 참지 못하고 성주의 컴퓨터 앞에 앉았다.

님들아, 저 어제 남자 사람이랑 단둘이 여행 갔다 왔거든
염? 애인 아니구용^^;;;; 근데 이 남자가 저한테 손가락 하나
안 대는 거 있져? 이 남자, 대체 무슨 마음일까여? 느므느므
궁금해열. ㅠ ㅠ

민서가 올린 게시글에는 금방 여러 개의 답글들이 달렸다.

　—그건 네가 돈이 많기 때문이지. ㅋㅋㅋ 여름에 여행은
가야겠는데 같이 갈 사람은 없고, 에라 모르겠다 그냥 너에
게 빌붙은 거야, 이 돈 많고 못 생긴 오크년아!
　—아아, 잘 들으세요. 그러니까, 그는 성관계를 할 수가
없어요.
　—이보시오, 의사 양반. 그게 무슨 소리요! 으익! 그가! 그
남자가 고자라니! 이건 말도 안 된다구! 으흑흑흑.
　—으악ㅋㅋㅋ
　—위의 뻘플들은 모조리 무시하시구요. 제가 봤을 때는
그거 밀당하는 거 같네요. 마지막 순간까지 안달 나게 만들
어서 당신의 마음을 완전하게 얻으려는 계획이에요. 조심하세
요. 고단수예요.

'남민철, 넌 나에게 모욕감을 줬어!'
민서가 치욕과 분노로 이글이글 타오르자 민철은 어깨를

으쓱했다.

"이 아줌씨가 미쳤나. 뭘 그렇게 노려봐?"

"아, 아무것도 아니거든요?"

"아니라고?"

민철은 찌릿, 민서를 노려보았다.

"아니면 됐고."

"크으."

분노로 활활 타오르던 민서는 화를 삭이며 입을 뗐다.

"민철 씨, 혹시 건강에 이상 있어요? 몸이 어디가 안 좋다거나. 영 좋지 않다거나."

"음?"

포장마차 안에는 여름을 대비해 슬러시 기기가 놓여 있었다. 민철은 현재 기기의 주둥이에 입을 대고 슬러시를 먹는 중이었다. 조금 추하긴 해도 저리 잘 먹는 걸 보니 건강한 건 두말할 필요가 없었다.

"더럽게 왜 거기에 입 대고 먹어요! 종이컵에 따라서 마시라고요! 그리고 돈 먼저 내요! 선불! 선불!"

"건강하냐고? 건강하긴 한데 그쪽만큼은 아닌 것 같아. 아유 그냥, 큰소리치는데 어디서 화산이라도 폭발하는지 알았네."

"죽여 버릴 거야!"

민철의 장점은 여러 가지가 있겠지만 그중 으뜸은 말을 잘

한다는 것이다. 분노가 폭발하여 길길이 날뛰던 민서는 10분
이 지나자 호호거리며 민철과 담소를 나누었다. 조금 전까지
그를 죽일 듯이 달려들던 모습은 온데간데없었다. 민철은 대
낮부터 소주를 마시며 기분 좋게 실실거렸다.

"전부터 참 그게 궁금했단 말이지."

"뭐가요?"

"당신 전남편이라는 작자 말이야. 대체 뭐하는 인간인지 참
궁금하단 말이야. "

전 남편의 이야기가 나오자 민서의 표정이 굳었다. 그녀의
얼굴을 보고는 아차 싶어 민철은 손을 내저었다.

"아, 미안. 술 몇 잔 들이켰다고 벌써 헛소리가 나오네."

"아니에요. 괜찮아요. 이미 다 지나간 일인 걸요. 얘기해도
돼요."

"그래? 그럼 사양하지 않지. 그러니까, 그 인간은 대체 어디
서 뭘 하고 있냐 이 말이야. 젊은 여자는 과부가 돼서 혼자서
가게 꾸리고 애까지 기르면서 갖은 고생은 다 하잖아. 그런데
이 인간은 대체 뭘 하는 거냐 이 말이지. 어디서 돈이라도 붙
여 주고는 있대?"

"그런 거 없어요."

"하, 정말 썩은 인간이로군."

"아니에요. 본래 그쪽에서 돈을 보내 왔지만 제가 거절했어
요. 이미 볼 장 다 본 인간인데 그런 인간한테서 돈 받으면 뭐

해요. 자존심만 상하는걸."

"어떻게 생긴 인간인지 정말 궁금하군."

민서는 파를 썰던 동작을 멈추고는 잠시 먼 산을 바라보았다. 그리고는 포장마차 한편에 붙어 있던 작은 사진 하나를 꺼내 보여 주었다.

"이 남자에요. 한때는 정말 죽도록 사랑했었죠. 지금은 아니지만."

민철은 민서가 건넨 사진을 살펴보았다. 사진에는 젊은 시절의 민서와 한 남자의 다정한 모습이 담겨 있었다. 민서는 예나 지금이나 크게 변함없는 모습이었다. 옆에 있는 남자는 키가 굉장히 컸다. 2미터 쯤 돼 보일까. 큼지막한 덩치에 눈매는 독수리처럼 부리부리했다. 꽤나 험악한 것이 얼핏 보면 조폭이 아닐까 의심할 정도였다. 가만히 사진을 보던 민철은 잠시 호흡을 멈추었다.

'어라?'

낯익은 얼굴이었다. 잠시 잊고 지냈던 추억 속의 얼굴과 같았다.

"왜 그래요? 아는 사람이에요?"

민서의 물음에 민철은 에둘러서 아니라 말하며 사진을 돌려주었다.

"아니."

　　　　*　　　*　　　*

　"와, 진짜 크다. 이게 몇 층이야?"

　이나의 아버지가 일하는 그룹의 본사 건물 앞.

　동해와 이나, 그리고 성주와 아현, 철광은 건물의 앞에 모였다. 이나를 제외한 일행들은 빌딩의 꼭대기를 우러러보며 벙한 표정을 지었다. 어림잡아 층수를 새기 어려울 만큼 빌딩은 하늘을 찌를 듯 높았다.

　"구경만 할 거니? 어서 들어가자."

　정문 앞에서 머뭇거리자 이나는 앞장서서 일행들을 건물 안으로 안내했다. 건물 안은 모든 것이 휘황찬란하고 번쩍번쩍했다. 위아래로 이동 중인 엘리베이터는 투명해서 안에 타고 있는 사람들이 다 보였다. 이나와 일행들이 건물 안으로 들어오자 한 여성이 가까이 다가왔다.

　"이나 아가씨, 안녕하세요? 옆에 계신 분들은 누구신가요? 친구분들인가요?"

　"됐고요. 나 아빠 보러 왔어요. 지금 아빠 위에 있죠?"

　"예, 제가 안내해 드리겠습니다. 따라오시죠."

　"필요 없어요."

　이나의 버릇없는 말에도 여성은 친절한 미소를 거두지 않았다. 그만큼 이나의 성격은 그룹의 직원들 사이에서도 유명했다. 그녀가 누굴 닮았는지는 몰라도 굉장히 성숙한 외모를 지녔으며 또한 한 성깔 한다는 걸 말이다.

"우리가 알아서 갈 테니까 그쪽은 그쪽 할 일 하세요. 그리고 아빠한테 절대 미리 연락하지 마요. 알았어요?"

"후후, 알겠습니다."

그녀는 홀의 구석에 비치된 자신의 자리로 돌아가기 무섭게 전화기를 들었다. 그리고 누군가에게 곧장 연락을 넣었다.

"회장님. 지금 따님이 와 계십니다. 친구들과 함께 있는데 회장님 계신 곳으로 갈 것 같습니다."

이나 일행은 엘리베이터에 탑승했다. 총 60층에 달하는 대형 빌딩이었다. 빽빽하게 달린 버튼을 보며 동해가 혀를 찼다.

"굉장한걸? 만약 엘리베이터가 고장 난다면 정말 끔찍할 거야."

"그럴 일은 없으니까 안심해."

이나는 P라고 적힌 버튼을 누르며 대답했다.

엘리베이터가 움직이자 아현이 눈에 띄게 움찔거렸다. 엘리베이터가 투명하다 보니 없던 고소 공포증이 생길 정도였다. 철광은 그녀를 부축해 주었다.

*   *   *

"그냥 말 나온 김에 툭 까놓고 물어보는 건데."

민철이 말했다.

"대체 왜 이혼한 거야? 뭐가 문제인데? 내가 뭐 그쪽을 자세히 아는 건 아니지만 지금까지 봤을 땐 크게 문제가 있어 보이진 않는데."

민철의 물음에 민서는 곤란하다는 표정을 지었다.

"나도 그게 의문이에요. 성주를 낳고 얼마 안 돼서 우리 사이에 뭔가 문제가 생겼죠. 그이의 반응이 조금 이상했어요. 어느 날부턴가 괜히 조마조마해하고 불안해했죠. 그전부터 바쁜 사람이기는 했지만 연락은 꼬박꼬박 했거든요. 그런데 어느 날부터인가 자주 집을 비우더니 결국 이혼하게 됐어요."

"요즘은 사유가 없이도 이혼이 되나?"

"서류에는 거짓으로 이유를 갖다 붙였죠. 말로는 아니라고 했지만 솔직히 말하자면 아직도 그이에게 감정이 남아 있어요. 아무 이유도 설명하지 않고 절 버린 그 남자를 증오해요. 그 남자의 무책임한 행동에 저와 성주가 얼마나 고생했는데요. 우리 성주는 살면서 화를 내 본 적이 없어요. 성격상 거의 화를 내지 않죠. 그랬던 그 애가 딱 한 번, 저에게 크게 화를 낸 적이 있었어요. 무슨 대화를 하다가 그이 이야기가 나왔죠. 저는 그 아이에게 이렇게 말했어요. 그래도 네 아버지인데 너무 나쁘게만 생각하지 말라고, 그가 있었기에 너도 지금 존재할 수 있는 거라고 말이에요. 그러자 화 한 번 안 내던 착한 성주가 불같이 화를 내는 거 있죠. 솔직히 저는 상관이 없어요. 다만 성주가 그이를 보게 된다면 어떻게 나올지 장담 못

해요. 성주 걔가 은근히 무서운 면이 있거든요."

감정적으로 이야기를 쏟아내던 민서는 민철이 마시던 소주 잔을 가져가 한 잔 들이켰다. 그리고 한숨을 쉬고는 싱긋 웃는다.

"뭐, 둘이 다시 만날 일은 없겠지만 말이죠."

민철이 뒤늦게 뭔가 떠오른 듯 물었다.

"근데 그 성주라는 애는 그 남자 얼굴은 알고 있어?"

민철의 물음에 민서는 쓰게 웃으며 대답했다.

                    *   *   *

대철은 자신의 책상에 앉아 서류를 보고 있었다. 기업 일과 관련된 서류는 아니었다. 그것은 이나와 관련된 모든 것이 담겨 있는 일지였다. 일종의 관찰기인 셈이다. 쌍둥이 형제와 운이 그녀의 일거수일투족을 기록해 대철에게 보낸다.

이나의 관심사, 취미, 학교 성적, 대인관계, 말버릇, 신체 치수는 물론이고 가리는 음식은 뭔지, 좋아하는 음식은 또 뭔지, 개인 홈페이지의 다이어리에 무슨 글을 올렸으며 자주 가는 인터넷 사이트는 무엇인지, 그곳에서 또 무슨 글을 올리는지 등등 일지에는 그녀의 모든 것이 담겨 있었다. 당연히 이나와 친한 사람들에 대한 신상 명세까지 들어 있었다.

"짝사랑 상대라고?"

거기엔 동해에 관한 신상 역시 들어 있었다. 동해의 사진은 물론이고 가족 관계, 이나와는 구체적으로 어떤 사이인지 자세히 적혀 있었다. 보디가드 삼인방이 보내 주는 정보를 통해 이나와 사귀었던 남자들에 대해서는 그도 잘 알고 있었다.

하지만 동해는 그들과는 본질적으로 다른 이질적인 존재였다. 이나가 관심을 두기에는 딱히 내세울 만한 점도 없었고 외모 역시 평범하다. 일지에 적힌 정보로는 딱히 매력적인 부분을 찾을 수가 없었다. 어째서 이나가 동해에게 관심을 갖는 건지 대철은 이해하지 못했다.

"흥미롭군."

일지의 다음 페이지는 성주였다. 대철이 일지를 넘기기 직전, 엘리베이터가 딩동 하는 소리를 내며 도착했다. 엘리베이터가 입을 열자 대철은 일지를 책상 서랍 속에 넣었다.

다른 일행들이 우물쭈물거리는 동안 이나는 당당하게 걸어 나갔다.

"뭐 해? 따라와."

이나의 말이 있고 나서야 일행들은 천천히 그녀의 뒤를 따랐다. 애초에 그들은 펜트하우스라는 곳을 생전 처음 와보는 입장이었다. 중앙에는 작은 분수가 있으며 구석에는 침실이 따로 마련돼 있다. 사방은 전면 유리로 탁 트여 있으며 삶에 필요한 모든 것들이 갖춰져 있었다. 전체적인 톤은 검정색과 하얀색이 조화를 이루고 있었으나 그 깔끔함은 도를 지나

친 것처럼 느껴졌다.

"거기 소파에 앉거라."

공간의 좌측에는 앉아서 쉴 수 있게끔 TV와 소파가 마련되어 있었다. 이나 일행과 대철은 서로 마주 보는 자리에 앉았다. 이나는 아버지의 눈치를 보며 약간 긴장한 모습을 보였다. 그전까지 자신감 넘치고 당당하던 모습은 찾아볼 수 없었다. 천하의 이나도 아버지를 앞에 두고서 당찬 모습을 보일 순 없었다. 동해, 아현, 철광, 성주를 죽 훑어본 대철이 입을 열었다.

"이렇게 보니 친구가 많은 건지 적은 건지 애매하구나."

"……"

"적어도 거짓말은 안 해서 보기 좋구나. 친구라고 되지도 않는 놈팡이들을 데리고 왔으면 혼쭐을 내주려 했는데."

대철의 목소리는 으르렁거리는 사자처럼 낮고 묵직했다. 대한민국을 이끄는 대기업의 회장답게 눈빛 하나, 목소리 하나하나가 강렬한 카리스마가 있었다.

"그래. 무슨 할 말이 있어서 이렇게 우르르 몰려 왔지? 얘기해 보려무나."

이나는 숨을 크게 들이쉬고는 대철의 눈을 똑바로 바라보았다.

"아, 아빠. 나 유학 가기 싫어요. 계속 한국에 있을 거예요."

"안 돼."

대철은 딱 잘라 말했다. 너무도 강경한 태도에 이나는 말문이 막혔는지 말을 하지 못했다. 그녀가 우물쭈물하자 이번에는 동해가 나섰다.

"저기, 그, 안녕하세요. 저는 이나 친구 동해라고 합니다. 제가 한 말씀 드려도 될까요?"

"무슨 말이지?"

"그게, 교육의 일환이라는 건 알고 있지만 굳이 유학을 보낼 필요는 없는 것 같아요. 말하자면, 사실 무언가를 배우는 거라면 한국에서도 충분하다고 생각해요. 외국에 나가 살기 위해서는 적응도 해야 하고 여러모로 효율이 좋지 않잖아요. 오히려 공부하기에는 한국에 남아 있는 게 더 낫지 않을까 싶습니다. 왜냐하면 이나도 예전하고는 많이 다르거든요. 이제는 사고도 잘 안치고 학교생활도 착실하게 하고 있어요. 그건 저희가 보장할 수 있어요."

어설펐지만 동해는 꿋꿋하게 대철의 눈을 바라보며 말을 이었다. 최소한 진심이 전해지길 바라는 마음으로 말했다.

"그건 우리 가족의 문제지 자네들이 간섭할 일은 아니라고 생각하네만."

"물론 그렇지만 일단 저희도 이나의 친한 친구들이잖아요. 이나에 대해서 어느 정도는 알고 있고, 이나가 어떤 걸 원하는지 알고 있으니까요. 간섭보다는 으음, 그러니까…… 설득이라고 이해해 주셨으면 좋겠어요. 아버님도 저희도 이나를 위한다는 점은 똑같잖아요. 헤헤."

대철은 팔짱을 끼고서 동해를 잠잠히 지켜보았다. 먹이를 눈앞에 둔 호랑이 같은 눈빛이었다. 동해는 그가 계속 자신을 주시하자 잔뜩 기가 죽어서는 슬쩍 시선을 피했다. 그렇게 한참을 바라보던 대철이 천천히 입을 뗐다.

"자네 이름이 동해였던가? 이나가 푹 빠졌다는 총각이 누군가 했더니 바로 자네였군."

"큭!"

대철의 한마디에 동해는 당황하며 두 손을 저었고 이나는 얼굴이 빨개졌다.

"으, 아, 아빠가 그걸 어떻게 알아요! 어떻게 아냐고요! 내 뒷조사했죠? 그렇죠!"

대철은 두 사람이 당황하거나 말거나 자기 페이스를 유지하며 말했다.

"참 특이하군. 이나와 사귀는 걸 거부했으면서 계속 친구로 남아 있다니. 끝까지 이나 곁에 남아 있는 이유는 뭔가."

"사귀지 않을 거라 해도 그전까지 있던 친분 관계까지 모두 사라지는 건 아니잖아요. 사람 일이라는 게 어떻게 될지 모르는 거지만, 그래도 일단은 좋은 친구라고 생각합니다."

"그런가, 아무리 내 딸이지만 친구로 두면 후회할 텐데?"

"예?"

가만히 있던 이나가 버럭 소리를 지르며 소파에서 엉덩이를 들었다 놨다.

"아빠! 지금 무슨 소릴 하는 거예요!"

동해 일행은 분위기가 조금 묘하다고 느꼈다. 분명 대기업 회장이니만큼 딱딱하고 무시무시한 분위기를 예상했는데, 예상과는 전혀 달랐다. 대철은 말재주가 있었고 겉모습과 달리 부드러운 면이 많은 남자였다. 이나가 그렇게 꺼리는 사람이라는 게 믿기지 않을 정도였다.

그런 학생들의 생각을 읽은 걸까? 대철은 헛기침을 하고 화제를 돌렸다. 조금 전과는 달라진 목소리다.

"자, 농담은 이만하면 됐으니 이제 본론으로 들어가도록 하지. 자네들이 어떤 마음으로 이렇게 몰려 왔는지는 충분히 알았네. 자네들 나름대로 우리 이나를 위하고 있다는 것도 어렴풋이 느껴졌어. 하지만 말이야, 솔직히 말하면 나는 좀 기분이 나빠. 왜인 줄 아나?"

분위기가 급변하자 동해 일행은 잔뜩 긴장하여 침묵했다.

"내가 대체 자네들의 무엇을 믿어야 하느냐는 점이야. 이렇게 우르르 몰려 와서 우리들을 믿어 주세요라고 말하면 오, 그렇구나. 알았다면서 돌려보내야 하는 건가? 자네들을 나쁘게 보는 건 아니야. 내가 불안하게 보는 건 자네들이라기보다는, 오히려 내 딸 쪽이지."

대철은 그리 말하며 슬쩍 이나를 바라보았다.

"대답해 보게. 우리 이나가 자네들이 진심으로 믿고 위해 줄 만큼의 가치가 있는 사람인지를 말이야."

그냥 대답하면 될 거 가지고 동해 일행은 선뜻 입을 떼지 못했다. 그렇게 우물쭈물하던 차에 동해가 번쩍 고개를 들며 대답했다.

"이나에게는 그럴 만한 가치가 있습니다. 아니, 가치가 무슨 소용이죠? 친구라는 건 이런 거 저런 거 따지는 게 아니잖아요."

"호오, 당당하군. 자네는 그 말에 책임질 수 있겠나?"

"그렇습니다!"

동해는 그리 말하며 주먹으로 자신의 가슴을 때렸다. 조금 부끄럽긴 했지만 분위기상 왠지 뭐라도 해야 할 것만 같았다. 동해의 당당한 모습에 대철은 박수를 치며 웃었다.

"아하하! 멋지군! 정말 멋있어! 그래, 이게 진짜 남자지!"

너무 반응이 좋자 동해는 얼굴이 달아오르는 것을 느꼈다. 어째 상황이 이상하게 흘러간다는 걸 직감했지만 이미 돌이킬 수도 없었다. 자리에서 일어난 대철은 책상의 전화기를 들어 누군가에게 연락을 넣었다.

"들어오게."

1분 정도 시간이 지나자 엘리베이터를 타고 누군가가 올라왔다. 운이었다. 운은 왜 자신을 불렀는지 모르는 눈치였다. 운이 의아한 눈으로 대철을 바라보았다. 그것은 이나 일행도 마찬가지였다. 모두가 의아해하는 와중에 대철은 폭탄 발언을 던졌다.

"동해군, 자네가 정말 우리 이나를 위한다면, 친구를 위해서 무엇이든 할 수 있다면 어디 한번 보여 주게나. 소개하지, 이쪽은 이나의 보호자인 진운군이네. 이쪽은 동해군. 서로 인사들 하게."

영문을 몰라 운과 동해가 눈을 끔뻑거리자 대철은 손가락을 튕기며 크게 말했다.

"대련을 펼치는 거야. 자네가 우리 진운군을 이긴다면 유학 건은 철회해 주지. 어떤가?"

"네?"

충격적이다 못해 황당한 이야기였다. 보디가드를 전업으로 삼고 있는 사람과 일개 고등학생을 싸움 붙이다니. 물론 동해는 기를 깨우치고 나이트 후드로 활약할 만큼 실력자다. 하지만 이런 거 저런 거 다 떠나서 성인과 고등학생을 싸움 붙이는 일은 어처구니없는 이야기였다. 동해는 물론이고 갑자기 불려 나와 황당한 소릴 들은 운도 놀라서 어리둥절했다. 이나가 소파에서 벌떡 일어나 소리쳤다.

"아빠 미쳤어? 그거 지금 진심으로 말하는 거야?"

"왜, 농담처럼 들려? 나는 전혀 그렇지 않은데. 하기 싫으면 하지 않아도 좋아. 대신 유학을 가야겠지?"

대철은 호랑이 같은 얼굴을 하고서 어린아이처럼 순진무구하게 웃어 보였다. 장난처럼 보였지만 그는 진심이었다. 운은 약간 날카로워진 눈매로 대철을 바라보았다. 또박또박 낮은 어조로 그가 말했다.

"아무리 회장님의 지시라도 그것만큼은 들어드릴 수가 없습니다. 저는 저 소년과 싸울 수 없습니다."

"하하. 그런가? 그럼 새로 보디가드를 알아봐야겠군."

운은 잠시 숨을 멈추었다.

한마디로 자르겠다는 소리였다. 예상치 못한 강수에 운은 식은땀마저 흘렸다. 운에게 있어 보디가드 일은 단순히 직장의 의미만이 아니었다. 그에게 대철은 기업의 회장이자 아버지와 같은 존재였고, 이나는 보호 대상이자 동생 같은 존재였다. 이를테면 가족인 셈이다.

"진심이십니까?"

운은 믿지 못해 몇 번이고 다시 물었다.

"허허, 자네도 내가 농담하는 것처럼 보이나? 못 믿겠으면 한번 거절해 보게."

아버지의 농간 아닌 농간에 열이 오른 이나는 소리를 빽빽 지르며 화를 냈다. 그런 그녀를 진정시킨 건 동해였다. 그의 한 마디가 이나의 말문을 막히게 만들었다.

"하, 하겠습니다."

동해의 발언은 대철의 발언만큼이나 충격적이었다. 중간에 끼어서 눈치만 보던 철광과 아현마저 크게 놀라며 눈을 동그랗게 떴다. 이나는 까무러칠 듯한 반응을 보이며 동해의 어깨에 손을 얹었다.

"동해야, 너 미쳤니? 지금 이게 한다 안 한다의 문제야? 너 지금 저 헛소리에 동조하는 거냐고."

"농담하는 거 아니라고 하셨어. 난 자신 있어."

"헛소리하지 마. 넌 지금 우리 아빠한테 놀아나는 거라고. 넌 저 인간이 어떤 인간인지 몰라. 네가 지금 몰라서 하는 소리라고."

"그래도 방법이 없잖아."

동해는 작은 목소리로 이나에게 속삭였다.

"최소한 의지를 보여 줘야 해. 우리가 그만큼 널 아끼고 위한다는 걸 아버지가 느낄 수 있게 해야 해. 어쩌면 그 부분을 시험하고 있는 걸지도 몰라. 그리고 나 알잖아. 내가 누군지 잊었어? 난 자신 있어."

"동해야, 이건 미친 짓이야."

"걱정 마. 내 예상이 맞는다면 분위기 봐서 적당히 하다가 끝날 거야. 설마 죽자 살자 싸움 붙이겠어?"

대철은 킬킬거리며 상황을 즐기는 듯했다. 그는 이나의 친구들을 차례차례 훑어보았다. 그의 예상대로 학생들은 완전히 패닉 상태에 빠져 있었다. 허나 유일하게 한 명만이 무반응으로 일관하는 중이었다. 성주였다. 성주는 가만히 앉아서 대철을 뚫어져라 바라보고 있었다. 성주와 눈이 마주친 대철은 고개를 으쓱하고는 이내 관심을 돌렸다. 성주는 그가 시선을 돌린 다음에도 계속해서 바라보았다. 대철을 뚫어져라 관찰하던 그는 의미 모를 미소를 지었다. 웃는 건지 찡그린 건지 모를 미소였다.

동해 일행은 건물 밖으로 나왔다.

예정은 일주일 뒤였다. 일주일 뒤, 동해는 다시 이곳으로 와 운과 대결해야 한다. 자기가 결정한 사안이었지만 동해는 영 피부에 와 닿지 않았다. 그만큼 대철의 요구는 어이없었다.

"동해야, 너 정말 그 사람이랑 싸울 거야?"

이나가 물었다.

"걱정 마라니까. 분명히 너희 아버지는 우리 의지를 시험하는 걸 거야. 정말로 죽자 살자 싸움 붙이지는 않을 거라고. 대련이잖아. 날 믿어. 내 생각대로라면 조금 싸우다가 너희 아버지가 중단할 거야. 아무리 그래도 자기 딸의 친구인데 얻어터지는 걸 보고만 있지는 않을 거야. 하하."

그렇게 말하기는 했지만 사실 동해도 조금 걱정이 되기는 했다. 말은 그렇게 했는데 대철이 그럴 생각이 없다면 곤란하기 때문이다. 이기고 지는 것은 문제가 되지 않았다. 오히려 동해는 지지 않을 자신이 있었다. 다만 이나와 가깝게 지내는 사람과 싸워야 한다는 게 마음에 걸렸다. 권투라거나 유도, 태권도처럼 스포츠로 생각할 수도 있겠지만 그게 말처럼 쉬운 것은 또 아니니까.

철광이 다가와 동해의 머리를 마구 헝클어트렸다.

"그나저나 이 자식, 언제 이렇게 담이 커진 거야? 나 진짜 깜짝 놀랐다고. 거기서 일말의 망설임도 없이 하겠다고 하다니."

"히히."

아현이 물었다.

"정말 괜찮겠어? 너 싸움 못 하잖아."

그녀의 물음에 동해는 대충 웃으며 넘겼다.

어색한 분위기를 쇄신하기 위해 동해는 열심히 손짓 발짓 다 해 가며 대화를 이어 나갔다. 그런 동해의 노력 끝에 기분이 우중충했던 이나도 희미하게나마 미소 지을 수 있었다. 그런 화기애애한 분위기와 달리 유독 말이 없는 사람이 있었으니, 바로 성주였다. 성주는 펜트하우스에 있을 때부터 계속 말이 없었다. 그의 표정은 담담한 듯했지만 묘하게 날이 서려 있었다. 침묵하던 성주가 입을 뗐다.

"미안, 나 먼저 가 볼게. 집에 일이 있다는 걸 깜빡했어."

성주는 그 말을 남기고는 훌쩍 다른 길로 가 버렸다.

*   *   *

대철의 펜트하우스.

운과 대철은 여전히 싸늘한 분위기를 유지하고 있었다. 대철은 재밌다는 듯 책상 위에 다리를 올리고서 콧노래를 흥얼거렸다. 운은 그 옆에서 그를 가만히 지켜보았다.

"도대체 무슨 생각이신 겁니까."

운의 분위기는 무척 심각했다. 회장이고 나발이고 그대로 한 대 칠 기세였다. 운의 살벌한 물음에도 대철은 고개를 까딱이며 딴청을 피웠다. 무시하는 듯한 반응에 운은 가득 주먹을 쥐었다.

"진운군."

"네."

"만약 이나가 유학을 가게 되거든 지금까지 그래 왔던 것처럼 자네들이 따라가게 할 거야. 그 녀석이 또 무슨 사고를 칠지 모르거든. 자네들의 역할이 매우 중요할 거야."

"그게 중요한 게 아닙니다. 저와 그 소년이 싸우게 된다면, 아가씨의 마음에 크나큰 상처가 될 겁니다. 아마 평생 씻기지 않을 상처가 될 지도 모릅니다."

"왜 그게 상처가 되지? 전혀 그럴 일 없어. 그러니 자네는 아무 걱정하지 말게."

"그게 말이 된다고 생각하십니까?"

대철은 책상 서랍 안에서 담배를 꺼냈다. 굵은 시가였다. 그 끝을 잘라내고는 불을 붙였다.

"말했잖나. 싫으면 싸우지 말라고. 그 대신 보디가드 직을 그만두면 돼. 참고로 싸움에서 패배해도 그만둬야 하네. 고등학생 정도도 못 이기는 보디가드는 그 가치가 없는 거니까."

"동해군은 평범한 고등학생이 아닙니다. 그건 회장님도 잘 아시지 않습니까."

"그렇지. 나도 자네처럼 기 수련자니까."

대철과 운은 같은 기 수련자였다. 더욱이 나이트 후드보다 그 수련기간이 훨씬 긴 연장자다. 당연히 경험 많은 이들이 아직 새파란 애송이에 불과한 동해의 기운을 못 느꼈을 리 만무했다. 대철은 시가를 입에 문 채 운의 앞에 섰다.

"진운군, 자네는 진정으로 이나를 위하는가? 진심으로 위하냐는 말이야. 가족처럼 대해 줄 수 있겠나? 그 아이를 위해서라면 목숨까지 바칠 수 있겠나?"

진운은 눈에 잔뜩 힘을 주며 답했다.

"그렇습니다."

당당한 대답에 대철은 쓰게 웃으며 담배 연기를 내뱉었다.

"다행이군, 정말 다행이야."

"……"

"싸우게. 싸워서 이기게. 그렇다면 계속 그 아이의 곁에 남아 있을 수 있을 거야. 하지만 싸움을 포기한다면, 그리고 지게 된다면 자네는 우리 곁을 떠나야 해. 선택하게, 나는 강요하지 않으니."

운은 아무런 대답도 하지 못했다.

"힘을 길러 두게. 조만간 내 딸 아이에게 큰 위험이 닥칠 거야. 동해, 그 소년조차 이기지 못한다면 자네는 이나의 곁에 남아 있을 이유가 없어."

"위험이라면 어떤?"

"조만간 알게 될 걸세."

*   *   *

성큼성큼 발을 놀려 성주가 향한 곳은 어느 공원이었다.

아직은 해가 쨍쨍한 오후여서 공원에는 많은 사람이 모여 있었다. 성주는 아무 벤치로 가서 힘없이 털썩 주저앉았다.

성주의 이마와 등에는 식은땀이 흥건했다. 더워서 흘리는 땀이 아니었다. 조금 전 대철을 만나고부터 이렇게 됐다. 성주는 현재 흥분으로 온몸이 고조돼 있었다.

드디어 아버지를 만나게 된 것이다. 웃으며 반가워할 재회는 아니었다. 당장 그 자리에서 머리통을 날려 버리지 않은 게 용할 만큼 성주는 분노를 느끼고 있었다. 사실 아버지에 대한 기억이 뚜렷하게 있는 것은 아니었다. 말도 때기 전에 두 사람은 이혼했고 사실상 대철이 성주에게 직접적인 피해를 준 것은 없었다. 가세가 조금 기울긴 했지만 그건 민서가 대철의 지원을 거절했기 때문이다. 그리고 민서 역시 전남편에 대해 이러쿵저러쿵 늘어놓은 적도 없었다. 그 때문에 성주가 그에게 분노를 느낄 여지는 사실상 없는 것이나 마찬가지였다.

하지만 그로 인해 어머니가 얼마나 외로워하고 슬퍼했는지 성주는 가슴 깊숙이 담아 두고 있었다.

민서는 언제나 당차며 활발한 여성이었다. 어디에서도 기죽지 않았으며 절대 포기하지 않았다. 늘 밝게 웃었으며 기가 센 척 연기했다. 그렇지만 그녀의 아들인 성주는 알고 있었다. 그런 그녀가 얼마나 외로움을 타는지, 쓸쓸해하는지를 말이다. 되갚아 주고 싶었다. 어머니가 받았던 깊은 슬픔과 외로움, 아픔, 그것들을 똑같이 되돌려주고 싶었다. 아니, 그보다 백 배, 천 배, 만 배로 갚아 주고 싶었다.

"빌어먹을 자식! 개자식!"

하지만 마음에 걸리는 부분이 있었다.

전에 한 번 민서와 성주는 대철에 대해서 대화를 나눈 적이 있었다. 아주 우연히 나온 것인데, 그녀는 그렇게 말했다. 아무리 그래도 너를 세상에 태어나게 한 사람이니 너무 미워만 하지 말라고. 그에 성주는 길길이 날뛰며 화를 냈다. 살면서 어머니에게 처음으로 화낸 적이 바로 그때였다. 화를 낸 이유는 별 게 아니었다.

'바보 같기는! 그렇게 당해 놓고도 그딴 인간을 옹호하다니, 정말 이해할 수 없어.'

또 한 가지 걸리는 점은 자신이 복수하는 걸 어머니가 원치 않을 경우였다. 물론 자신이 대철을 망가트린다고 민서가 그 사실을 알지는 못할 것이다. 대철은 언론 노출을 극도로 꺼리기 때문에 지금까지 얼굴을 드러내지 않았고, 앞으로도 달라지진 않을 것이다. 결국 그녀는 아무것도 모를 것이다.

하지만 양심이라는 건 아느냐 모르느냐의 문제가 아니었다. 결론적으로 어머니가 그것을 원치 않는다면 성주는 함부로 움직이지 못할 것이다.

"고민이 많은가 보네."

그때였다. 뒤에서 누군가가 말을 걸어 왔다. 성주가 앉은 벤치는 두 개가 앞뒤로 연결된 모양이었다. 성주의 바로 뒤편에 있는 벤치에 누군가가 앉아 있었다. 성주와 비슷한 또래의 소년이었다. 성주와 눈이 마주친 소년은 살갑게 웃었다.

"깜짝이야, 내가 여기 있는 건 어떻게 알았어?"

"잠깐 산책하고 있는데 네가 오는 걸 봤지. 우연이야."

"정말 귀신같군."

"그런데 혼자서 뭘 그렇게 욕을 하고 있는 거야? 몰래 다가왔다가 깜짝 놀랐잖아."

"그게 말이지."

그 소년은 성주에게 있어 유일한 '친구'였다. 어머니를 제외하면 유일하게 마음을 터놓는 사이였다. 친구의 물음에 성주는 허탈한 심정으로 찬찬히 이야기를 늘어놓았다. 고개를 까딱이며 이야기를 듣던 소년은 손가락을 튕기며 입을 열었다.

"그렇군. 근데 뭘 고민해? 그냥 가서 엎어 버리면 그만 아니야? 네가 힘이 부족한 것도 아니잖아."

"그건 그렇지. 하지만 어머니가 원치 않을 거 같아서."

"그럴 리가 있나?"

소년은 비실비실 웃으며 말을 이었다.

"생각을 해 봐. 자기 인생의 젊은 시절을 송두리째 앗아간 사람이라고. 돈 주고도 못 산다는 젊은 시절을 말이야. 그래, 물론 말로는 미워하지 않는다고 하겠지. 그런 말을 함부로 했다간 네게 안 좋은 영향을 끼칠 테고, 그리고 어른이니까. 하지만 사람 속은 모르는 거야."

"정말로 그럴까?"

"당연하지."

성주와 소년은 벤치 구조상 서로 반대편을 보면서 계속 대화를 이어 나갔다. 누군가가 보면 각각 혼잣말을 하는 것처럼 보이리라.

"얼마 전에 뉴스를 봤어. 검은 꼬리라니, 작명 센스가 참 그렇더라."

"하하, 본래 히어로는 조금 유치해야 한다고."

"그래도 잘 결정했어."

"네 조언 덕이지."

성주가 나이트 워커로 활동하기까지 가장 큰 영향을 끼

친 건 나이트 후드다. 그러나 그 이면에는 소년의 도움도 있었다. 소년은 성주가 능력자라는 사실을 알고는 옆에서 그를 부추겼다. 그 이후 나이트 후드가 기폭제가 된 것이다.

"나이트 워커가 뭐겠어. 특별한 힘을 가졌기에 그 힘으로 도시에서 악을 근절하고 정의를 바로잡겠다는 취지잖아. 근데 그 인간은 뭐야. 그런 인간이 바로 진정한 악이라고."

"그럴까?"

"넌 모르겠지만 난 알 수 있어. 그 신대철이라는 남자 곁에는 기 수련자가 있어. 정확히 몇 명인지는 나도 모르겠어. 일단 무시할 수 없는 수준이라고만 알고 있지. 내가 봤을 땐 그가 기업을 키운 데에는 기 수련자들의 힘이 컸을 거야. 사실 말도 안 되는 일이지. 몇 년 전까지만 해도 그저 그런 기업이었는데 어느 날부턴가 말도 안 되게 급성장을 했다고."

믿을 수 없는 이야기에 성주는 말을 더듬었다.

"너, 너는 그걸 어떻게 아는 거야?"

"그 정도는 뉴스만 봐도 알 수 있어. 넌 뉴스 안 봐?"

"으음, 그 이야기는 그냥 넘어가지."

"확실한 건 아니야. 심증뿐이지. 그래도 기업 내에 기 능력자가 꽤 된다는 건 확실해. 내가 장담하지. 나머지 증거들은 마음만 먹으면 찾아낼 수 있잖아? 그래, 너 정도라면 어려울 것도 없겠지."

성주는 고개를 끄덕였다. 소년의 말을 토대로 머릿속으로 작전을 세우는 중이었다. 성주가 생각하는 동안 소년은 계속해서 말을 이었다.

"상대는 국내 최고의 기업 회장이야. 그 기업을 통째로 상대한다고 보는 게 옳겠지. 쉽지는 않을 거야. 가벼운 마음으로는 상대할 수 없어. 작은 단계부터 차근차근 밟아 나가야 한다고. 기초를 잘 다져야 한다는 거지."

성주는 이상한 기분이 들었다. 소년의 목소리가 뒤에서 들려오는 게 아니라 마치 머릿속에서 웅웅 울리는 것처럼 느껴졌다. 마치 텔레파시를 보내오는 것처럼 말이다.

"약점을 파고들어 허점을 노리는 것도 나쁘지 않겠지."

"그런 인간이 약점이 있을까?"

"있지, 왜 없어? 사람은 누구나 약점이 있다고. 가령 그 딸내미라든지."

"지금 이나를 말하는 거야?"

성주의 표정에 당혹감이 어렸다. 그건 좀 너무 심하지 않나 하는 생각이 들었다.

"그 애 이름이 이나였구나. 너무 그렇게 걱정은 하지 마. 뭐, 죽이라거나 불구를 만들라는 건 아니니까. 뭐랄까, 약간 생채기만 날 정도로만 해도 효과는 탁월할 거야. 요컨대, 계단에서 넘어지는 정도를 말하는 거지. 모든 부모는 다 그래. 자기 자식이 다른 사람에게 조금이라도 상처를 입으면 눈이 뒤집어지거든. 아주 약간이면 돼. 그럼 네가 죄책감을 느낄 것도 없이 원하는 대로 흐름을 잡을 수 있을 거야."

도박성이 짙은 작전이었다. 도발하려다가 오히려 상대가 전력투구하고 덤빈다면 그것도 꽤 곤란할 것이다. 허나 이대로 포기하기에는 꽤 매력적인 제안인 건 확실했다. 성주는 고민에 고민을 거듭했다.

"잘 들어. 너희 어머님은 그 남자 때문에 17년이나 되는 시간을 고통과 슬픔 속에서 지냈어. 그건 누가 보상할 거지? 이런 말 하긴 정말 그렇지만 너무 불쌍하신 분이야. 내가 다 안타깝다고. 그리고 아무 이유 없이 남에게 슬픔을 떠안긴 놈은 능력자들을 고용해 배를 불리고 있어. 이거야말로 진정한 악당 아닐까? 그런 인간은 사회에 필요가 없어. 얼른 사라져 주는 게 여러모로 사회에 이득이야. 지금이야말로 진정 너의 힘이 필요한 때라고. 그것이 개인적인 복수가 됐든, 아니면 공공의 이익을 위해서든 말이야."

그렇게 말하며 소년은 씨익, 웃었다. 해맑기도 한 한편, 입이 찢어진 귀신처럼 보일 만큼 섬뜩한 미소였다.

〈다음 권에 계속〉

Night Walker
Friends
Coming Soon

신룡의 주인
『더스크 하울러』, 『환수의 주인』의 작가!
태선 판타지 장편소설
『신룡의 주인』
알테리온가의 막내아들 샨,
알에서 태어난 특급 용 카이.
평범하지 않은 둘의 좌충우돌 학교생활이 시작된다!
dream books
드림북스

그로스 언리미티드

주현성 판타지 장편소설

FANTASYSTORY & ADVENTURE

그로스Gross 내스티Nasty,
이제부터 그것이 자네의 이름이네.
자네의 모습을 보니 그 이상 가는 이름은
찾을 수 없을 것 같군.

이름을 지어준 친구가 살해당한 그때,
무한한 잠재력을 지닌 괴물이 복수를 결심했다!

★
dream
books
드림북스

黃金公子

황금공자

김강현 신무협 장편소설

ORIENTAL FANTASYSTORY & ADVENTURE

『마신』, 『천신』, 『마룡전』의 작가!
김강현 신무협 장편소설

『황금공자』

천하제일인이었던 혈룡귀갑대주 금철휘!
천하제일 금룡장의 소장주가 되어
금력을 휘두르다!

dream books
드림북스

드래곤
나이트

박제후 판타지 장편소설

FANTASYSTORY & ADVENTURE

원수의 심장에 겨눈 불꽃의 검은 아직 타오르지도 않았으니,
눈보라에 섞여 들려오는 용의 고동 소리에 귀를 기울여라!

박제후 판타지 장편소설

「드래곤 나이트」

갈증이, 갈증이 가시지 않는다.
핏줄을 타고 흐르는 용의 혈통을 일깨워
몰락과 소멸의 그림자 위에 복수의 불길을 피워 올리리라!

dream
books
드림북스